AF284281

Alexis Snow

Drachenmut

Welt der Elemente Teil 2

Impressum

Bibliografische Information der Deutschen Nationalbibliothek:
Die Deutsche Nationalbibliothek verzeichnet diese Publikation in der
Deutschen Nationalbibliografie; detaillierte bibliografische Daten sind
im Internet über http://dnb.dnb.de abrufbar.

Lektorat: Melanie Rocker
Korrektorat: Petra Schäfer
Cover: Dream Design – Cover and Art, Renee Rott
Bilder: shutterstock_766611394, AdobeStock_80712001
Herstellung und Verlag: BoD – Books on Demand, Norderstedt
ISBN: 9783751951104

Für Debby
Wahre Freunde sind im Herzen immer bei einem.
Du bist stets in meinem.

Mit dem Nachfahren hat es begonnen und mit ihm wird es auch wieder enden. Nur die stärkste Generation, als Zwillinge geboren, wird in einer Zeit geboren, in der sie am meisten gebraucht wird. Er ist der Leuchtende, doch sie ist die Starke, die die Magie aller Elemente in sich vereinen wird. Ihre wahre Macht jedoch kann sich nur durch ihre Seelengefährtin entwickeln. Doch wird sie nicht alleine sein, denn Drachen, sowie die anderen Elemente werden sich um sie versammeln, dessen Stärke sie eint und stärkt. Nur wenn sie zusammenhalten, wird sich ihr Schicksal erfüllen oder die ganze Welt in eine tiefe Dunkelheit stürzen.

VORWORT

Wahre und echte Freundschaften sind nicht leicht zu finden. In vielen Sprüchen werden sie mit Gold verglichen, doch eigentlich sind sie weit wertvoller und viel seltener. Sie sind besonders und jede ist einzigartig.

Aber was genau macht diese Freundschaften aus? Ab wann ist jemand ein Bekannter, ein Kumpel oder eben jemand Besonderes? Das ist etwas, das man pauschal nicht sagen kann und jeder anders sieht. Doch ich kann die Frage für mich selbst beantworten.

Für mich sind Freunde die Menschen, auf die ich immer zählen und denen ich blind vertrauen kann. Es gehört so viel mehr dazu, als nur gemeinsam Spaß zu haben oder sich zu verstehen. Wahre Freunde gehen durch dick und dünn, während sie den anderen in schwachen Momenten tragen und in starken auf ihn zählen können. Sie stehen zu dir und sind immer ehrlich. Du kannst ihnen alles erzählen, sie hören zu und verurteilen dich nicht. Selbst dann nicht, wenn sie anderer Meinung sind.

Sie müssen nicht jeden Tag Kontakt haben oder sich ständig sehen. Und manchmal ist ein Wiedersehen nach längerer Zeit dann auch umso schöner.

Genau solche Menschen zu finden, ist schwer, aber es gibt sie. Nicht alle Bekanntschaften sind dazu bestimmt, dich ein ganzes Leben lang zu begleiten.

Deswegen kann ich nur sagen: Gebt nicht auf, es wird immer Menschen geben, die für einen da sind, egal wie dunkel es draußen ist. Freunde, die all deine Macken akzeptieren.

KAPITEL 1

Aileana

Eine leichte Brise wehte durch meine Haare und kitzelte sanft meine Haut. Dann verirrte sie sich inmitten der hohen Grashalme. Ich lag auf dem Rücken und sah in den dunklen, wolkenverhangenen Himmel. Meine Gedanken kamen kaum zur Ruhe und drifteten ständig zurück zu den Ereignissen, die sich in den letzten Tagen und Stunden zugetragen hatten.

Nie wieder würde ich dieses brennende Gefühl vergessen, den Schmerz, wenn ein Element außer Kontrolle geriet. Aber auch diese plötzliche Leere, als ich bemerkt hatte, dass Louisa gestorben war, hatte sich in mein Gedächtnis eingeprägt, zusammen mit dieser unbändigen Wut auf Marah, die an allem schuld gewesen war. Aber hatte sie es wirklich verdient zu sterben? Schuldgefühle durchströmten mich, weil ich der Grund war, dass sie nun nicht mehr lebte. Der Geruch nach verbranntem Fleisch, die Schreie, die Bilder von Körpern, die sich in Flammen auflösten würden mich auf ewig verfolgen.

Mir entwich ein Seufzen, weil die Ruhe meines Lieblingsplatzes am Weiher mich nicht erreichte. Wie gern würde ich jetzt ein ungestörtes Gespräch mit Sirion führen, doch er war nicht da. Durch seine Befreiung hatte sich unsere mentale

Verbindung aufgelöst. Demnach fielen unsere lautlosen Unterhaltungen, seine Hinweise und Ratschläge fortan weg und ich musste zugeben, dass ich ihn bereits vermisste. Er hatte sich seine Freiheit mehr als verdient, besonders, weil er Louisa gerettet hatte. Ich atmete resigniert aus. Wann war mein Leben nur derart kompliziert geworden?

Sirion würde sicher mit mir schimpfen, dass ich mich zusammenreißen und gefälligst das Gute an der Situation sehen solle. Schließlich hatten alle, die mir wichtig waren überlebt und nicht mehr als ein paar Schrammen und blaue Flecke davongetragen. Nur leider tröstete mich das wenig. Wie auch? Wenn nur eine einzige Sache nicht funktioniert hätte, wäre unser Abenteuer auf dem Drachenfelsen mit Sicherheit ganz anders ausgegangen. Das Schlimmste aber war, dass ich mit meinem verdammten Hitzkopf dafür gesorgt hatte, dass sich meine Freunde in Gefahr gebracht und ihr Leben riskiert hatten.

Wenn wir nicht einfach zu dieser Mission aufgebrochen wären, sondern auf Verstärkung gewartet hätten, dann … Wir hatten verdammt noch mal gewusst, dass wir auf Leere treffen würden. Uns war sogar bewusst gewesen, dass wir in einen Hinterhalt liefen, doch trotzdem waren wir weitergegangen.

Hatten wir uns überschätzt? Uns unschlagbar gefühlt?

Wir hatten die Situation nur halb betrachtet, blindlings gehandelt und uns darauf verlassen, dass schon alles gut gehen würde. Natürlich, wir hatten erst meinem Bruder und dann Sirion helfen wollen. Dabei jedoch waren wir den Leeren, Marah und diesem Geistelementaren geradewegs in die Arme gelaufen.

Verdammter Mist …

Auch wenn die anderen es niemals zugeben würden, dass alles war meine Schuld. Sie hätten sterben können, nur wegen mir.

Ich presste die Lippen fest aufeinander. Noch immer spürte ich ein leichtes Brennen in meinem Körper und rieb mir über das Brustbein.

Würde ich mich verändern?

Immerhin waren in den vergangenen Stunden Kräfte in mir erwacht, an die ich vor wenigen Monaten nicht einmal im Traum geglaubt hätte. Die Macht der Drachen und das Zwillingsband. Die Ratsmitglieder wussten von alledem nichts und wir würden es ihnen auch nicht sagen. Die Zukunft würde schon noch zeigen, wie viel Drache tatsächlich in mir steckte. Alles was mir blieb war die Hoffnung, es das nächste Mal besser kontrollieren zu können.

Mir entwich ein genervtes Stöhnen. Verflucht nochmal! Ich musste aufhören, immer wieder über das nachzugrübeln, was hätte passieren können. Diese Was-wäre-wenn-Theorien brachten mich nicht weiter. Denn es war nun einmal so, wie es jetzt war. Mein Bruder und meine Freunde lebten. Das war es, was zählte. Es musste zählen. Und dennoch ich hatte getötet, Menschenleben ausgelöscht. Für immer. Endgültig.

Als es hinter mir raschelte, schreckte ich hoch, rief mein Element herbei und drehte mich in die Richtung, aus der das Geräusch gekommen war - alles in einer einzigen Sekunde. Doch es huschte nur ein Hase an mir vorbei. Ich ließ meine angesammelte Energie entweichen und wandte mich wieder dem Weiher zu. Was hatte die Welt der Elemente nur aus mir gemacht?

Manchmal verwünschte ich die Entscheidung, die ich vor rund einem halben Jahr getroffen hatte, mich meiner Neugierde hingegeben und mich den Elementaren angeschlossen zu haben. Sie hatte mein gesamtes Leben verändert und das nicht nur positiv. Die ganzen Regeln und die ständige Angst setzten mir zu. Ohne Silvias eisernes Regime als Ratsvorsitzende würde es so viele Probleme gar nicht erst geben.

Bei jedem noch so kleinen Vergehen drohte der Verlust des eigenen Elements. Ganz gleich wie die Beweggründe aussahen. Ich fand dieses Vorgehen in keiner Weise angemessen, sondern schlichtweg barbarisch. Wehe man schwamm auch nur einen Millimeter neben dem Strom … Eine Gefahr, die nie enden würde und mich nach und nach in den Wahnsinn trieb.

Das Schlimmste aber war, dass der Rat so Menschen erschuf, die uns hassten, weil er sie zu etwas verdammt hatte, das vielleicht sogar noch viel schlimmer war, als der Tod.

Genervt strich ich mir durch die Haare. Es wäre egal gewesen, ob ich mich damals für oder gegen die Welt der Elemente entschieden hätte. Wir wären nie sicher gewesen, weil die Leeren uns wahrscheinlich trotzdem irgendwann aufgespürt hätten.

Es war mein Schicksal gewesen, Teil dieser Welt zu werden.

Und eigentlich mochte ich den ganzen Elementekram. Es machte mir Spaß, mit meinen Fähigkeiten herumzuexperimentieren und ihre Kraft zu spüren. Selbst den fiesen Unterricht mit Christian hatte ich zu schätzen gelernt. Ich freute mich, dass ich auf diese Weise ganz besondere Menschen getroffen hatte, mit denen mich so viel verband.

Die Mitglieder meiner Einheit hatten nach kurzer Zeit schon zu meinen besten Freunden gehört. Dabei hatte es sich angefühlt, als würden wir uns schon viel länger kennen. Der Gedanke, dass sie vor sechs Monaten noch nicht ständig um mich herum gewesen waren, fühlte sich merkwürdig und fremd an.

Sirion würde jetzt sagen, dass alles gute und schlechte Seiten hatte und man nie etwas bereuen solle, solange das Positive überwog.

Erneut raschelte etwas hinter mir und lenkte mich von meinen Gedanken ab. Als ich mich dieses Mal umdrehte, kam ein kleiner Junge, der vielleicht um die zehn Jahre alt war, auf mich zu. Er hatte kurzes, rotes Haar und blickte mir aus seinen grünen Augen und mit einem frechen Grinsen auf den Lippen entgegen.

Wenn man an den Teufel dachte … Noch immer konnte ich nicht begreifen, dass wir es tatsächlich geschafft hatten, Sirion zu befreien. Jetzt stand er leibhaftig vor mir, was mir vor allem bewies, dass ich ihn mir nicht nur eingebildet hatte.

Jetzt jedoch mussten wir aufpassen, dass man uns nicht belauschte. Meinem Schutzdrachen war das egal, weil er keine Konsequenzen zu befürchten hatte. Schließlich war er ein echter Drache und sagte, was er dachte. Zu meiner Belustigung hatte er auch Silvia seine Meinung kundgetan. Diese hatte den entschlossenen kleinen Jungen mit der altklugen, durchaus wortgewandten Ausdrucksweise nur sprachlos angestarrt. Ein wenig hatte sie mir leidgetan, doch ich fand, dass sie diese Standpauke verdient hatte. Vielleicht nahm sie sich Sirions Worte zu Herzen. Die Hoffnung war zwar nicht groß, starb aber bekanntlich zuletzt.

»Hallo Aileana«, begrüßte Sirion mich und ließ sich elegant neben mir ins Gras fallen. Seine leuchtenden Augen musterten mich aufmerksam.

»Hallo Sirion.« Wie auch immer er es anstellte, aber seine Nähe beruhigte mich.

»Du kannst ja doch noch lächeln«, scherzte mein kleiner Schutzdrache und stupste mich sanft in die Seite. Ich schnaubte.

»Tut mir leid, aber der Tod ist mir vorher noch nie begegnet.«

Über Sirions Gesicht huschte ein leichter Schatten. »Es tut mir leid, dass ich dich davor nicht bewahren konnte.«

»Du kannst mich nicht vor allem beschützen, Sir. Es war meine Entscheidung, Chris retten zu wollen. Genauso, wie ich mich damals für mein Element entschieden habe, obwohl ich es hätte ablehnen können.« Oder vielleicht auch sollen.

Sirion musterte mich mit seinen weisen Augen. »Manche Dinge sind vorherbestimmt und wären immer so gekommen. Du hast heute großen Mut bewiesen und gezeigt, dass du für dein Schicksal bereit bist. Deine Reise hat gerade erst angefangen und wird noch beschwerlicher, Aileana. Wir wissen nicht, was uns erwartet, aber ich werde immer an deiner Seite sein. Schließlich bin ich dein Schutzdrache.«

»Danke, Sir«, hauchte ich gerührt und kämpfte gegen die aufsteigenden Tränen. Womit hatte ich so treue Freunde nur verdient?

»Wollen wir langsam nach Hause gehen? Deine Eltern haben mich kaum aus den Augen gelassen und geben bestimmt gleich eine Vermisstenanzeige auf, weil ich mich aus dem Haus geschlichen habe«, fluchte er und brachte mich damit gegen meinen Willen zum Schmunzeln.

Wir hatten uns mit Silvia und dem Rat geeinigt, dass Sirion vorübergehend bei uns wohnen würde. Okay, er hatte darauf bestanden und sich für jede andere Option gesperrt.

Vor Silvia hatte mein kleiner Schutzdrache sich tatsächlich wie das Kind verhalten, nach dem er aussah. Er hatte die Arme vor der Brust verschränkt und den Rat mit einem finsteren Blick angesehen. Eigentlich war es kaum möglich gewesen, ihn ernst zu nehmen. Trotzdem hatte Silvia seiner Bitte nachgegeben - schließlich war er ein lebender Drache.

Deswegen gab er sich jetzt als unser kleiner Bruder aus, der aus dem Internat zurückgekehrt war, um auf eine normale Schule zu gehen. Klang alles plausibel und mit ein wenig Drachenmagie, glaubte die ganze Welt tatsächlich, dass wir alle verwandt waren. Nur wir Elementaren und auch Chris wussten, wer unser neues Familienmitglied wirklich war.

Es war beeindruckend, welche Macht die Drachen besaßen und das ängstigte mich auch irgendwie. Schließlich sollte ich diese Wesen zurück auf unsere Erde bringen und es fühlte sich merkwürdig an, diese mächtigen Geschöpfe auf uns Menschen loszulassen. Sie könnten wer weiß was mit uns anstellen und wir würden es nicht einmal bemerken. Doch bis es so weit war, würde noch einige Zeit ins Land gehen. Wir standen erst am Anfang unserer Reise.

»Du hast darauf bestanden, zu uns nach Hause zu kommen, Sirion. Waren meine Eltern echt so schlimm?«, fragte ich neugierig.

»Das willst du jetzt wissen, was? Verschwindest direkt und wirfst mich den Löwen zum Fraß vor!«, beschwerte er sich, wobei er in seinem kleinen Körper so unglaublich süß aussah, dass ich lachen musste.

Ich kannte meine Eltern und wusste, dass sie ihr verloren geglaubtes Kind mit Freude empfangen hatten. Wahrscheinlich hatten sie mit meinem kleinen Schutzdrachen in der Küche gesessen und ihn über jedes noch so kleine Detail ausgequetscht. Ich liebte meine Familie, doch manchmal konnten sie einen regelrecht erdrücken.

»Du findest das auch noch lustig!«, echauffierte Sirion sich, woraufhin ich noch mehr lachen musste.

Ich spürte, wie sich etwas in mir löste und wie ich die letzten Stunden zumindest ein wenig zu akzeptieren begann.

Ich stand auf und sah Sirion herausfordernd an. »Wolltest du nicht wieder nach Hause in die Höhle der Löwen?«

Sirion fletschte angriffslustig die Zähne. Etwas, das mich in seiner Drachengestalt wahrscheinlich geängstigt hätte, in seinem Menschenkörper allerdings einfach nur fehl am Platz wirkte. Vor lauter Lachen hielt ich mir den Bauch, der schon zu schmerzen begann. Beleidigt stand Sirion auf und verschränkte die Arme vor seiner schmalen Brust. Ich legte eine Hand an seine Schulter und zog ihn an mich. Für einen Moment versteifte er sich, ließ die Berührung dann aber zu.

»Weißt du, eigentlich sind meine Eltern die tollsten, die du dir wünschen kannst. Sie trennen sich nur nicht gerne von dem, was ihnen lieb ist. Da du dich als unser Bruder ausgibst und ihnen Erinnerungen gegeben hast, vergöttern sie dich genauso wie Chris und mich. Gib ihnen noch ein paar Tage und danach hast du deine Ruhe.« Nach meinen Worten ließ ich ihn wieder los und stapfte die kleine Böschung hinauf, um nach Hause zu gehen.

Als ich vom Rasen auf den schmalen Fußweg trat, drehte ich mich zu Sirion um, der mir gefolgt war. Er starrte nachdenklich auf den Boden und wäre fast in mich hineingelaufen, hätte ich nicht einen ausweichenden Schritt zur Seite gemacht.

»Alles okay bei dir, Sir?«, fragte ich verwundert und er nickte.

Genervt rollte ich mit den Augen, schwieg aber. Mein kleiner Freund redete nur, wenn er es auch wollte. Nachbohren brachte nichts und ich wollte mich nicht mit ihm streiten. Also setzten wir unseren Weg schweigend fort.

Während ich den Schotterweg vor mir betrachtete, drifteten meine Gedanken zurück zu den Ereignissen. Eine Gänsehaut überzog meinen Körper, als ich erneut bei Louisas Tod ankam. Jedoch erinnerte ich mich in diesem Moment zugleich an etwas, das ich über die Elementmagie gelernt hatte.

»Du, Sirion? Na ja … Du hast … Mit deinem Kuss hast du Louisa ja wieder zurückgeholt. Weißt du … Ich frage mich, ob sie noch irgendwelche Folgen davon spüren kann?«

Er schnaubte. »Frag mich doch direkt, was du wissen möchtest. Du vergisst, dass wir ein halbes Jahr gedanklich verbunden waren. Du wolltest eigentlich wissen, ob Louisa nun auch eine Elementare ist, oder?«

Sirion kannte mich wirklich gut. »Wir haben gelernt, dass unsere Elementkraft durch den Kuss eines Drachens auf uns übertragen wurde. Deswegen denke ich gerade darüber nach, ob das bei Louisa ebenfalls passiert ist.«

Mein Schutzdrache grinste schief. »Ich weiß es nicht.«

Verdutzt sah ich ihn an. »Bitte, was?«

»Du hast mich schon richtig verstanden, Aileana.«

Wollte mein kleiner Freund mich reinlegen? »Aber hat man uns dann Unfug beigebracht?«

»Nein, die Kräfte werden über den Kuss übertragen. Doch es gibt einen Unterschied zwischen den Menschen damals und Louisa: sie haben gelebt.«

»Sirion! Louisa ist doch kein Versuchsobjekt!« Entsetzen durchfuhr mich. Als ich Sirions bedrückten Blick bemerkte, lenkte ich jedoch ein. »Versteh mich bitte nicht falsch, ich bin dir unendlich dankbar.«

Sirion atmete tief ein und stieß dann hörbar die Luft aus. »Das mag ja sein, aber ungeschehen kann ich das nicht machen. In dem Moment hatte ich nur einen kurzen Augenblick Zeit, mich zu entscheiden und ich stehe zu meiner Wahl. Vielleicht hatte ich nur davon gehört, dass es möglich wäre, doch ich wollte es für dich und Louisa wagen.«

Seine Worte berührten mich. »Aber warum hast du nur davon gehört? Solltet ihr nicht wissen, wozu ihr fähig seid?«

»Ja und nein. Damals waren andere Zeiten, Aileana. Die Menschen kämpften und starben ständig. Da hat man sich seinen Kuss für besondere Menschen aufgehoben.«

»Ach, Sirion, ich wollte nicht undankbar klingen, im Gegenteil. Aber nun bleibt uns nichts Anderes übrig, als abzuwarten und zu hoffen, dass alles gut wird«, flüsterte ich und blickte ihn in einer Mischung aus tiefer Sorge und voller Dankbarkeit an, woraufhin er fröhlich lächelte.

»Es ist alles okay, Aileana. Wir bekommen das hin. Schließlich bist du nicht allein. Deine Freunde stehen dir zur Seite und ich bin auch noch da. Aber wir gehen einfach mal vom Besten aus. Ich halte es durchaus für möglich, dass Louisa ein Element entwickelt.«

Wie sehr würde Lou sich darüber freuen. Sie fühlte sich nutzlos in unserer Begleitung und mit eigenen Elementarkräften, würde das Gefühl endlich verschwinden. »Was meinst du, wenn Lou ein Element bekommen würde, welches wäre es? Oder ist es das Feuer, weil du mein Schutzdrache bist und das Feuer mein stärkstes Element?«

Mein kleiner Freund schnaubte belustigt. »So einfach ist das mit den Elementen nicht. Bei euch wird eine Veranlagung vererbt, aber nie ein Element. Wenn in deinen Eltern ein Element erwacht wäre, dann wäre es wahrscheinlich das Erdelement gewesen, aber niemals das Feuer. Beide sind ruhig, nahezu besonnen und fühlen sich der Natur verbunden. Warum hast du also das Feuer in dir? In einem Menschen reift immer die Kraft, die mit seinem Charakter verbunden ist. Sie soll dich und deine Persönlichkeit stärken. Deswegen lässt sich das pauschal nie sagen.«

»Also wird Louisa definitiv nicht zu einer Feuerelementaren. Sie ist dafür viel zu ruhig«, unterbrach ich Sirion, weswegen er mich finster ansah.

»Genau. Es wäre natürlich möglich, aber bei Louisa denke ich eher an Erde oder Luft.«

Ich dachte einen Moment darüber nach, hörte in mich hinein, bevor ich antwortete. »Ja, das könnte zu Louisa passen. Geist fällt ebenso weg, schätze ich? Schließlich sieht sie noch normal aus.«

Sirion lachte kurz auf. »Das Geistelement ist noch einmal etwas Anderes, ich würde es aber noch nicht ausschließen. Um das zu verstehen, muss man erst einmal wissen, wieso es fünf Elemente gibt. Ein Elementarer des fünften Elements vereint die Stärken jedes einzelnen in sich. Betrachten wir Simon mal genau.

Er ist schlau, ruhig, kann aber auch impulsiv handeln. Jedoch ist keine dieser Eigenschaften besonders stark ausgeprägt.

Da diese Flut von Energien einen gewöhnlichen, menschlichen Körper überfordern würde, ist das Geistelement entstanden. Womit wir auch bei dem äußeren Merkmal wären, das du angeschnitten hast: die extreme Blässe. Das liegt daran, dass das Element seinem Träger Kraft entzieht und ihn auslaugt. Es ist, als würde die fremde Energie einen von innen her vergiften und heilen zugleich.«

Es schüttelte mich. »Das klingt grausam.«

»Das tut es. Aber du weißt auch, dass die Elementmagie gefährlich ist. Sie geht selbst an den erfahrensten Elementaren nicht spurlos vorbei.«

»Deswegen trainieren wir ja auch so hart.«

»Das weiß ich, schließlich habe ich dich lange genug begleitet«, stichelte Sirion, doch ich ignorierte es.

»Bin ich eine schlechte Freundin, wenn ich mir wünschen würde, dass Lou kein Element bekommt?«

Mein kleiner Freund legte seinen Kopf schief. »Ich glaube nicht. Du würdest das niemals einfach so sagen. Erklärst du mir deine Beweggründe?«

»Weißt du, die Welt der Elemente ist gefährlich. Sie frisst Zeit, Energie und Kraft. Vor allem aber bindet sie einen an sich. Ohne Element wird Louisa ein normales Leben führen können.«

»Bist du dir da so sicher? Durch dich würde sie immer mit der Welt in Berührung kommen.«

»Das meine ich nicht, Sirion. Ihr Traum war es, Medizin zu studieren. Doch mit einem Element würde ihr das vorerst verwehrt bleiben. Der Unterricht würde Zeit in Anspruch nehmen, die sie zum Lernen bräuchte. Selbst danach würde sie garantiert regelmäßig von der Organisation eingespannt werden.«

»Zumal sie die reine, unverdünnte Elementkraft in sich tragen würde. Sie wäre stärker als die meisten Elementare, deren Energie sich mit den vielen Jahren verdünnt hat. Der Rat würde ihre Kraft wahrscheinlich ausnutzen wollen.« Das war etwas, worüber ich noch gar nicht nachgedacht hatte.

»Verstehst du mich jetzt?«

Mein kleiner Freund nickte. »Selbstverständlich, Aileana. Aber versetz dich in Louisas Perspektive. Wie würde sie denken?«

Ein Lächeln schlich sich auf meine Lippen. »Sie würde sich freuen. Seit ich ihr von der Magie erzählt habe, wollte sie Teil dieser Welt sein. Mit einem Element würde sie sich nicht mehr nur als geduldet und Anhängsel fühlen.«

»Es hat also alles gute und schlechte Seiten. Wir können letztlich nur abwarten.«

Bevor ich Sirion antworten konnte, trat eine mir nur allzu bekannte Gestalt aus dem Schatten …

KAPITEL 2

Louisa

Gelangweilt zappte ich durch die einzelnen Fernsehprogramme. Weder Serien noch Filme oder irgendwelche Talk-Shows konnten mich wirklich fesseln. Generell fiel es mir schwer, meine Gedanken auf irgendetwas zu fokussieren, weil sie wieder und wieder zurück zu den Ereignissen am Drachenfels drifteten.

Noch immer spürte ich die Angst um Chris, die von mir Besitz ergriffen hatte, nachdem er entführt worden war. Fühlte aber vor allem die Hilflosigkeit, weil ich als Nicht-Elementare keine Fähigkeiten hatte mit denen ich wirklich etwas beitragen konnte. Auch wenn Lea und ihre Einheit mir das niemals sagen würden, war ich doch nutzlos, nichts als ein Klotz am Bein. Noch nie in meinem Leben hatte ich mich so fehl am Platz gefühlt, weil ich die ganze Zeit gespürt hatte, dass es mehr gewesen war, als eine Entführung. Nein, hier waren magische Kräfte am Werk und ich war nur eine Normalsterbliche.

Sie hatten also bei dieser ganzen Rettungsaktion nicht nur auf sich selbst, sondern auch auf mich aufpassen müssen. Weil ich …

Ich schüttelte den Kopf und verbat mir, weiter darüber nachzugrübeln. Mir war bewusst, dass ich mich damit im Kreis drehte. Jeder Versuch an etwas Positives zu denken, scheiterte schon im Ansatz und führte mich nur zurück in die düsteren Gedankenschleifen. Wenn ich zum Beispiel nur an Lea dachte, kam ich schon zum nächsten Thema, das mir sauer aufstieß. Denn meine beste Freundin hatte mich von sich gestoßen, anstatt mit mir zu reden.

Hatten wir nicht alle genug durchgemacht? Dinge getan, die wir nicht guthießen? Glaubte Lea wirklich, dass es mir gut ging? Dass Chris Verschwinden spurlos an mir vorbeigegangen war? Auch für mich war er mehr als nur ein guter Freund. Die Baumgartens waren wie meine zweite Familie!

Lea jedoch war nicht einmal bewusst, was ich für sie und Chris getan hatte. Wie viel Überwindung es mich gekostet hatte, mit der Leeren in Silvias Haus zu sprechen. Noch immer lief mir ein eiskalter Schauer das Rückgrat hinab, wenn ich an sie dachte und daran, wie sie mich verspottet hatte, als würde es ihrem verkorksten Leben für ein paar wenige Momente einen neuen Sinn geben. Es kotzte mich an, dass sie es geschafft hatte, dass ich mir wie ein Stück Dreck vorgekommen war. Dass sie meine Ängste so leicht erspürt und gegen mich verwendet hatte. Als trüge ich die Schuld an dem, was aus ihr geworden war. Dabei gehörte ich ja nicht einmal zur Welt der Elemente. Ich war nur geduldet und wenn es diese ominöse Prophezeiung nicht gäbe, hätten sie mein Gedächtnis wahrscheinlich längst gelöscht oder wer weiß was sonst mit mir angestellt.

Ich seufzte und schloss für einen Moment die Augen, wenn das nur das Schlimmste gewesen wäre. Die Ereignisse auf dem Drachenfelsen hatten sich in meine Netzhaut eingebrannt, die Bilder würden mich mein Leben lang verfolgen und nie wieder loslassen. Wie auch, wenn man dem Tod gleich in mehreren Facetten begegnet war. Wie sollte man Todesschreie und den Geruch nach verbranntem Fleisch jemals verdrängen?

Lea hatte uns nur beschützen wollen, das wusste ich. Sie war kein böser, gewissenloser Mensch und schon gar keine kaltblütige Mörderin. Trotzdem hatte ihr verdammter Sturkopf maßgeblich dazu beigetragen, dass die Dinge so aus dem Ruder gelaufen waren. Hätte sie Verstärkung geholt statt gleich zu handeln, als wir Chris aufgespürt hatten, wäre all das niemals passiert. Dann hätten wir uns vielleicht nicht alle in Lebensgefahr begeben und ich wäre nicht… Aber auf mich hörte ja keiner. Wer war ich überhaupt? Niemand, genau …

Langsam atmete ich ein und wieder aus. Ich schämte mich für meine Gedanken. Die Einheit hätte sich ohne nachzudenken in den Tod geworfen und ich dachte so schlecht über sie. Vielleicht lag es daran, dass ich neidisch war. Auf ihre Elemente und ihre Fähigkeiten. Selbst nach dem ganzen Training fühlte ich mich schwach. Wieso hatte ich mich überhaupt so sehr gequält? Dafür, dass sie mich trotz allem immer noch als Anhängsel sahen und mir nichts zutrauten? Es hätte wahrscheinlich nichts geändert, wenn ich gar nicht erst dabei gewesen wäre. Wenn auch indirekt und sicherlich nicht mit Absicht, hatten sie mir das Gefühl gegeben, dass sie etwas Besseres waren. Das tat furchtbar weh.

Sicherlich hatte mich Marah genau deswegen umgebracht. Weil es einfach gewesen war, mich zu benutzen, um Lea zu brechen. Marah hatte Lea das Wichtigste nehmen wollen, doch ich zweifelte, ob ich ihr wirklich so viel bedeutete. Hätte sie mich sonst überhaupt erst dieser Gefahr ausgesetzt? Hätte sie dann nicht eher auf mich gehört und Verstärkung geholt? Nein, Lea hatte Sirions Wohl über uns alle gestellt und wir waren ihr gefolgt. Verflucht, wir waren mit offenen Augen in die Falle getappt.

Ich tastete nach meinem Bauch, der noch immer leicht zwickte, obwohl die Wunde durch Sirions Kuss augenblicklich geheilt worden war. Ich erinnerte mich an den heißen, brennenden Schmerz, der mich durchfahren hatte, als Marah das Messer mit aller Kraft in meinen Körper gestoßen hatte. Ich fühlte beinahe, wie es meine Haut mühelos durchschnitt, und hörte das reißende Geräusch, meinte zu spüren, wie sie es drehte und herauszog, nur um erneut zuzustechen.

Instinktiv wartete ich auf die seltsam schwere Müdigkeit, die mich übermannt hatte, auf die Ohnmacht. Doch die ewige schwarze Leere, die ich im Moment meines Todes gespürt hatte, kam nicht. Nein, dieses Mal war es anders, als würde ich in Gedanken einfach nur weit wegdriften, das Vergangene noch einmal erleben …

Ich irrte durch die Dunkelheit, fühlte mich verloren. Doch dann sah ich einen warmen Lichtschein, auf den ich zulief.

Er führte mich durch einen grauen, steinernen Tunnel zu einer wunderschönen Lichtung, in deren Mitte sich eine kleine Bank befand. Am anderen Ende sah ich ein weiß gestrichenes Holztor inmitten eines Rosenspaliers. Ein unwirklicher Ort, bedrohlich und einladend zugleich. Das merkwürdigste allerdings war mein Großvater, der davor wartete, mir zuwinkte und bei meinem Anblick übers ganze Gesicht strahlte.

Nein, das war unmöglich.

Mit vorsichtigen Schritten ging ich auf ihn zu. Auch er kam näher und schließlich stürzte ich schluchzend in seine Arme, hielt ihn fest an mich gedrückt. Zum ersten Mal nach so vielen Jahren fühlte ich mich geborgen und sicher. Ich hatte immer geglaubt, alles schaffen zu können, wenn mein Opa nur an meiner Seite war.

Er war der wichtigste Mensch in meinem Leben gewesen, was nicht bedeutete, dass ich meine Mutter, Lea oder den Rest meiner Familie nicht liebte. Er hatte einfach eine besondere Rolle gespielt, vor allem, nachdem mein Vater uns verlassen hatte. Als er vor einigen Jahren gestorben war, war für mich eine Welt zusammengebrochen. Umso mehr freute ich mich, ihm nun am Ende dieses Tunnels zu begegnen.

»Opa«, flüsterte ich ungläubig, als wir uns aus der Umarmung lösten und er mich zu der Bank führte. Mit einer ausladenden Geste bedeutete er mir Platz zu nehmen.

»Louisa, mein Liebling. Wie gerne würde ich dir sagen, dass es mich freut, dich zu sehen, aber dann müsste ich mir eingestehen, dass du tatsächlich gestorben bist. Deine Zeit ist noch nicht gekommen.«

»Also bin ich wirklich im Himmel?«, fassungslos starrte ich ihn an.

»Du bist momentan an der Grenze zwischen Leben und Tod, meine Liebe. Noch gibt es für dich einen Weg zurück. Erst, wenn du das Tor da hinten durchschreitest, wird alles endgültig. Aber das werde ich nicht zulassen, Liebling. Geh zurück und hilf deiner Freundin, die Welt zu retten. Euer gemeinsamer Weg hat gerade erst angefangen und sie braucht dich.«

»Lea kommt sehr gut allein zurecht. Außerdem habe ich dich doch gerade erst wieder, da möchte ich noch nicht zurückkehren! Ich will bei dir bleiben. Warum sollte ich die Welt retten? Ich bin doch gerade achtzehn Jahre alt.«

»Ich weiß, dass du eine unfassbar schwere Last zu tragen hast, Liebling, aber Aileana braucht dich wirklich. Vertrau mir, nur zusammen seid ihr stark. War das nicht immer so bei euch?«

»Aber sie hat doch jetzt ihre Einheit.«

Ein wehmütiges Lächeln trat auf seine Lippen. »Weil ihr Schicksal mit dem der anderen verbunden ist. Aber du bist die Person, die sie sich damals ausgesucht hat. Eure Freundschaft basiert nicht auf einem magischen Band, Louisa. Du bist ihr wichtig, weil sie dich wirklich mag.«

In den Worten meines Großvaters hörte es sich einfach so richtig an. »Ich werde für sie da sein.«

Zufrieden lächelte er. »So kenne ich dich. Trotzdem läuft unsere Zeit bald ab, Liebling. Sag allen, dass ich sie liebe und immer über sie wachen werde. Leb wohl, kleiner Sonnenschein.«

Seine Finger strichen mir sanft über die Wange und wischten meine Tränen fort. Er schloss mich ein letztes Mal fest in die Arme, bevor wieder alles schwarz wurde. Als ich das nächste Mal die Augen öffnete, blickte ich in die grünen Augen eines Drachens mitten auf einem Schlachtfeld. Bevor ich mir einen Überblick verschaffen oder gar begreifen konnte, was geschehen war, stürmte Lea auf mich zu und fiel mir um den Hals. Das war der Moment, in dem ich mit aller Gewalt wieder auf der Erde ankam.

Langsam klärte sich mein Blick wieder und ließ die Erinnerung verblassen. Doch gleichzeitig fühlte es sich unwirklich an, auf meinem Bett zu sitzen und rastlos durch die Fernsehkanäle zu zappen. Als würde ich nicht mehr auf diese Seite der Erde gehören.

Ich spürte nichts außer der Sehnsucht nach meinem Großvater. Es fühlte sich an, als hätte ich ihn ein weiteres Mal verloren und nichts konnte dieses Loch füllen. Ich wollte einschlafen und nie wieder aufwachen, nur um zu ihm zurück zu kommen.

Er fehlte mir so sehr.

Das einzige, das mir ein wenig Trost spendete, waren ein altes Foto und mein Hund, der sich an meine Seite gekuschelt hatte.

Unzufrieden seufzte ich, schaltete den Fernseher aus und stand auf. Ich brauchte frische Luft, um den Kopf freizubekommen, denn schlafen konnte ich nicht. Schlafen bedeutete all die grausamen Bilder noch einmal zu sehen, aufzuwachen und festzustellen, dass mein Opa nicht an einem Rosenspalier auf mich wartete.

Pepper, der zu spüren schien, was mit mir los war, folgte mir, treu und selbstverständlich wie immer. Also legte ich ihm das Halsband an, nahm die Leine vom Haken und steckte sie in die Jackentasche, selbst wenn ich mir sicher war, dass ich sie um diese Uhrzeit im Park nicht brauchen würde. Ich versuchte die Wohnungstür so leise wie möglich zu öffnen, um meine Mutter nicht zu wecken, die mir sicher Fragen gestellt oder mich aufgehalten hätte.

Zuerst überlegte ich, ob ich Thomas anrufen sollte, aber er hatte vorhin so abweisend gewirkt und gemeint, dass er mit der ganzen Situation erst einmal klarkommen müsse. Das konnte ich ihm nicht verübeln und doch hatte es mich irgendwie verletzt. Vorhin hätte ich ihn wirklich gebraucht und er hatte mich von sich gestoßen. Genauso wie Lea.

Interessierte sich niemand mehr für mich? Oder sahen sie mich als Monster, weil ich von den Toten zurückgekehrt war? Ich war doch kein Zombie, der sie verschlingen würde, also warum zum Teufel verhielten sie sich so? Es schüttelte mich bei dem Gedanken. Vielleicht sollten wir uns morgen zusammensetzen und darüber reden. Immerhin standen wir alle auf derselben Seite, waren ein Team, da sollten wir so etwas aus der Welt schaffen können. Oder?

Mittlerweile hatte ich den Park erreicht. Keine Straßenlaterne leuchtete und nur das silbrig weiße Mondlicht erhellte die stille Umgebung. Ich hieß die Dunkelheit willkommen, die meine melancholische Stimmung in sich aufzunehmen schien. Für einen kurzen Moment schloss ich die Augen und ließ meinen düsteren Gedanken freien Lauf.

Dann vernahm ich Stimmen, die mich aus meiner Blase herauskatapultierten. Panisch blickte ich mich um. Warteten die Leeren auf mich, um mich erneut zu töten? Was hatte ich mir nur dabei gedacht, in den dunklen Park zu gehen? Die Gefahr war doch noch längst nicht gebannt. Pure Angst schnürte mir die Kehle zu und gab mir das Gefühl zu ersticken. Konnte ich mich hier irgendwo verstecken? Wie erstarrt blieb ich stehen, unfähig mich zu bewegen. Pepper hingegen wedelte wild mit dem Schwanz und fing an, aufgeregt um mich herumzutänzeln.

»Pepper, lass das«, befahl ich ihm leise, doch er ignorierte mich.

Stattdessen ließ er mich stehen und lief auf die Stimmen zu, die uns beinahe erreicht hatten. Wild fluchend lief ich meinem Hund hinterher, weil ich ihn nicht auch noch verlieren wollte. Kaum dass ich Pepper erreicht hatte, bemerkte ich zwei dunkle Gestalten vor mir. Bevor ich jedoch nach seinem Halsband greifen konnte, machte er einen Satz nach vorne und sprang freudig bellend an der größeren der beiden Silhouetten hoch. Jetzt erkannte ich die Stimmen endlich - sie gehörten Lea und Sirion.

Trotzdem durchzuckte mich ein leichter, verräterischer Stich. Eine fiese, innere Stimme flüsterte mir zu, dass Lea Sirion mir vorzog und mich in nur allzu naher Zukunft fallen lassen würde. Dass sie in mir bloß eine Untote sah, die zu abstoßend war, um mit ihr befreundet zu sein.

Doch das wollte ich mir nicht gefallen lassen. Mit festen Schritten trat ich auf die beiden zu. »Na, auch so spät noch unterwegs?«

Lea musterte mich verwundert. »Hab die Zeit etwas vergessen. Sirion hat mich gesucht, weil er sich angeblich Sorgen gemacht hat. Aber eigentlich war er nur auf der Flucht vor meinen Eltern.«

»Ach so«, murmelte ich ein wenig eingeschnappt.

Lea blickte mich eindringlich an, dann trat sie auf mich zu und zog mich fest in ihre Arme. Diese Geste spendete mir Geborgenheit und schien einen Teil der Leere in mir zu füllen. Viel zu schnell ließ sie mich wieder los und mein Blick fiel auf Sirion, der uns aufmerksam musterte.

»Louisa, was machst du hier?«, fragte meine beste Freundin und klang fast, als würde ich sie stören.

Oder war sie einfach nur besorgt? Am liebsten hätte ich geschrien, weil ich innerlich so zerrissen war.

»Darf ich nicht einmal mehr mit meinem Hund spazieren gehen?«, gab ich bissiger als gewollt zurück und bereute meinen Ton sofort.

»Natürlich darfst du das, ich mache mir nur Sorgen um dich. Du bist noch nie allein mitten in der Nacht in den Park gegangen. Was ist, wenn dir Leere gefolgt wären und dich angegriffen hätten?« Ich hörte die Aufrichtigkeit in ihrer Stimme, doch gerade diese machte mich wütend, weil sie mir erneut zeigte, wie hilflos ich war.

»Traust du mir so wenig zu? Du bist doch selbst im Dunkeln hier! Ihr haltet mich für schwach, weil ich kein Element in mir trage, aber ich habe genauso hart trainiert wie ihr! Vielleicht sogar noch härter! Ich kann mich sehr gut verteidigen und gerade du solltest das wissen!«, fuhr ich sie an und bemerkte, wie ihre Augen sich weiteten. Meine Worte hatten sie verletzt.

Abwehrend hob sie ihre Hände. »Ich habe es nur gut gemeint. Ich wollte dir nichts unterstellen oder behaupten, dass du dich nicht verteidigen kannst. Ganz im Gegenteil, ich weiß, dass du eine ausgezeichnete Kämpferin bist und beneide keinen Leeren, der es mit dir zu tun bekommt. Im Übrigen hätte ich Estelle die gleichen Fragen gestellt, einfach, weil ich mir Gedanken mache. Was also ist los mit dir, Lou?«

»Was mit mir los ist? Ich bin verdammt noch mal gestorben! Ich war tot! Und keinen von euch scheint es zu interessieren, wie es mir geht. Ihr seid alle nur mit euch selbst beschäftigt! Vielleicht hätte ich euch gebraucht? Aber ihr habt ja alle besseres zu tun!«

Lea schüttelte den Kopf und wollte eine Hand auf meine Schulter legen, doch ich schlug sie weg. »Das stimmt doch gar nicht. Ich habe bis vor einer halben Stunde hier am Weiher gesessen und nachgedacht, Louisa. Wir haben heute alle die Hölle durchgemacht - auf die eine oder andere Art und Weise. Ich hätte beinahe dich und meinen Bruder verloren. Ich habe Menschen getötet, anstatt sie zu retten. Damit muss ich selbst vielleicht auch erst einmal klarkommen.«

Die Wut zirkelte noch immer durch meinen Körper, ließ Leas Worte an mir abprallen wie an einer Mauer. Stattdessen fixierte ich sie mit schmalen Augen. »Ich wurde umgebracht und wieder zum Leben erweckt. Darf ich mir da etwa nicht wünschen, dass meine Freunde für mich da wären, statt mich links liegen zu lassen?«

Ihr Gesichtsausdruck wurde weicher. »Natürlich darfst du das, Lou, aber du musst auch uns die Möglichkeit lassen, zu verarbeiten, was passiert ist. Wir lieben dich alle, doch wie sollen wir für dich da sein, wenn wir nicht einmal mit uns selbst zurechtkommen?«

»Aber warum ist er dann an deiner Seite und nicht ich?«, fragte ich leise und deutete auf Sirion.

Mit zusammengezogenen Augenbrauen blickte Lea über ihre Schulter. »Er hat sich Sorgen gemacht, weil ich nicht nach Hause gekommen bin, Lou. Deswegen hat er nach mir gesucht. Sirion ist erst vor circa zehn Minuten hier aufgekreuzt, vorher war ich alleine.« Sie musterte mich einen Moment intensiv. »Es ist wegen unserer zerrissenen Seelenverbindung, oder? Du hast Angst, dass ich mich von dir abwende, richtig? Das wird nicht geschehen. Selbst, wenn sie gerissen ist, ändert das nichts an unserer Freundschaft, Lou. Ich liebe dich als Mensch und nicht wegen einer Prophezeiung oder irgendeines Bandes.«

»Lea, ich … Es tut mir leid. Ich verstehe nicht, was im Moment mit mir los ist. Ich fühle mich so allein gelassen, weil sich alle zurückziehen. Es ist so viel passiert und das frisst mich auf.« Sie legte mir ihren Arm erneut um die Schulter und zog mich näher an sich. Dieses Mal ließ ich es zu.

»Wir machen gerade eine schwere Zeit durch, jeder von uns. Mach dir also keine Gedanken, okay? Wichtig ist nur, dass du niemals vergisst, dass wir alle aufeinander zählen können. Wir sind ein Team, aber manchmal braucht jeder ein wenig Zeit für sich.« Sie schloss mich in ihre Arme. Ich spürte, wie mir Tränen über die Wange liefen.

»Ich möchte euch ja nur ungern stören, aber könnte jemand dieses Vieh hier wegnehmen?«, unterbrach uns Sirion und deutete auf den knurrenden Pepper, der vor ihm kauerte und die Zähne fletschte.

»Pepper, aus!«, befahl ich, doch er hörte nicht auf mich, sondern begann stattdessen Sirion anzubellen.

Was war nur los mit ihm? Sonst verhielt er sich nicht so. Ich ging auf ihn zu und zog ihn am Halsband von unserem kleinen Freund weg. Pepper wehrte sich und wollte wieder zurück, doch ich hielt ihn mit einer Hand fest, während ich mit der anderen seine Leine aus meiner Jackentasche fischte und ihm anlegte.

»Es tut mir leid, Sirion. Ich wusste nicht, dass Pepper so reagiert«, entschuldigte ich mich und versuchte meinen Hund auf Abstand zu halten.

»Hunde mögen keine Drachen. Wir verängstigen sie mit unserer magischen Aura. Er möchte dich lediglich beschützen.«

Noch immer konnte ich kaum glauben, dass Sirion ein echter Drache war. Ein Wesen, das es eigentlich nur in Mythen und Legenden geben sollte. Seine kindliche Menschengestalt wirkte so unscheinbar, gerade weil er sich nicht selten genauso verhielt, wie man es dem Aussehen nach von ihm erwartete. Doch das änderte nichts daran, dass ich nur selten einem so treuen Geschöpf begegnet war. Vor allem aber vertraute Lea ihm, also würde ich das auch tun.

»Lasst uns zurückgehen. Ich bin langsam ein wenig durchgefroren«, versuchte Lea die Situation aufzulockern.

Wir nickten ihr zu und machten uns auf den Weg nach Hause. Niemand sagte ein Wort. Nur Pepper bellte Sirion noch immer an, sobald er ihm oder mir auch nur einen Zentimeter zu nah kam. Mit der Zeit jedoch beruhigte er sich, selbst wenn er Leas kleinen Schutzdrachen keine Sekunde aus den Augen ließ.

»Ich kann noch immer nicht glauben, dass du wirklich tot warst«, durchbrach Lea das unerträgliche Schweigen zwischen uns.

Zerknirscht verzog ich das Gesicht. »Der Gedanke daran fühlt sich selbst für mich ziemlich komisch an.«

»Ein Blick ins Geisterreich fühlt sich nie angenehm an, Louisa«, sagte Sirion, den wir sprachlos ansahen.

»Geisterreich?«, fragte Lea entsetzt, woraufhin Sirion genervt seufzte.

»Ich hatte fast vergessen, dass ihr euch lieber an das klammert, das ihr sehen könnt. Was meinst du, was mit den Seelen der Toten passiert? Sie kehren ins Geisterreich ein und wachen darüber, dass niemand eintritt, der nicht dorthin gehört.«

»Deswegen habe ich meinen Opa gesehen? Hat er mich aus diesem Grund aufgehalten?«, rutschte es mir heraus.

Mich starrten zwei vollkommen entsetzte Augenpaare an. »Das ist eigentlich unmöglich. Du warst tot und hättest eigentlich ohne Probleme eintreten dürfen. Ein Wächter hätte dich passieren lassen müssen«, sagte Sirion fassungslos.

Lea dagegen musterte mich aufmerksam. »Sind die Wächter immer Familienmitglieder?«

Sirion wandte sich ihr zu und nickte. »Ja, weil deine verwirrte Seele jemanden braucht, den sie kennt.«

Lea warf mir einen Blick zu. »Dein Großvater hat bestimmt gewusst, dass wir einen Weg finden würden, dich zu retten. Deswegen hat er dich nicht passieren lassen. Ist das möglich, Sirion?«

Der kleine Drache nickte nur. »Besonders starken Wächtern ist so etwas tatsächlich möglich. Sie können sogar in die Träume ihrer Verwandten eindringen und ihnen dort kleine Hinweise für den richtigen Weg hinterlassen.«

»Wirklich?«, fragte ich fassungslos.

Der Gedanke, dass mein Großvater sich um uns sorgte und sich selbst nach seinem Tod weiter um uns kümmerte, fühlte sich gut an. Meine Mutter und ich hatten oft unabhängig voneinander von ihm geträumt, auch wenn er nie mit uns gesprochen hatte. Er hatte still über uns gewacht, uns Kraft und Mut gespendet, wenn wir es am meisten gebraucht hatten.

Diese Sichtweise half und füllte die Leere in mir ein wenig. Ich wusste, dass ich jetzt in Ruhe schlafen konnte, weil mein Großvater mich beschützen würde.

Schweigend und in Gedanken versunken setzten wir unseren Weg fort, bis wir vor meinem Wohnhaus ankamen. Es war ein wunderschönes Gebäude aus roten Backsteinen mit einem gepflegten Vorgarten. Eigentlich war es als Einfamilienhaus gedacht gewesen. Doch nachdem die Kinder des Besitzers von Zuhause ausgezogen waren und er und seine Frau mit so viel Platz nichts hatten anfangen können, hatte er es in zwei Wohneinheiten umbauen lassen. Für meine Mutter und mich war es damals ein richtiger Glücksgriff gewesen.

Leise verabschiedeten wir uns voneinander, bevor ich die Haustür aufschloss und zusammen mit Pepper nach drinnen verschwand. Ich löste seine Leine, ging in mein Zimmer und kuschelte mich in die weichen Kissen meines Bettes. Der letzte Gedanke, bevor mir die Augen zufielen, galt meinem Großvater. Vielleicht besuchte er mich ja bald wieder in meinen Träumen.

KAPITEL 3

Aileana

Das schrille Klingeln meines Weckers ließ mich unsanft aus dem Schlaf aufschrecken. Orientierungslos blickte ich mich um, bis mir bewusst wurde, dass ich in meinem Bett lag. Schnell schaltete ich das nervtötende Gerät aus.

Vorsichtig streckte ich mich, bevor ich mich aufsetzte und mir mit zittrigen Fingern den Schlaf aus den Augen rieb. Immer noch ein wenig fahrig strich ich meine Haare zurück und gähnte. Verdammt, war die Nacht kurz gewesen. Erst hatte ich nicht einschlafen können, dann war ich von Albträumen verfolgt worden, die mich die Szenen auf dem Drachenfelsen immer und immer wieder hatten durchleben lassen. Jedes Mal hatte ich Louisa sterben gesehen, hatte gespürt, wie ich durchgedreht war und …

Verflucht, warum hatte das alles eigentlich so blutig ablaufen müssen? So brutal? Hätte man diese ganze Sache nicht einfach friedlich lösen können? Ich war doch nicht Silvia und genau wie die Leeren alles andere als einverstanden mit dem, was der Rat machte. Trotzdem war ich diejenige, die sie bekämpften, in die Ecke drängten und zum Handeln zwangen.

Unser Weg hatte gerade erst begonnen. Wie er wohl enden würde, mochte ich mir angesichts dessen gar nicht erst ausmalen. Ob am Ende Leichenberge die Straßen unserer Welt säumen würden? Tote, für die ich verantwortlich wäre? Würde ich damit Silvias Überzeugung bestätigen, dass Feuer das stärkste Element war? Dass es erschaffen wurde, um Angst und Schrecken zu verbreiten? Dass die Menschheit uns zu fürchten hatte?

Warum forderte die Rettung der Welt so viel Leid und Schmerz? Wen würde ich noch verlieren? Zur Hölle, warum musste ausgerechnet ich das alles durchmachen?

Genervt schüttelte ich den Kopf und stand auf. Ich wollte ins Bad und mich mit kaltem Wasser beruhigen, doch die Tür war versperrt. Ob diese Gedanken irgendwann weniger wurden? Ich glaubte es nicht.

Und auch das Jenseits und diese Sache mit den Wächtergeistern ließen mich nicht los. Es war nicht so, dass ich Louisa diese Begegnung nicht gönnte, denn ich wusste, wie wichtig ihr Großvater ihr gewesen war. Für mich warf die ganze Geschichte nur ebenfalls die Frage auf, was das eventuell noch bedeutete. Wenn Drachen, Magie und Geister real waren, was für Wesen gab es dann noch? Obwohl auch Werwölfe und Vampire existierten? Und Dschinn? Oder Feen? Nach all dem, was ich bereits hatte erleben dürfen, konnte ich mir fast vorstellen, dass es all diese Wesen wirklich gab.

Ich schüttelte den Kopf, weil ich angesichts der Situation ausgerechnet über die Existenz von Fabelwesen nachdachte. Ein Grinsen konnte ich dennoch nicht unterdrücken. Louisa würde jetzt wieder sagen, dass ich eindeutig zu viele Fantasybücher las. Aber dennoch, der Gedanke war faszinierend.

Selbst wenn es wahrscheinlich reichte, dass es Drachen und Elementmagie gab. Was würde wohl sonst aus unserer Welt werden, wenn noch mehr komische Geschöpfe hier lebten? Reichte doch, wenn ich Amok lief. Einen Aufstand zwischen Werwölfen, Feen und Vampiren brauchten wir da definitiv nicht. Einen solchen Streit zu schlichten würde dann mit Sicherheit auch noch an mir hängen bleiben.

Genervt musterte ich die verschlossene Badezimmertür vor mir. Den ganzen Tag mit Grübeleien und Tagträumereien zu verbringen, brachte sowieso nichts.

Ungeduldig klopfte ich gegen das weiß lasierte Holz. »Hallo? Es gibt da noch andere, die gerne ins Bad wollen.«

»Ich bin sofort fertig«, giftete Sirion zurück.

Warum hatte ich nur zugestimmt, ihn bei uns aufzunehmen? Gut, das Argument, dass er mein Schutzdrache war und ohnehin nicht von meiner Seite weichen würde hätte ich kaum entkräften können. Und wenn er nicht gerade das Bad blockierte, freute ich mich ja über seine Anwesenheit. Als er bei uns angekommen war, hatte er die unmöglichsten Dinge bestaunt, die für uns heutzutage selbstverständlich waren. Irgendwie war es witzig und süß zugleich gewesen. Allein der Anblick, als er auf dem Badewannenrand die Quietscheente in Drachenform entdeckt hatte, war zu göttlich gewesen. Er war vor lauter Verzückung regelrecht ausgerastet — im positiven Sinne. Deswegen vermutete ich, dass er jetzt mit genau diesem Spielzeug in der Wanne lag und irgendwelche Abenteuer bestritt. Zutrauen würde ich es ihm.

»Sirion! Öffne sofort diese beschissene Tür oder ich trete sie ein«, brüllte ich, während ich erneut gegen das Holz hämmerte, weil von meinem kleinen Freund noch immer nichts zu sehen war.

In dem Moment steckte Chris verschlafen den Kopf durch seine Zimmertür. »Was ist denn das für ein Lärm am frühen Morgen? Kann man nicht einmal in Ruhe ausschlafen?«

Ich warf einen bösen Blick in seine Richtung. »Nein! Sirion blockiert das verdammte Badezimmer seit einer Ewigkeit. Dabei muss ich mich fertig machen, weil Nick gleich kommt, um uns abzuholen. Ich habe also echt keine Zeit für diesen Mist!«

Chris zuckte mit den Schultern. »Das müsst ihr unter euch ausmachen. Aber wenn es geht, dann bitte nicht so laut. Danke.«

Er seufzte noch einmal, drehte sich um und ging zurück in sein Zimmer. Als die Tür laut ins Schloss schepperte, schnaubte ich genervt, bevor ich mich kopfschüttelnd wieder dem versperrten Bad zuwandte. Erneut hämmerte ich gegen das Türblatt vor mir. Es war mir schlichtweg egal, ob es meinen Bruder störte. Jetzt war Chris sowieso wach und schlafen konnte er immer noch genug, wenn er tot war.

Da meine Eltern wie gewöhnlich sehr früh aufgestanden waren, um frische Blumen für den Laden zu kaufen, war er auch der einzige, den ich um seinen Schönheitsschlaf brachte. Eine Tatsache, die ich gut und gerne mit meinem Gewissen vereinbaren konnte.

Ich atmete tief durch, dann musste ich unwillkürlich lächeln. Mein Element hatte meine Wut wieder einmal wie von selbst angefacht, doch langsam wurde diese Entschuldigung fadenscheinig. Ich durfte nicht länger alles darauf schieben. Das wäre unfair. Schließlich war ich inzwischen ein vollwertiges Mitglied der Welt der Elemente.

Erneut öffnete sich die Zimmertür meines Bruders und er trat missmutig in den Flur. »Komm schon, Lea.«

Chris kam auf mich zu und wollte gerade nach meinen Händen greifen, als sich die Tür zum Badezimmer öffnete. Sirion blickte mir rotzfrech entgegen. In diesem Augenblick fiel es mir unfassbar schwer zu glauben, dass er ein mehrere hundert Jahre alter Drache sein sollte, denn er verhielt sich genauso, wie man es von dem zehnjährigen Jungen erwartete, dessen Gestalt er angenommen hatte.

Ich presste die Lippen fest aufeinander, schluckte meine Wut herunter. Meine Mutter sagte immer, Aufregung sei nicht gut fürs Herz und wenn ich so weitermachte, würde ich mit meinen achtzehn Jahren noch einen Herzanfall erleiden. Ja, das war vielleicht ein wenig übertrieben, aber es lenkte mich ab, half mir dabei, mich zu beruhigen. Ich atmete ein letztes Mal tief durch, dann schritt ich an Sirion vorbei.

»Wurde aber auch Zeit«, motzte ich und schob ihn unsanft aus dem Badezimmer, dann knallte die Tür mit voller Wucht hinter mir zu, bevor ich abschloss.

Ich lehnte mich auf den Rand des Waschbeckens, betrachtete mein vor Wut gerötetes Gesicht im Spiegel. Ja, ich war sauer auf Sirion, weil seine Aktion unnötig gewesen war und mich nur hatte provozieren sollen. Aber mehr war da nicht. Kein Feuer, keine rasende Energie, die das ganze Haus in die Luft sprengen konnte.

Nur wieso? Was hatte sich geändert, dass ich mich plötzlich beherrschen konnte? Klar, die Ereignisse des letzten Abends hatten etwas mit mir gemacht. Von Drachenmacht und Zwillingsband einmal abgesehen war es, als wäre ich ein kleines Stück reifer geworden.

Doch reichte das aus?

Ich wusste es nicht, nahm mir aber vor, mit Sirion darüber zu reden, sobald er sich wieder normal verhielt und seine kindlichen Albernheiten abgelegt hatte. Seltsam erleichtert stieg ich unter die Dusche und genoss das Gefühl des warmen Wassers auf meiner Haut, das einen Teil des Kummers mit sich nahm. Danach putzte ich mir die Zähne und ging mit einem Handtuch um meinen Körper geschlungen zurück in mein Zimmer.

Aus meinem Kleiderschrank nahm ich mir etwas zum Anziehen und kämmte mir anschließend meine nassen Haare, bevor ich sie zu einem Pferdeschwanz zusammenband. Zum Föhnen hatte ich keine Zeit, wenn ich noch frühstücken wollte. Eine Kleinigkeit im Magen konnte schließlich nicht schaden, zumal man nie wusste, was einen in den Räumlichkeiten der Organisation erwartete.

Eigentlich hatten wir gedacht, dass wir nun mehr Freizeit haben würden. Schließlich waren wir vollwertige Elementare und hätten auf Missionen gehen sollen. Doch irgendwie wollte uns der Rat wohl in seiner Nähe wissen, weswegen wir weiterhin täglich Unterrichtsstunden und Elementartraining über uns ergehen lassen mussten. Einen Stundenplan gab es dafür jedoch nicht. Würden wir Sport treiben, bis wir umfielen? Oder bekamen wir eine gemütliche Theoriestunde? Auch das Elementartraining fraß Unmengen an Ressourcen und forderte alles von mir. Da war eine gesunde und vor allem ausgewogene Ernährung lebensnotwendig.

Ich betrachtete mich ein letztes Mal im Spiegel, fuhr zufrieden meinen durch das harte Training schlanken Körper entlang, bevor ich in die Küche ging, in der Sirion und Chris lachend zusammensaßen. Ich setzte mich zu ihnen an den Tisch, der mit

Brötchen, Aufschnitt und allerlei Aufstrich gedeckt war. Voller Vorfreude griff ich nach einem der appetitlich duftenden Gebäckstücke, schnitt es auf und biss hinein, nachdem ich es mit einer Scheibe Käse belegt hatte.

»Und, abreagiert?«, stichelte mein Bruder mit einem frechen Grinsen im Gesicht.

Mit hochgezogenen Brauen sah ich Chris an, verdrehte die Augen und biss erneut in mein Brötchen, ohne ihm zu antworten. Es würde nichts bringen, darauf einzugehen, denn das wäre genau das, was er wollte. Nein, um in diese Falle zu tappen, kannte ich meinen Zwillingsbruder definitiv zu gut.

»Man gewöhnt sich dran, die ist morgens immer so«, flüsterte er Sirion extra laut zu.

Ich vermutete, dass das Aussehen meines Schutzdrachen Chris dazu anstachelte, sich ebenfalls wie ein Kind zu benehmen. Es war schon länger her, dass mein Bruder sich so verhalten hatte. Ich wusste, dass er es nur gut meinte und mich aufheitern wollte, aber so machte er es nur schlimmer. Ich brauchte im Moment keinen kleinen Jungen an meiner Seite, sondern meinen großen, starken Bruder, der mich auffing und ernst nahm.

Noch immer wusste ich nicht, wie es weitergehen würde und was Silvia sich noch für uns ausgedacht hatte. Zutrauen würde ich der Hexe alles. Hauptsache, sie konnte uns das Leben schwermachen. Dazu kam, dass ich auf all diese bescheuerten Regeln keine Lust mehr hatte. Dass sie der Geheimhaltung dienten und uns schützen sollten, verstand ich natürlich, aber so strikt wie Silvia auf ihre Einhaltung pochte, nahmen sie mir jede Luft zum Atmen. Sie erzeugten Angst, gaben Silvia Macht und trieben ihren narzisstischen Egotrip nur weiter an. Klar, es gab immer schwarze Schafe, aber Menschen wegen Nichtigkeiten zu bestrafen und zu Leeren zu machen, ging weit darüber hinaus. Das musste ein Ende haben. Doch dafür brauchten wir einen guten Plan und den hatten wir aktuell nicht. Also hieß es erst einmal: gute Miene zum bösen Spiel.

»Die ist aber echt mies drauf«, meinte nun auch Sirion.

Ich blickte zwischen den beiden hin und her, ignorierte ihre Stichelei erneut. Letztendlich aber blieb mein Blick an Chris hängen. Er grinste breit und allem Anschein nach hatte er seine Entführung gut weggesteckt. Doch eine Sache war anders, ihn umgab etwas, das ich nicht ganz einordnen konnte. Erst als ich mich auf unser Band konzentrierte, spürte ich eine Welle der Traurigkeit, die mich überrollte. Um nicht zu schreien oder in Tränen auszubrechen musste ich mit mir kämpfen und schaffte es schließlich mich zu beherrschen.

Das war der Moment, in dem ich verstand, warum mein Bruder sich so verhielt. Dass dies seine Art war, mit dem Erlebten umzugehen. Er setzte einfach eine Maske auf, scherzte mit Sirion und zog mich auf, während er seine Erlebnisse so weit wie möglich von sich schob.

Wahrscheinlich machte er die Hölle durch, ohne genau zu verstehen, was los war. Wie könnte er das auch innerhalb einer Nacht? Er hatte nicht nur eine Entführung zu verarbeiten, sondern ebenfalls die Tatsache zu akzeptieren, dass es Drachen und Magie wirklich gab.

Selbst wenn mein Bruder versuchte, seine Begegnung mit der Welt der Elemente zu verdrängen, so bewies Sirions bloße Anwesenheit doch, dass das alles Wirklichkeit war und er nicht davor weglaufen konnte. Am liebsten hätte ich ihm geholfen alles zu verstehen, aber Sirion und ich mussten ihn allein lassen.

Denn auch wenn er nun Bescheid wusste, war er, im Gegensatz zu Louisa, nicht geduldet. Wahrscheinlich würden sie ihm sogar die Erinnerungen nehmen.

Als es an der Tür klingelte, sprang ich auf und lief zum Eingang. Zum einen, um Sirion und Chris zu entkommen, aber auch, um unseren Besucher hereinzulassen. Als ich durch den Spion linste, durchlief mich Erleichterung. Mit Schwung öffnete ich die Tür, weil ich es kaum erwarten konnte, mich in die Arme und die damit einhergehende Sicherheit meines Freundes zu stürzen. Ich vergrub meinen Kopf an seiner Halsbeuge und sog den ihm stets anhaftenden Geruch nach Wald tief ein. Für einen kurzen Moment umfing mich die Ruhe seines Elementes und ließ mich all meine Sorgen und Probleme vergessen. Viel zu schnell löste er sich von mir und hob sanft mein Kinn, damit ich ihm in die Augen sah.

Als sich unsere Blicke trafen, wurden meine Knie augenblicklich weich. Gleichzeitig nahm ich wahr, dass Nick mich aufmerksam musterte, bevor er lächelte. Es war fast so, als hätte er sich vergewissern wollen, dass es mir gut ging. Mein Herz schlug automatisch schneller, als er sich zu mir hinunter beugte, wahrscheinlich in der Absicht, mir einen flüchtigen Kuss zu geben.

Sobald sich seine Lippen auf die meinen legte, schlang ich meine Arme um ihn. Auf meine Reaktion hin intensivierte Nick den Kuss und entlockte mir ein zufriedenes Seufzen. Mein ganzer Körper stand unter Strom, ließ mich wünschen, dass die Berührung unserer Lippen niemals enden würde. Leider löste er sich viel zu schnell von mir, woraufhin ich mich zu einem halb entsetzten, halb enttäuschten Laut hinreißen ließ, der ihn zum Schmunzeln brachte.

»Du hast mir auch gefehlt, Sonnenschein.« Sanft strich er über meine Wange, bevor er meine Nasenspitze küsste.

Allein mit seiner Nähe, die sich schützend wie ein Kokon um mich legte, ließ er jedes negative Gefühl verblassen. Für einen kurzen Augenblick wollte ich diesen Frieden genießen und schloss die Augen. Als ich sie wieder öffnete, fühlte ich mich wie ausgewechselt und zog meinen Freund mit nach drinnen.

»Hey! Stopp! Wartet!«, vernahm ich Louisas Stimme, als ich gerade die Tür schließen wollte.

Erschrocken sah ich mich um und entdeckte die zierliche Gestalt meiner besten Freundin, die zaghaft lächelte. Sie wirkte blass und ausgelaugt. Unter ihren Augen lagen dunkle Schatten. Bei Tageslicht sah man ihr deutlich an, welche Spuren die Ereignisse bei ihr hinterlassen hatten. Ich ließ widerwillig die Hand meines Freundes los, um Louisa fest in meine Arme schließen zu können.

»Schön, dass du da bist«, flüsterte ich ihr zu, bevor ich sie noch einmal betrachtete. Sie trug dunkle Sportkleidung, die einen starken Kontrast zu ihrer fahlen Haut bildete und sie noch blasser wirken ließ. Sie sah aus wie ein Geist.

In dem Moment tauchten Chris und Sirion ebenfalls hinter mir im Flur auf und begrüßten die Neuankömmlinge. Sirion verhielt sich distanziert, doch Chris begrüßte Nick und Louisa freudig. Bislang hatte mein Bruder sich meinem Freund gegenüber immer unfreundlich reserviert gegeben, sich als mein Beschützer aufgespielt. Aber auch das schien sich jetzt verändert zu haben. Schließlich wusste er nun, wer hinter dem geheimnisvollen Kerl steckte. Chris hatte in ihm eine Bedrohung gesehen, die in Wirklichkeit von Silvia und den Leeren ausgegangen war. Eine Bedrohung, deren wahres Ausmaß sich wohl erst in der Zukunft offenbaren würde.

Wir zogen unsere Schuhe an, doch Nick hielt Chris zurück. Ich konnte sehen, dass es meinem Freund nicht behagte, die Spaßbremse zu spielen. »Du kannst nicht mitkommen. Versteh mich nicht falsch, aber Silvia würde dich zu dem erstbesten Geistelementaren schicken, den sie auftreiben kann und deine Erinnerungen manipulieren lassen. Das kann und will ich nicht zulassen.«

Entsetzt starrte ich meinen Freund an. »Ohne Louisa und ihn hätten wir es niemals geschafft, Sirion zu befreien und das ist ihr Dank? Das ist doch nicht dein Ernst!«

Entschuldigend blickte Nick mich an. »Es passt ihr ja nicht einmal, dass Louisa Bescheid weiß, Lea. Für sie ist jeder Außenstehende eine Gefahr. Es geht ihr nur um den Schutz ihrer Organisation. Er trägt kein Element in sich, also gehört er für Silvia nicht dazu. Normalerweise hätte sie Chris die Erinnerungen noch am selben Abend nehmen müssen, aber in dem ganzen Trubel um Sirions Rettung scheint sie das vergessen zu haben.«

»Silvia hat doch den Knall nicht gehört! Das ist totaler Humbug! Sie sollte dankbar sein, anstatt Chris auszuschließen!«, motzte ich aufgebracht.

Nick schmunzelte, was meine Wut jedoch keineswegs beruhigte. Als er jedoch sanft eine Hand auf meine Schulter legte, vergaß ich diese direkt wieder. Stattdessen konnte ich nur noch daran denken, wie sehr ich diesen Kerl liebte. »Wir werden eine

Lösung finden, Lea. Aber zuerst musst du mir vertrauen und deinen Bruder zu Hause lassen. Ich meine es wirklich nur gut.«

Ja, Nick war ein Taktiker und wollte immer nur das Beste für uns. Dafür war ich ihm unendlich dankbar, auch wenn mir seine Worte nicht gefielen. Ich wandte mich meinem Bruder zu. Chris nickte und presste seine Lippen fest aufeinander. Seine Missbilligung stand ihm nur zu deutlich ins Gesicht geschrieben, als er mit den Schultern zuckte und sich geschlagen gab.

»Na, dann. Viel Spaß«, sagte er kurz angebunden, bevor er sich abwandte und in Richtung Küche verschwand.

Hin und hergerissen sah ich meinem Bruder nach, dann blickte ich zu Nick, Sirion und Louisa.

Kurzentschlossen lief ich Chris hinterher, hielt ihn auf und drückte ihn fest an mich. Das Lächeln, das er mir daraufhin schenkte, kam aus der Tiefe seines Herzens und war mit Sicherheit Ausdruck der ersten ehrlichen Emotion an diesem Tag.

»Es tut mir so leid, Chris. Wir werden alles versuchen, um dich so bald wie möglich als Teil der Welt der Elemente anerkennen zu lassen. Silvia muss dich einfach akzeptieren.«

Er rollte mit den Augen, aber das angespannte Lächeln, das seine Mundwinkel umspielte, war nicht zu übersehen. »Nun geh schon, Schwesterherz. Ich überlebe den Tag auch ohne euch.«

Erleichtert ließ ich ihn los. »Wir werden eine Lösung finden. Versprochen.«

Er winkte ab. »Ja, ja, ich weiß es. Jetzt geh schon und lass die ach so tolle Silvia nicht warten. Ich möchte meine Schwester schließlich an einem Stück wiederhaben.«

Ich lachte, dann wandte ich mich ab. »Bis heute Abend, Chris. Wenn was ist, ruf mich an.«

Eilig lief ich zurück zu meinen Freunden, die zu Nicks Auto gegangen waren. Sirion hatte gerade die Beifahrertür geöffnet, als ich zu ihnen trat. Ich räusperte mich, was mir einen finsteren Blick meines kleinen Freundes einbrachte. Es schien, als würde er überlegen, ob er mit mir um den Platz neben Nick kämpfen sollte oder nicht. Ich nahm ihm diese Entscheidung ab, indem ich ihn zur Seite drängte und mich auf den Sitz fallen ließ. Seine Augen funkelten vor Wut, als er nach hinten auf die Rückbank kletterte.

KAPITEL 4

Louisa

Belustigt und genervt zugleich beobachtete ich Lea und Sirion.

Ich verstand, dass die beiden eng verbunden waren, schließlich hatte Sirion ziemlich lange in Leas Kopf gehaust. Er hatte wahrscheinlich Einblick in die intimsten Gespräche und Geheimnisse gehabt. Wenn ich nur daran dachte, wurde ich rot. Lea sagte zwar, dass sie Sirion mit einer Art Mauer hatte kontrollieren können, doch stimmte das? Immerhin war er ein Drache und damit eines jener Wesen, die die Magie überhaupt erst erschaffen hatten. Hätte Sirion diesen Schutzwall also theoretisch nicht einfach einreißen können?

»Was steht heute eigentlich an?«, fragte Lea in die Runde und sprach damit aus, was wir uns wahrscheinlich alle schon gefragt hatten.

»Ich weiß es nicht genau. Wir haben unseren theoretischen Unterricht bereits abgeschlossen und werden nun für Missionen vorbereitet, schätze ich. Da wir uns in dieser Hinsicht aber im Grunde schon bewiesen haben, kann ich dir die Frage nicht beantworten.«

Ich schnaubte belustigt. »Du weißt mal nicht alles?«

Lea wandte sich zu mir um und blickte mich irritiert an. »Nick ist zwar unser Anführer, aber auch nicht allwissend.«

»Aber der Enkel der ach so tollen Silvia. Jetzt tu doch nicht so, als würde sie ihm nichts erzählen«, gab ich schärfer zurück, als beabsichtigt.

Ich bemerkte, wie Leas Blick zu Sirion wanderte und sie sich vielsagend ansahen. Als würden sie etwas wissen, von dem wir anderen keine Ahnung hatten und niemanden in ihre Gedanken einweihen wollten. Ich versuchte, tief durchzuatmen, um mich zu beruhigen und nicht zu viel hineinzuinterpretieren. Sollten die zwei doch ihre stummen Gespräche miteinander führen, wenn sie meinten.

Wütend machte mich bloß, dass diese lautlosen Momente des Austauschs früher mir vorbehalten gewesen waren. Doch diese Zeiten waren lange vorbei und in meinem jetzigen Zustand hatte Lea wohl einfach keine Verwendung mehr für mich. Ja, da war diese Leere in mir, Trauer über den erneuten Verlust meines Großvaters nachdem Sirion mich von den Toten zurückgeholt hatte, aber Zorn und Bitterkeit brachten mich jetzt nicht weiter. Im Gegenteil, auf diese Weise würde ich die anderen nur verletzen, oder sogar verjagen.

Als wir an einer Ampel halten mussten, wandte Nick sich mir zu und sah mich verständnisvoll an, ohne eine Spur von Wut oder Erregung. »Ja, ich bin Silvias Enkel, aber das heißt bei ihr nichts. Nur weil ich Teil ihrer Familie bin, habe ich nicht mehr Rechte oder Informationen. Sie hat ihre eigene Tochter zu einer Leeren gemacht, ohne auch nur mit der Wimper zu zucken. Es ist ihr egal, dass meine Mutter sich deswegen das Leben genommen hat. Ganz zu schweigen von der Tatsache, dass sie mich seit gestern Abend völlig ignoriert.«

Nachdem er geendet hatte, fragte ich mich unweigerlich, ob es das Erdelement war, das ihm die Ruhe schenkte, normal mit mir zu reden, nachdem ich ihn so angefahren hatte. Ich schluckte kaum merklich, weil ich mich, angesichts seiner Reaktion noch mehr für meinen Ausbruch schämte. Dass seine Mutter sich umgebracht hatte, hatte ich nicht gewusst. Was war nur los mit mir, dass ich keine Rücksicht mehr auf meine Mitmenschen nahm? Ich war verletzt und hatte mich allein gelassen gefühlt, aber rechtfertigte das mein fieses Verhalten?

»Bei der Großmutter braucht man keine Feinde mehr«, warf Sirion schnaubend ein und riss mich damit, beabsichtigt oder nicht, aus meinen leisen Schuldgefühlen.

»Vielleicht, aber seine Familie sucht man sich bekanntlich nicht aus. Falls es euch tröstet, Silvia kann auch anders. Es gibt Momente, in denen sie herzlich und fürsorglich ist, dann vergesse ich fast, dass es eben auch die andere kalte Seite gibt.« Nick lächelte traurig und schien für den Bruchteil einer Sekunde in Erinnerungen versunken zu sein.

»Aber du hast jetzt uns. Wir sind ein Team und deine Familie. Wir akzeptieren dich so, wie du bist.« Lea schenkte ihm ein strahlendes Lächeln und legte ihre Hand auf seinen Oberschenkel. Sein Blick wurde weicher und er sah meine beste Freundin voller Liebe an. Beinahe beneidete ich sie um diese Beziehung. Sie hatte dieses Glück so sehr verdient.

Die Ampel sprang auf Grün und wir fuhren weiter. Nick löste eine Hand vom Lenkrad, um Leas in die seine zu nehmen. Er drückte sie kurz und blickte meine Freundin einen winzigen

Moment lang verträumt an, bevor er sich wieder auf die Straße konzentrierte.

Der Rest der Fahrt verlief schweigend und wir hingen unseren Gedanken nach. Ich schaute aus dem Fenster und beobachtete die Umgebung, die sich stetig veränderte. Ein wechselndes Bild aus modernen und alten, großen und kleinen Häusern. Ein buntes Kunstwerk, das die moralischen Werte und die Offenheit der Kölner widerspiegelte. Einer der vielen Gründe, aus denen ich stolz war, in dieser tollen, multikulturellen Stadt geboren worden zu sein. Ich war Herzblut-Kölnerin, genauso wie Lea, und Nichts und Niemand würde mich hier wegbekommen.

Als wir endlich bei der Hauptschule in der Borsigstraße angekommen waren, schnallte ich mich ab und stieg aus. Dabei sog ich genießerisch die frische Luft um mich herum ein. Die Sonne hatte die Straßen noch nicht aufgeheizt, sodass die Schwüle, die in den Sommermonaten stets über der Stadt hing, noch auf sich warten ließ.

Bevor ich mich weiter in meinen wirren Gedanken verlieren konnte, umschlangen mich zwei starke Arme von hinten. Mir wehte ein vertrauter Geruch entgegen, der mich an eine Frühlingsbrise nach einem Regenschauer erinnerte. Ein Lächeln schlich sich auf meine Lippen, als ich mich gegen den gut trainierten Körper fallen ließ.

»Guten Morgen, kleiner Engel«, flüsterte Thomas mir ins Ohr, während er mich so weit losließ, dass ich mich umdrehen und ihn ebenfalls umarmen konnte. Er gab mir einen sanften, zärtlichen Kuss, bevor wir uns wieder voneinander lösten.

Im gleichen Moment schritt Estelle fröhlich winkend auf uns zu. Allein, ohne Simon. Normalerweise waren die beiden doch wie siamesische Zwillinge, immer beieinander, niemals getrennt. Ich hatte mich schon seit dem ersten Tag gefragt, ob sie eventuell heimlich ein Paar waren. Aber warum hätten sie es verschweigen sollen, wenn die Einheit doch zusammenhielt wie Pech und Schwefel. Das ergab keinen Sinn und ich nahm mir vor die ganze Sache bei nächster Gelegenheit anzusprechen. Estelle heute ohne ihn zu sehen, war auf jeden Fall irgendwie merkwürdig. Doch entweder bemerkte sie meine leicht irritierten Blicke nicht oder sie waren ihr schlichtweg egal, denn sie tänzelte freudig auf uns zu und begrüßte alle mit Wangenküsschen. Ein wenig beneidete ich sie um ihren unerschütterlichen Frohmut.

»Da seid ihr ja endlich. Simon und ich warten schon ewig auf euch.« Allzu ernst schien Estelle ihre Beschwerde jedoch nicht gemeint zu haben, denn sie lachte, bevor sie uns aufforderte, ihr zu folgen.

»Aber jetzt sind wir ja da«, scherzte Thomas in gespielt seriösem Tonfall, hakte sich bei ihr unter und pikste sie leicht in die Seite.

Sie wirkten so vertraut miteinander, wie richtig gute Freunde eben oder konnte es vielleicht sein, dass da mehr war? Eifersucht kochte in mir hoch und trübte meine Laune noch mehr ein. Nach seiner liebevollen Begrüßung hatte ich eigentlich gedacht, dass alles wieder gut wäre. Aber was, wenn Thomas jetzt nichts mehr von mir wissen wollte und mich beiseite legte, wie ein Spielzeug, das langweilig geworden oder kaputt gegangen war.

In meinem Fall traf sicherlich beides zu. Kein Wunder, dass er sich nun Estelle zuwandte. Immerhin war sie Teil seiner Einheit und trug ein Element in sich. Sie war nicht schwach und sie war nie gestorben. Ich an seiner Stelle hätte sie mir sicherlich vorgezogen.

Lea trat zu mir, legte mir den Arm um die Schulter und zog mich näher zu sich. Sie blickte mich wissend an und ich spürte, dass sie mich auch ohne unsere Seelenverbindung noch lesen konnte. »Mach dir keine Gedanken. Er liebt dich abgöttisch. Vielleicht braucht er einfach etwas Zeit, um das zu kapieren. Und das wird er schon irgendwann. Vertrau mir.«

»Aber warum lässt er mich dann stehen?«

»Weil er mit der Situation und vor allem mit sich selbst überfordert ist. Ich habe gesehen, wie sein Herz gestern in tausend kleine Scherben zersprungen ist, Lou.«

Nick, der neben Lea ging, nickte. »Thomas war immer der Taffe, ein harter Kerl, der nichts an sich herangelassen hat. Aber jetzt hat er gesehen, wie kurz unser Leben sein kann. Er liebt dich, wie er noch nie jemanden geliebt hat. Du bist seine Schwachstelle, aber auch sein Weg zum Glück. Das macht ihm Angst.«

Nachdenklich blickte ich in Nicks graue Augen. »Und was ist, wenn ich jemanden brauche? Wenn ich nicht allein mit der Situation klarkomme?«

Entschuldigend hob Nick die Hände. »Tut mir leid, Louisa. Ich kann nicht für Thomas sprechen, ich kann dir nur erklären, warum er gerade so ist. Wenn er nicht für dich da sein kann, dann sind wir es. Du gehörst zu uns, schon vergessen?«

Ich nickte und richtete meinen Blick zu Boden. Auch wenn ich ihm nicht richtig glauben konnte, seine Worte gaben mir Kraft. Lea hatte sich einen tollen Kerl geangelt. Er war ruhig, einfühlsam und vor allem verlässlich.

»Danke«, sagte ich traurig.

Im gleichen Moment betraten wir das Schulgebäude und machten uns direkt auf den Weg zu dem Büro, in dem Silvia Quartier bezogen hatte. Nick ging mutig voran und klopfte an die Tür, bevor er sie öffnete. Er wartete gar nicht erst auf ein »Herein«, was mich ein wenig wunderte. Schließlich kannten wir Silvia nur zu gut und wussten, dass sie uns gleich mit ihren eiskalten Augen erdolchen würde.

Kaum dass wir uns alle im Zimmer versammelt hatten, erhob sie sich von ihrem Stuhl und kam mit festen Schritten auf uns zu, während sie uns streng mit abschätzigen Blicken taxierte. »Schön, dass ihr euch auch endlich blicken lasst.«

Ich versuchte ihren schneidenden Tonfall zu ignorieren und musterte stattdessen die triste Inneneinrichtung des Raumes. Es schien das Büro des Schuldirektors zu sein. In der Mitte stand ein riesiger Schreibtisch und davor zwei Stühle. Die Wände waren mit Regalen voller Akten gesäumt. Dann fiel mein Blick auf zwei weitere Menschen in einer Ecke des Zimmers: Simon und Jan, die auf dem Boden saßen und meditierten.

»Du hast uns keine Zeit genannt und nach allem was passiert ist, wollten wir wenigsten eine Stunde länger schlafen«, sagte Lea ohne jegliche Spur von Angst, obwohl Silvias Blick sie regelrecht durchbohrte.

»Das Leben ist kein Ponyhof, Aileana. Ich habe euch die Suche nach deinem Bruder nicht genehmigt, also ist es nicht mein Verschulden, wenn ihr erschöpft seid.« Sie wandte sich mir zu. »Wir wollen heute herausfinden, ob Sirions Kuss dir magische Kräfte verliehen hat. Setzt du dich bitte zu Simon? Ihr anderen meldet euch unverzüglich bei Silvio, er wird euch für heute eine Aufgabe zuteilen.«

Verdutzt wechselten wir Blicke, doch Nick bedeutete uns, Silvias Bitte, wenn man es denn so nennen mochte, nachzukommen. Die Augen meiner besten Freundin funkelten angriffslustig, aber sie fügte sich ohne Murren in Nicks Entscheidung. Bevor sie allerdings den Raum verließ, umarmte sie mich noch einmal.

Mit einem flauen Gefühl in der Magengegend beobachtete ich einige Sekunden später, wie die Tür hinter meinen Freunden ins Schloss fiel. Langsam ging ich auf Simon zu und ließ mich vorsichtig neben ihn auf den Boden gleiten, um seine Konzentration nicht zu stören. Doch nur, weil er meditierte, bedeutete das nicht, dass er seine Umgebung nicht wahrnahm. Denn er öffnete die Augen und schenkte mir ein breites Lächeln. Auch Jan erwachte aus seiner Meditation, während Silvia sich wieder an den Schreibtisch setzte.

»Schön, dass du da bist, Louisa«, begrüßte er mich.

»Ich weiß nicht, ob ich mich darüber freuen soll«, gestand ich, woraufhin das Ratsmitglied leise lachte.

»Ich kann dich verstehen, aber hab keine Angst. Ein Element in sich zu tragen, ist etwas Tolles und tut auch nicht weh.«

»Das vielleicht nicht, aber diese Welt hier hat mich schon einmal das Leben gekostet, also …« Ich verzog mein Gesicht zu einem schiefen Grinsen.

Wissend nickte Jan. »Ja, ich kann dich verstehen. Aber du könntest genauso gut morgen bei einem Verkehrsunfall sterben.«

»Das stimmt wohl.«

Jan und Simon wechselten vielsagende Blicke.

»Normalerweise warten wir, bis das Element in einem Menschen erwacht und lassen die Reliquien entscheiden, wer würdig ist, ein Teil unserer Welt zu werden. Da du aber einen Drachenkuss bekommen hast, der dich sogar von den Toten zurückgeholt hat, wissen wir nicht, ob dir dabei ein Element verliehen wurde, geschweige denn wie stark es ausgeprägt ist, oder was es für Auswirkungen hat. Wenn es für dich in Ordnung ist, würden wir gerne ein paar Tests mit dir durchführen.«

Eigentlich wollte ich kein Versuchskaninchen sein, doch was blieb mir anderes übrig? Ich wollte ja selbst wissen, was mit mir los war. Also nickte ich zögerlich.

Simon und Jan reichten sich die Hände, dann sahen sie mich auffordernd an. Ich gehorchte und gemeinsam bildeten wir eine Art Kreis.

»Schließe deine Augen. Wir werden unsere Energien jetzt miteinander verknüpfen und sie mit dem Geistelement verbinden. Dadurch haben wir die Möglichkeit, herauszufinden, ob du eine Elementare wirst, oder nicht«, klärte Jan mich auf und ich folgte seinen Anweisungen.

Erst spürte ich gar nichts und wollte meine Augen wieder öffnen, doch dann fühlte ich einen Ruck durch meinen Körper fahren. Als würden eiskalte Finger nach mir greifen. Erneut zog etwas an mir. Ich spürte einen scharfen Schmerz, dann hörte ich Schreie. Und gerade als ich realisierte, dass ich es war, die schrie, verlor ich das Bewusstsein.

KAPITEL 5

Aileana

Kaum dass wir Silvias Büro verlassen und uns auf den Weg zu Herrn Buchmann gemacht hatten, wandte ich mich an Estelle. Wenn jemand wusste, was mit meiner besten Freundin geschehen würde, dann sie. »Weißt du was sie mit Louisa machen? Hat Simon etwas erzählt?«

Sie zuckte mit den Schultern. »Simon sagte, dass sie einige Tests durchführen wollen, um herauszufinden, ob Louisa ein Element in sich trägt. Mehr hat er nicht gesagt.«

Ich seufzte genervt. »Louisa ist doch kein Versuchskaninchen!«

»Ich bezweifle, dass sie sie so behandeln werden. Sie wollen nur Klarheit.«

Empört warf ich meine Hände in die Luft. »Die wollen wir doch alle, aber Tests? Das Erwachen eines Elementes kann man nicht erzwingen!«

»Ich kann dich verstehen, Lea, aber Simon wird nicht zulassen, dass man Louisa etwas aufzwingt. Wir sind doch eine Einheit, also vertrau ihm.« Damit hatte Estelle zwar Recht, trotzdem fühlte ich mich unbehaglich.

Es war nicht so, dass ich Simon etwas unterstellte. Im Gegenteil, ich wusste, dass wir uns gegenseitig beschützten, alles füreinander tun würden. Nur Silvia und Jan traute ich nicht. Nick, der meine Aufgebrachtheit zu spüren schien, kam zu uns und legte sanft seine Hand auf meine Schulter. Auch wenn ich wusste, dass er es nicht mit Absicht machte, nervte mich diese Ruhe, die seine Berührung automatisch in mir auslöste. In diesem Moment wollte ich mich aufregen, mein Element spüren, bloß um mich zu vergewissern, dass ich es einsetzen konnte, wenn es sein musste. »Estelle hat Recht, Lea. Mach dir keine Sorgen. Vor allem dürfen sie nichts machen, wozu Louisa nicht bereit ist.«

»Ich hoffe es für sie, ansonsten lernen sie mich von meiner anderen Seite kennen.«

Die Gruppe lachte, bis auf Thomas und Sirion. Bei meinem kleinen Schutzdrachen war das nicht ungewöhnlich, er hatte seine ernsten, schweigsamen Momente. Aber um Thomas machte ich mir Sorgen. Normalerweise lachte er über jeden noch so unlustigen Scherz, doch jetzt war er wie ausgewechselt. Seine fröhliche Sorglosigkeit hatte auf mich schon bei unserer Begrüßung aufgesetzt und erzwungen gewirkt, doch jetzt trug er nicht einmal mehr seine Maske. Viel mehr zeigte er, wie sehr ihn die letzte Nacht wirklich zerrissen hatte.

Ich tippte Nick an und bedeutete ihm mit einer leichten Kopfbewegung, zu seinem Kumpel zu gehen. Er gab mir einen Kuss auf die Stirn, dann ließ er mich allein bei Estelle und Sirion zurück.

»Nick ist echt toll. Ich freue mich für euch«, sagte Estelle und hakte sich bei mir unter.

»Danke. Ich kann mein Glück selbst kaum fassen.« Wir kicherten, was Sirion genervt aufstöhnen ließ.

»Wir haben lange geglaubt, dass sein Herz genauso zu Eis erstarrt ist wie das seiner Großmutter. Er war verbissen, hat uns angetrieben wie ein Sklaventreiber, uns kaum eine Minute Ruhe gegönnt. Zum Glück trägt er die Erde in sich und damit eine natürliche Ausgeglichenheit. Nicht auszudenken, wie er sich verhalten hätte, wenn er das Feuerelement in sich trüge. Nichts für Ungut, Lea. Du weißt, dass ich dich gern habe. Trotzdem, nach Sues Tod hat er alles und jeden von sich gestoßen. Nicht einmal Thomas kam mehr an ihn heran. Er war völlig kalt, nur noch auf die Organisation und die Einhaltung der Regeln fixiert. Wir wussten schon nicht mehr, was wir machen sollten. Aber dann bist du aufgetaucht und hast ihn innerhalb kürzester Zeit wieder aufgetaut.«

Entsetzt sog ich Luft ein. »Das wusste ich nicht.«

»Wie denn auch, das war vor deiner Zeit und ehrlich gesagt, glaube ich, dass Nick am liebsten vergessen würde, wie er sich damals verhalten hat. Letztendlich ist es auch nicht mehr relevant. Das Jetzt zählt. Und dennoch, macht eure Beziehung uns Angst, weil wir eine Einheit und durch unsere Elemente miteinander verbunden sind. Wir vertrauen uns. Paare innerhalb eines Teams können das alles gefährden und sind deshalb eigentlich nicht gerne gesehen. Versteh das nicht falsch, wir gönnen euch euer Glück von Herzen und stehen hinter euch. Nur was passiert, wenn ihr euch trennt? Dann ist das Vertrauen weg und wir keine Einheit mehr.«

»Aber du bist doch auch mit Simon zusammen.«

Verwundert blieb sie stehen und sah sie mich an, bevor sie laut zu lachen anfing. »Nein, Simon und ich sind kein Paar. Ich bin ihm unendlich dankbar, weil er mir vor längerer Zeit in einer misslichen Lage geholfen hat. Er ist so etwas wie ein Bruder für mich.«

Ich presste die Lippen aufeinander und sah betreten zu Boden. »Es gibt so viele Dinge, die ich über euch noch nicht weiß.«

Sie stupste mich mit dem Ellenbogen an und setzte sich wieder in Bewegung. »Du hast ja auch nie gefragt. Soll ich dir unsere Geschichte erzählen?«

Ich nickte. »Sehr gerne. Wie du eben sagtest, wir sind eine Einheit und müssen aufeinander zählen können. Dafür sollten wir einander auch kennen, oder nicht?«

»Das stimmt. Du weißt, ich komme aus Frankreich. Meine Eltern sind dort angesehene Elementare. Wie Nick bin ich in dieser Welt aufgewachsen. Während er jedoch in seiner Aufgabe aufging, haben meine Eltern mich mit ihrem Ehrgeiz erdrückt. Sie haben jeden meiner Schritte kontrolliert, bis ich mit vierzehn schließlich davongelaufen bin. Damals hat sich alles besser angehört, als weiterhin bei meinen Eltern zu leben.

Ich habe also die wichtigsten Sachen gepackt und bin in den nächstbesten Zug gestiegen, um so weit weg zu kommen, wie irgendwie möglich. So bin ich schließlich zum ersten Mal in Köln gelandet. Meine Eltern hatten mein Verschwinden natürlich schnell bemerkt und mich beim Rat als vermisst gemeldet. Als ich dann am Hauptbahnhof aus dem Zug gestiegen bin, bin ich Simon und seiner Großmutter mehr oder weniger direkt in die Arme gelaufen. Normalerweise hätten sie mich melden müssen, doch als ich ihnen erzählt habe, warum ich weggelaufen war, haben sie mich aufgenommen und versteckt.

Das Ganze ging tatsächlich zwei Jahre gut, bis mich ein Geistelementar aufgespürt hat. Glücklicherweise hat er mich in einem Supermarkt und nicht bei Simon zu Hause gefunden, denn sonst wären er und seine Großmutter in enormen Schwierigkeiten gewesen. Jedenfalls wurde ich zurück zu meinen Eltern gebracht. Mittlerweile war ich sechzehn und ziemlich rebellisch. Ein Jahr später ist dann mein Element erwacht. Ich habe meinen ersten Freund kennengelernt und bin durch ihn auf die schiefe Bahn geraten. Gemeinsam haben wir unzählige Einbrüche begangen. Mein Element hat uns dabei geholfen und verhindert, dass wir erwischt wurden. Ich habe immer sofort gewusst, ob ein Haus leer war oder nicht oder ob sich uns jemand näherte.

Die Zeit war aufregend, doch irgendwann hatte ich genug davon. Ich war das Stehlen leid. Doch mein Freund wollte mich nicht gehen lassen. Als der Rat mich schließlich aufgespürt hat, war das die erste Möglichkeit für mich, dem Kerl zu entkommen. Ich habe Silvias Angebot angenommen, mich einer Einheit in Köln anzuschließen. Als ich bei unserem ersten Aufeinandertreffen Simon wiederbegegnet bin, konnte ich mein Glück kaum fassen.«

»Wahnsinn! Was für eine Geschichte! Es war, als hätte das Schicksal gewollt, dass ihr euch findet«, rief ich aus, was Estelle erneut zum Lachen brachte und Sirion zumindest ein belustigtes Schnauben entlockte.

»Vielleicht ist es so, doch wichtiger ist, dass wir uns alle gefunden haben. Wir sind ein Team und so soll es sein.«

»Also ich war nie von anderen abhängig«, warf Sirion beiläufig ein und klang dabei ziemlich überheblich.

»Ist das so?« Ich sah ihn herausfordernd an.

»Aber sicher. Schließlich bestehen wir aus Magie, während eure Körper dafür nicht geschaffen sind«

»Das hast du dir doch ausgedacht.«

Sirion schüttelte seinen Kopf. »Habe ich nicht und das weißt du. Schließlich hast du die geballte Kraft aller fünf Elemente gespürt, Aileana. Sag mir, wie dein Körper darauf reagiert hat.«

Er hatte Recht. Ich hatte es gespürt und das Bewusstsein verloren. Gleichzeitig jedoch hatte ich eine weitere Macht in mir entfesselt, die mir geholfen hatte, meinen Bruder zu retten. Aber, und darauf kam es an, ich hatte es überlebt.

Ein Grinsen schlich sich auf meine Lippen. »Ich möchte dich ja nicht enttäuschen, Sirion, aber ich lebe noch. Unsere Körper sind stärker als du glaubst.«

Genervt rollte er mit den Augen. »Du hast es noch immer nicht begriffen, deswegen hier noch einmal für ganz Langsame: Du. Bist. Keine. Normale. Elementare. In dir fließt Drachenblut, deswegen trägst du alle Elemente in dir. Niemand sonst kann das.«

Seine Worte versetzten mir einen scharfen Stich. Sirion wusste, dass dieses Thema mein wunder Punkt war. Er hatte gerade Salz in die Wunde gestreut, den Finger draufgelegt und ihn genüsslich hineingedrückt. Ich spürte, wie Wut Verbindung zu meinem Element aufnahm, mein Blickfeld sich im Bruchteil einer Sekunde rot färbte und mein Herz schneller schlagen ließ. Einen kurzen Moment lang hätte ich Sirion nur zu gerne gegrillt, doch ein leises Gefühl sagte mir, dass ich das eigentlich gar nicht wollte.

Nein, ich brauchte es nicht.

Also atmete ich tief durch und spürte, wie mein Zorn verrauchte. Stattdessen stahl sich ein Lächeln auf meine Lippen.

»Das weiß ich, doch es ändert nichts an der Tatsache, dass mein mickriger Körper und ich alle Elemente ausgehalten haben. In mir fließt Drachenblut, aber ich bin trotzdem ein Mensch.«

Ich bemerkte, wie Sirion und Nick einen schnellen Blick tauschten. »Was geht hier vor?«

Betreten sahen die zwei nach unten. »Wir wissen nicht, wie viel Drache tatsächlich in dir steckt, Aileana. Bei normalen Elementaren lässt die Kraft der Elemente mit der Zeit nach, weil sie kein Bestandteil der Blutlinie ist, sondern nur ein magischer Impuls, der sich vererbt hat. Aber echtes Drachenblut verdünnt nicht.«

Verunsichert blickte ich Sirion an. »Du willst mir damit sagen, dass ich ein halber Drache bin? Das ist nichts Neues.«

»Du verstehst nicht, was Sirion dir sagen möchte, Lea. Es könnte sein, dass in dir mehr steckt, als nur ein Mensch. Vielleicht kannst du dich sogar vollständig in einen Drachen verwandeln.«

Abrupt blieb ich stehen und blickte meine Freunde mit offenem Mund an. »Nicht euer Ernst?!«

»Doch, leider schon«, sagte Nick zerknirscht.

Ich schüttelte den Kopf. Das konnte nicht sein. In mir floss zwar das Blut der Drachen, aber selbst einer zu sein, erschien mir absurd. Ich war weder blutrünstig, noch verzehrte es mich nach Fleisch, so wie es bei Sirion der Fall war. Außerdem hatte ich weder Flügel noch Schuppen oder etwas anderes drachenhaftes an mir.

Reichte es nicht, dass ich eine Elementare war? Dass Drachenblut in meinen Adern floss? Musste ich jetzt auch noch ein Drache sein? Ich wollte das nicht. Wollte mich nicht noch weiter von dem Menschen entfernen, der ich bis vor einigen Monaten noch gewesen war. Wie konnte ich bei all diesen Bändern und Kräften noch ich selbst sein? Kannte ich mich überhaupt? Normal würde ich wohl nie sein, das war mir schon lange klar. Der Zug war bereits vor einer Ewigkeit abgefahren. Aber ein Drache zu werden, übertraf nun wirklich alles.

Eine Hand legte sich auf meine Schulter und ich blickte zu Estelle. »Mach dir nicht so viele Gedanken. Wir halten trotzdem zu dir. Wir sind eine Einheit. Du kannst immer auf uns zählen.«

Ich lächelte matt. »Danke. Ich wüsste nicht, was ich ohne euch machen würde.«

»Das ist unwichtig. Wir haben uns alle für diesen Weg entschieden und sollten uns nicht fragen, was geschehen wäre, wenn wir, oder auch nur ein paar von uns, eine andere Richtung eingeschlagen hätten. Jede unserer Handlungen formt unser Wesen und macht uns zu dem Menschen, der wir sind. Jede Entscheidung macht uns zu etwas Besonderem. Du sagst immer, du möchtest dazugehören und normal sein. Aber sag mir, was ist schon normal?«

Verwundert blickte ich meine Freundin an. Sie hatte Recht. Ich hatte immer so sein wollen, wie alle anderen. Doch eigentlich machten all die Unterschiede jeden von uns zu etwas Besonderem. Nur die Menschen, die mich so akzeptierten, wie ich war, die mich auch in meinen schweren Zeiten unterstützten, waren meine wahren Freunde. Und meine Einheit gehörte dazu.

Ich lächelte, erleichtert, diese wundervollen Menschen an meiner Seite zu haben. »Danke für deine ehrlichen Worte. Ich wollte mich immer verbiegen, dabei macht uns doch diese Andersartigkeit erst aus, nicht?«

Zufrieden grinste Estelle und hakte sich erneut bei mir unter. »Freut mich, dass ich dir helfen konnte.«

Nachdem wir nun eine gefühlte Ewigkeit durch die endlosen Flure des tristen Schulgebäudes gewandert waren, kamen wir endlich zu dem Klassenzimmer, in dem Herr Buchmann uns erwartete. Als wir eintraten, stand er bereits an der Tafel und lächelte uns zu. Fast schien es, als wäre alles beim Alten und diese schreckliche Mission niemals geschehen. Wir setzten uns auf unsere üblichen Plätze, während ich mich fragte, was wir heute wohl machen würden.

»Ich freue mich, euch wohlauf zu sehen«, begann er und sah jeden von uns eindringlich an. Bei mir blieb er einen Moment länger hängen. »Ihr habt die Welt der Elemente in Aufruhr versetzt und das hat jetzt sowohl positive als auch negative Konsequenzen. Man hat mich als euren Mentor bestimmt.«

»Das freut uns sehr, Silvio.« Als Leiter unserer Einheit, gehörte es sich, dass Nick für uns sprach.

Doch ich wusste nicht, ob ich seinen Worten zustimmte. Meinen ehemaligen Lehrer als Aufpasser zu haben, versetzte mich nicht gerade in Euphorie. Er war Silvia und den Regeln der Welt der Elemente treu ergeben.

Herr Buchmann blieb, entgegen meiner Erwartung, seltsam ernst. »Hört mir bis zum Ende zu. Es wird sich einiges ändern. Ab sofort plane ich eure Trainingseinheiten. Ich allein entscheide, ob und wann ihr auf Missionen geht und werde über jedes noch so kleine Detail informiert. Es wird keine Alleingänge mehr geben, ansonsten bekommen wir ein riesiges Problem miteinander. Habt ihr mich verstanden?«

Zuerst schwiegen wir. Dann nickten wir zögerlich. Normalerweise war Herr Buchmann die Freundlichkeit in Person, doch nun war seine Stimme schneidend und ließ keinen Widerspruch zu. Fast so, als wären wir beim Militär.

»Gut«, fuhr er fort. »Estelle, Thomas und Niklas. Ihr werdet gleich abgeholt, um an euren jeweiligen Elementen zu arbeiten. Sirion, du wirst von Silvia erwartet, sobald sie mit Louisa fertig ist. Mit Lea möchte ich gerne einige Tests durchführen.«

»Tests? Wieso das denn? Ich bin doch kein Versuchskaninchen«, entfuhr es mir entsetzt.

Hatte der Rat etwa Wind vom Zwillingsband bekommen? Oder wussten sie etwas über meine Drachenmacht? Ich tauschte einen verwirrten Blick mit Nick, der nur leicht die Schulter hob. Die unauffällige Geste entging, Herrn Buchmann jedoch nicht und er musterte meinen Freund misstrauisch.

»Nein, aber es ist deine Pflicht, das Phänomen, dass du alle Elemente in dir trägst, zu ergründen, Aileana.«

»Ich würde es zwar nicht als Phänomen betiteln, sondern als Erbe. Aber gut … Auf was muss ich mich einstellen?«

Bevor ich eine Antwort bekommen konnte, betraten drei Gestalten den Raum. Viola und Martin erkannte ich sofort, aber die dritte Person war mir unbekannt. Die Frau war klein und schmal, ihr langes, blondes Haar war zu Zöpfen geflochten, die sich an ihren Körper schmiegten. Ihre hellen, blauen Augen musterten die Umgebung wachsam. Sie wirkte unscheinbar und würde in einer Menschenmenge bestimmt schnell übersehen werden.

»Das ist Jo, meine Trainerin«, flüsterte Estelle mir zu, bevor sie aufstand. Auch die anderen erhoben sich und winkten mir zum Abschied zu. Nur Sirion blieb neben mir sitzen.

Fragend hob Herr Buchmann eine Augenbraue. »Sirion, Silvia erwartet dich.«

Genervt schnaubte mein kleiner Schutzdrache und zuckte mit den Schultern. »Ist mir egal.«

Ich unterdrückte ein Lachen und presste die Lippen fest aufeinander. Irgendwie hatte ich mit einer solchen Reaktion gerechnet. Sirion benahm sich wieder einmal ganz genau so, wie der Rotzbengel, nach dem er aussah.

Herr Buchmanns Gesicht bekam rote Flecken vor Nervosität. »Aber Silvia lässt man nicht warten.«

»Ich schon. Was möchte sie machen? Mich bestrafen und mich in einen Leeren verwandeln? Das schafft sie nicht, denn ich bin ein Drache. Sie möchte etwas von mir, also sollte sie lernen, sich nach mir zu richten. Mir erteilt man keine Befehle.« Sirions Stimme klang eisig und bescherte mir eine ordentliche Gänsehaut, obwohl sein Zorn nicht gegen mich gerichtet war.

Abwehrend hob Herr Buchmann die Hände. »Okay. Dann fangen wir mal an. Es geht erst einmal darum, die anderen Elemente in dir zu trainieren. Wir möchten wissen, wie schnell du lernst, mit ihnen umzugehen und wie sich das auf dich und dein Wesen auswirkt. Das Feuerelement beherrschst du bereits, deswegen widmen wir uns jetzt direkt den anderen. Dafür sollten wir allerdings das Gebäude verlassen.«

Das klang für mich nicht unbedingt nach einem Test, sondern nach normalem Elementartraining, wenn auch ein wenig verschärfter. Damit konnte ich leben und stand auf, um meinem Lehrer zu folgen. Sobald er uns den Rücken zugewandt hatte, tauschte ich einen vielsagenden Blick mit Sirion. Ich wusste nicht, ob ich mein Feuer ohne die mentale Unterstützung meines Schutzdrachen noch genauso gut beherrschte wie zuvor.

»Glaub an dich selbst, dann wird es klappen«, flüsterte er mir zu, sodass Herr Buchmann nichts davon mitbekam.

Ich presste die Lippen aufeinander und nickte. Es würde schon klappen. Nein, es musste klappen. Nachdem wir das Gebäude verlassen hatten, gingen wir zu dem geschützten Teil der Schule, in dem sich auch die Sporthallen befanden. Wir setzten uns auf die Bänke. Es fühlte sich komisch an, mit ihm hier draußen zu sitzen, weil ich hier normalerweise mit meinen Freunden saß, wenn wir vom Sportunterricht kamen und uns eine Pause gönnten.

»Ich möchte, dass du dich auf das Erdelement konzentrierst. Stell dir vor, wie auf der Wiese Blumen sprießen. Zuerst ihre Wurzeln, dann die Stränge mit den Knospen, die zu wunderschönen Blüten aufgehen.«

Ich nickte, auch wenn mir seine Beschreibung nicht ganz zu sagte, stand auf und stellte mich auf den Rasen. Ich schloss die Augen und versuchte, alles um mich herum auszublenden, konzentrierte mich auf das Wellenrauschen, das ich mir immer vorstellte, um auf meine Energie zuzugreifen. Es gelang mir sehr gut und das Feuer rauschte durch meine Adern.

Erschrocken öffnete ich meine Augen, weil die Erinnerungen an den letzten Abend erneut Besitz von meinem Bewusstsein ergriffen. Sie zeigten mir zu deutlich, was geschah, wenn ein Element außer Kontrolle geriet. Bevor Schlimmeres passieren konnte, verschloss ich die Kraft wieder, ließ die Schultern sinken.

»Ist alles in Ordnung?«, wollte mein Lehrer wissen.

Bevor ich antworten konnte, atmete ich tief durch. »Ich … Ja, Entschuldigung.«

Ich tauschte einen kurzen Blick mit Sirion. Wortlos gab er mir zu verstehen, dass ich nichts für gestern konnte. Dass ich nur die Menschen beschützt hatte, die mir wichtig waren und ich meinem Element nicht die Schuld geben sollte. Also griff ich erneut auf meine Magie zu, wenn auch mit einem mulmigen Gefühl in der Magengegend. Als das Feuer erwachte, drängte ich es dennoch sofort zurück, um mich stattdessen auf die Ruhe in mir zu konzentrieren. Doch wie sollte ich sie finden, wenn ich innerlich so aufgewühlt war?

Nach einiger Zeit schaffte ich es dennoch, das Erdelement in mir zu entfesseln. Ein beruhigendes Gefühl floss durch mich hindurch und nahm einen Teil meiner Unsicherheit und Trauer mit sich. Es war ein seltsames Gefühl, diese komplette Ausgeglichenheit zu spüren, die so konträr zu meinem eigentlichen Element war, das mich kontinuierlich vorwärts trieb.

Ich schob meine Eindrücke von mir und konzentrierte mich darauf, das detailreiche Bild von einer Tulpenwiese vor meinen geschlossenen Augen entstehen zu lassen. Daran hielt ich fest, glaubte, dass die Blumen real waren, stellte mir vor, wie sie aus dem Boden wuchsen. Dabei versuchte ich, meine Energie an die Umgebung abzugeben und war stolz, dass alles irgendwie zu funktionieren schien. Als ich die Augen wieder aufschlug, war ich der felsenfesten Überzeugung, mitten in einem Blütenmeer zu stehen.

Doch da war nichts.

Enttäuscht seufzte ich. »Heute scheint nicht mein Tag zu sein.«

Sirion schüttelte den Kopf. »Das stimmt nicht. Schau genauer hin, es hat sich etwas verändert, wenn auch anders, als du erwartet hast.«

Verwundert sah ich meinen kleinen Freund an, dann musterte ich meine Umgebung noch einmal. Hatte sich tatsächlich etwas verändert? »Ich kann nichts erkennen.« Es sah alles genau gleich aus. Fragend wandte ich mich ihm wieder zu und er stieß resigniert die Luft aus.

Dann deutete er auf die Grasfläche. »Sieh sie dir an, Aileana! Ihre Farbe ist satter. Du hast zwar keine Blumenwiese erschaffen, aber dem Rasen neue Nährstoffe gegeben.«

War das jetzt positiv oder negativ? Ich wusste es nicht. »Aber es sieht doch alles so aus, wie vorher, Sirion.«

»Du möchtest es nicht sehen, oder? Du hast etwas verändert, es ist nur nicht direkt zu sehen.« Er stand auf und kam auf mich zu. »Schließe deine Augen und konzentriere dich, Aileana. Berufe dich auf dein Drachenblut.«

Ich nickte, dann folgte ich Sirions Bitte, auch wenn ich keine Ahnung hatte, was mein kleiner Freund von mir wollte. Ich tastete erneut nach meiner Energie, wobei das Feuer mich freudig empfing. Auch wenn es mir schwer fiel, ließ ich mein bevorzugtes Element links liegen. Ich wollte die Kraft finden, die viel tiefer verborgen lag und doch fest in mir verankert war.

Bevor ich sie finden konnte, legte sich eine Hand auf meine Schulter. Im gleichen Moment hatte ich das Gefühl, als würde ein Schalter umgelegt werden. Eine Welle purer Energie erfasste mich, fraß sich heiß durch meine Adern. Obwohl sie mich nahezu zu verbrennen drohte, wusste ich, dass sie zu mir gehörte und ich sie nicht zu fürchten brauchte. Viel mehr berauschte sie mich und gab mir das Gefühl, federleicht zu sein. Als würde ich über allem schweben.

»Jetzt öffne deine Augen und schau noch einmal hin.«

Wieder gehorchte ich und hob meine Lider. Was ich dann sah, raubte mir den Atem und ließ sich kaum in Worte fassen. Die Umgebung schimmerte wie ein Regenbogen in allen möglichen Farbtönen. Während sich die Steinplatten grau färbten und der Himmel in sanftem Blau zu sehen war, strahlte der Rasen unter meinen Füßen in einem satten, dunklen Grün. Feine Lichtpunkte machten sich zwischen den einzelnen Halmen breit.

»Siehst du es nun?«, fragte mich Sirion, der ebenfalls strahlte wie Sterne in dunkler Nacht.

Ich nickte. »Ich habe Samen gesät, aber es nicht geschafft, sie zum Blühen zu bringen.«

Mein kleiner Freund nickte. »Weil du das Erdelement nicht kennst, Aileana. Beim nächsten Regen werden die Blumen sprießen.«

Ich lächelte, als mir eine Idee kam. Ich griff nach den gelb leuchtenden Luftströmen über uns und versuchte, das Wetter zu beeinflussen. Ich probierte, die blau leuchtenden Wattebäusche über mir zu einem Großen zu vereinen, was mir allerdings nicht so recht gelingen wollte.

»Du konzentrierst dich nicht genug«, ermahnte mich Sirion, der mein Treiben mitbekommen hatte.

Ich grinste schief, dann versuchte ich, mich mehr zu fokussieren. Doch bevor ich es schaffte, nach den einzelnen Elementen zu greifen, wurde ich aus meiner Drachensicht zurück in die Realität katapultiert.

»Verdammter Mist!«, fluchte ich, während Sirion lachte.

»Beim nächsten Mal schaffst du es allein und kannst deinen Drachenblick länger aufrechterhalten. Ich bin stolz auf dich, Aileana.«

Mein Gesicht begann bei seinem seltenen Kompliment leicht zu prickeln und ich lief rot an. Herr Buchmann, der sich das ganze Spektakel schweigend angesehen hatte, trat zu uns. »Würdet ihr mir die Situation bitte erklären?«

Ich zuckte mit den Schultern. »Sirion hat mir eine Kostprobe von dem gegeben, was ich noch lernen muss.«

Herr Buchmann musterte mich misstrauisch. »Ihr verheimlicht mir etwas. Was ist auf dem Drachenfelsen tatsächlich geschehen? Wir sind nicht blöd und wissen, dass ihr uns nicht alles erzählt habt. Ich kann nur für euch da sein, wenn ihr ehrlich zu mir seid. Wie soll ich sonst meine Hand für euch ins Feuer legen können?«

Wie wahr diese Redewendung doch war …

»Wer sagt denn, dass die Einheit Sie braucht?«, fragte Sirion und blickte meinen Lehrer herausfordernd an.

»Die Gruppe hat tatsächlich bewiesen, dass sie gut auf eigene Faust handeln kann. Aber zu welchem Preis? Louisa wäre gestorben, wenn du nicht gewesen wärest, Sirion. Das Leben als Elementarer ist nicht so einfach, man kann jede Hilfe gebrauchen, die man bekommt. Und genau das möchte ich: euch helfen. Ich bin nicht gegen euch.«

Ich schüttelte den Kopf. »Wenn Sie mir helfen wollen, warum habe ich dann das Gefühl, ein Versuchskaninchen zu sein? Wir kommen in den Raum und das erste, was ich zu hören bekomme, ist, dass man mich testen möchte. Ich bin ein Mensch mit Gefühlen. Ich möchte akzeptiert werden, wie ich bin.«

Schuldbewusst blickte er weg. »Ein Mensch, in dem alle Elemente vereint sind. Wir wollen dir helfen, deine Kraft kennenzulernen, Aileana. Das hat nichts mit Akzeptanz zu tun.«

»Du möchtest das vielleicht, aber Silvia bestimmt nicht. Für sie bin ich nur ein Mittel zum Zweck. Wir haben niemanden angelogen, was den Drachenfelsen betrifft. Das kann ich versprechen.« Warum ich ihn auf einmal duzte, wusste ich nicht. Vielleicht, weil es in der Welt der Elemente alle taten. Oder aber wegen seiner ruhigen Art und der Intensität, die er in seine Worte gelegt hatte.

Silvio nickte. »Aber ihr habt Details verschwiegen. Ihr haltet wichtige Informationen zurück, die uns helfen könnten, deine Kraft zu verstehen.«

Ich schnaubte. »Ihr wollt doch nur wissen, ob ich eine Gefahr für euch bin. Falls es euch tröstet: Ich habe selbst keine Ahnung.«

»Dann lass mich dir helfen, das herauszufinden«, bat er und sah mich dabei an, wie ein bettelnder Kater.

Bevor ich allerdings antworten konnte, kam Simon auf uns zugelaufen. In seinem Blick konnte ich lesen, dass etwas nicht stimmte. Ich ließ Herrn Buchmann stehen und lief auf meinen Freund zu.

»Lea …«, schnaufte er und beugte sich nach vorne, um sich auf seinen Knien abzustützen. »Louisa …«

Panik durchflutete mich. »Was ist mit Louisa? Geht es ihr gut?«

Er schüttelte den Kopf. »Mit ihr stimmt etwas nicht. Du musst mitkommen. Schnell!«

Ich nickte und zusammen mit Simon rannte ich los, dicht gefolgt von Sirion.

KAPITEL 6

Aileana

Als wir Silvias Büro betraten, lag Louisa auf dem Boden. Sie hatten sie auf eine mitgenommen aussehende Isomatte gelegt. Ihre Haut schimmerte kränklich und sie hatte tiefe Ränder unter den Augen.

»Was stimmt nicht mit ihr?« Ich setzte mich neben meine beste Freundin auf den Boden.

Ein Griff nach ihrer Hand zeigte mir, dass hier etwas ganz und gar nicht in Ordnung war. Beinahe hätte ich sie wieder losgelassen, so eiskalt war sie. Auffordernd blickte ich zwischen Jan und Simon hin und her. Beide wirkten zerknirscht, als trauten sie sich nicht, die Wahrheit auszusprechen.

»Jetzt sagt mir verdammt noch mal, was geschehen ist!«, schrie ich die beiden an, weil die Angst um Louisa mich übermannte. Ich spürte, wie meine Emotionen sich mit dem Feuerelement in mir vereinigten und schließlich unaufhaltsam aus mir herausbrachen.

»Sie wacht bald wieder auf, aber sie wird sich verändern. Durch ihren Tod scheint sich das Element nicht richtig auf sie übertragen zu haben. Es ist, als würde es sie von innen heraus zerfressen«, druckste Simon herum.

Böse funkelte ich ihn an. »Was hat das zu bedeuten? Was habt ihr mit ihr gemacht?«

»Wir haben eine Reise in ihr Innerstes gemacht, um ihr Element herauszufinden, Aileana«, mischte sich Jan ein.

»Aber anscheinend ist dabei etwas schief gegangen!« Meine Stimme überschlug sich. Was hatten sie mit meiner besten Freundin gemacht?

Jan kam auf mich zu, doch ich hob abwehrend die Hände. »Fass mich nicht an! Ich weiß genau, was ihr mit eurem Element könnt. Erzählt mir endlich, was mit Louisa los ist!«

»Sie wird zu einer Leeren, Lea. Ihr Element ist blockiert und das wird sie in den Wahnsinn treiben«.

Ich schüttelte den Kopf. »Nein, Simon. Das kann nicht sein.«

Mit geweiteten Augen ließ ich die Hand meiner Freundin los und stand auf. Louisa durfte so etwas nicht passieren. Sie war meinetwegen in diese Welt hineingezogen worden. Es war meine Schuld, dass sie gestorben war und sich verwandelte. Das durfte nicht sein.

Das konnte ich nicht zulassen.

Es ging hier schließlich um Louisa, meine beste Freundin, und ich war es ihr schuldig. Sie war meine Seelenschwester — egal ob mit oder ohne dieses Band — und ich würde alles tun, um ihr zu helfen.

»Das … das dürfen wir nicht zulassen«, hauchte ich fassungslos.

Jan schüttelte den Kopf. »Keine Angst, wir werden eine Lösung für deine Freundin finden.«

Er lächelte sanft, doch irgendwie fühlte es sich falsch an, als würde er nur versuchen, mich zu beruhigen.

»So, wie ihr Chris helfen wolltet? Ihr werdet gar nichts unternehmen. Warum auch? Was ist schon eine weitere Leere mehr? Das interessiert euch doch eh nicht!« Ich blickte Simon an, der bedrückt zu Boden starrte und meinem Blick auswich. Da wusste ich, dass ich Recht hatte und Louisa dem Rat egal war.

Aber mir nicht.

Und meiner Einheit auch nicht.

Wir hatten unsere erste Mission gemeinsam bestritten und überstanden. Sie gehörte zu uns und wir würden sie niemals fallen lassen.

Als hätte Simon meinen Entschluss gespürt, sah er auf. Ich blickte in seine warmen, traurigen Augen, in denen sich die gleiche Entschlossenheit spiegelte, wie in meinen.

Gemeinsam würden wir Louisa helfen.

Einer für alle und alle für einen.

»Wann wacht sie auf?«, fragte ich nun weniger hysterisch.

Jan zuckte mit den Schultern. »Hoffentlich bald. Aber wir müssen sie im Auge behalten. Wahrscheinlich sollten wir sie gar nicht gehen lassen und weiterhin beobachten. Immerhin wissen wir nicht, wie sie sich verändern wird. Aber, und das ist der Punkt, sie gehört nicht wirklich in diese Welt und wir können sie kaum hier festhalten. Wir haben kein Recht dazu, sie wegzusperren.«

»Ich werde auf sie aufpassen.« Als würde ich meine beste Freundin in der Obhut der Organisation lassen. Bei Menschen, die ihr wirklich helfen wollten, war sie sicherer.

Jan nickte und betrachtete mich eindringlich, als würde er genau wissen, was mir durch den Kopf ging. »Ich weiß. Und ich vertraue darauf, dass du nichts tun würdest, um ihr zu schaden.«

»Niemals, schließlich ist sie meine beste Freundin.«

Seine Augen musterten mich aufmerksam. »Auch das ist mir bekannt. Du hast schließlich bei deinen Testfragen damals gesagt, dass sie der wichtigste Mensch in deinem Leben ist. Aber du solltest nun weiter trainieren. Wir passen auf sie auf bis du fertig bist. Beim Schlafen wirst du ihr ohnehin nicht helfen können.«

Ich wollte etwas erwidern, doch ich wusste nicht was. Alles in mir schrie danach, mich um Louisa zu kümmern und bei ihr zu bleiben. Als ich einen Blick zu Simon warf, nickte er mir jedoch beruhigend zu.

Im gleichen Moment griff Sirion nach meiner Hand. »Komm, Lea. Du musst sie ausruhen lassen. Simon passt auf sie auf.«

Ich wandte mich meinem kleinen Freund zu. In seinem Blick lag eine Intensität, die es mir schwer machte, ihm zu widersprechen. Er wollte mir etwas mitteilen, aber nicht vor den anderen. In diesem Moment wünschte ich mir unsere stummen Gespräche zurück. Hin und her gerissen zwischen meiner Neugier und dem Verlangen, für meine beste Freundin da zu sein, blieb ich stehen.

Konnte ich Louisa einfach allein lassen?

Ich seufzte. Dann aber folgte ich Sirion widerwillig aus dem Zimmer. Wir verließen das Schulgebäude und setzten uns auf dem Pausenhof auf eine Bank. »Es tut mir leid.«

Verwundert blickte ich Sirion an. »Was tut dir leid?«

»Wenn ich sie nicht zurückgeholt hätte, dann wäre all das nicht geschehen.« Traurig sah er in Richtung Boden.

Vorsichtig legte ich eine Hand an sein Kinn und zwang ihn, mich anzusehen. »Du hast nichts falsch gemacht, Sirion. Du wolltest helfen und dafür bin ich dir unendlich dankbar. Lieber habe ich eine leere Freundin, als eine tote. Denn so haben wir noch die Chance, ihr zu helfen. So schwer kann es doch nicht sein, diese verdammte Blockade zu lösen, oder?«

Vorsichtig schob er meine Hand weg, dann schüttelte er den Kopf. »Ich habe keine Ahnung. Aber trotzdem hätte ich wissen müssen, dass man keine Toten zurückholt. Die Drachen haben damals ja nicht umsonst lebenden Menschen die Kraft der Elemente gegeben, statt Tote ins Leben zurückzuholen.«

»Mag sein, Sir, aber was passiert ist, lässt sich nicht rückgängig machen. Wir müssen nach vorne sehen und einen Weg finden, ihr zu helfen.«

Sirion nickte. »Du hast dich wirklich gemacht, Aileana.«

Verwundert sah ich ihn an. »Wie meinst du das?«

»Als ich dich kennengelernt habe, da warst du schwach. Du hast alles negativ gesehen und nichts konnte man dir recht machen. Du hast versucht, Vergangenes zu ändern. Doch jetzt bist du ganz anders. Du bist stark und siehst nach vorne.«

Ich schnaubte und boxte ihm spielerisch in die Seite, weil ich nicht wusste, wie ich mit seinem Lob umgehen sollte. Es fühlte sich gut an, diese Worte zu hören und ich musste mir eingestehen, dass er Recht hatte. Vor einem halben Jahr war ich noch eine unbedarfte Schülerin gewesen, die nichts Anderes getan hatte, als an sich selbst zu zweifeln. Ich hatte allen gefallen und dazugehören wollen.

Vor allem aber war ich dem Tod noch nicht begegnet. Meine größten Probleme waren die morgendliche Klamottenauswahl und die blöde Zicke Joelle gewesen, die immer einen Grund gefunden hatte, um mir das Leben zur Hölle zu machen.

Heute kam mir das alles einfach und unkompliziert im Vergleich zu dem vor, was jetzt auf mich wartete. In dem Moment, in dem mein Element erwacht war, hatte sich mein Leben um einhundertachtzig Grad gedreht. Ich hatte mich ziemlich schnell anpassen und reifen müssen, sonst wäre ich wohl auf halber Strecke zerbrochen.

»Hatte ich denn eine andere Wahl?«, fragte ich gedankenverloren.

Sirion schüttelte den Kopf. »Nein, aber du solltest froh darüber sein.«

Ich zuckte mit den Schultern. »Ja, das sollte ich, aber ist es verwerflich, wenn ich mir wünsche, dass es nicht so gewesen wäre? Was ist mit den Zielen, die ich mir gesteckt hatte, bevor das alles passiert ist?«

»Nimm es mir nicht übel, aber welche Ziele hattest du? Du hast in Selbstmittleid gebadet. Und ganz ehrlich, du hast immer gespürt, dass du anders bist. Du weißt, dass du in keinen Job dieser Welt passen würdest.«

Ich presste die Lippen aufeinander. »Ich weiß. Trotzdem, du verstehst, was ich meine, oder?«

Er schnaubte. »Nein, nicht wirklich.«

Ich rollte mit den Augen. »Du bist doof.«

Jetzt lachte er. »Ich verstehe dich, keine Angst. Du hättest dir gewünscht, dass eine Veränderung dieses Ausmaßes nicht ganz so plötzlich kommt und du Zeit gehabt hättest, dich langsam daran zu gewöhnen. Doch Umbrüche in der Größenordnung, wie du sie in den letzten Monaten erlebt hast, passieren meist von einem Tag auf den anderen. Dann reißen sie alles mit sich wie eine Lawine. Doch manchmal muss das ganz genau so sein.

Ich meine, sieh mal, statt daran zu zerbrechen, hast du eine unfassbare Stärke erlangt.«

»Von der ich nicht mehr viel spüre, seitdem du nicht mehr in meinem Kopf bist. Es ist, als hättest du meine gesamte Energie mitgenommen.« Ich seufzte, während ich aus dem Augenwinkel wahrnahm, dass Sirion den Kopf schüttelte.

»Die Energie ist noch immer tief in dir, du musst nur an dich glauben.« Ein leichtes Lächeln schlich sich auf seine Lippen. »Lass uns dein Element rufen. Ich möchte dir etwas zeigen.«

Irritiert blickte ich Sirion an. »Du weißt schon, dass das gegen die Regeln ist?«

Belustigt schnaubte er. »Seit wann interessieren dich die Regeln?«

Ich nickte. »Auch wieder wahr.«

Als ich die Augen schloss, war mir schon ein wenig leichter ums Herz. Zuerst war mir unwohl als ich auf mein Feuerelement zugriff, doch ich wusste gleichzeitig, dass es zu mir gehörte. Nur wenn ich die zerstörerische Kraft in meinem Innern zu akzeptieren lernte, würde ich sie mit dem gebührenden Respekt behandeln und kontrollieren können.

Sanft pulsierte die mir vertraute Energie durch meine Adern. Wenn ich ehrlich war, liebte ich dieses Kribbeln.

»Sehr gut, ich wollte dir ja etwas zeigen. Ruf bitte eine kleine Feuerkugel herbei.«

Ich nickte und ließ eine kleine Flamme auf meiner Handfläche entstehen. Fasziniert betrachtete ich sie. Sie sah so klein und unschuldig aus, als würde sie niemandem schaden können. Doch ich wusste es besser. Ein Schauer durchlief meinen Körper. Im gleichen Moment spürte ich, wie eine andere Macht nach mir griff. Ich wusste sofort, dass es Sirion war, weil mir seine Energie durch unsere gemeinsame Zeit fast genauso vertraut war, wie meine eigene. Freudig umspielte sie mich, bis sie schließlich vollkommen mit meiner verschmolz und wir eins wurden. Beinahe augenblicklich veränderte sich auch meine Perspektive und wandelte sich in die Drachensicht, die ich vorhin schon hatte erahnen dürfen. Doch dieses Mal, mit dem Feuerelement im Rücken, war es anders, viel intensiver. Die Luft um mich herum schillerte in einem sanften Goldton. Der Boden schimmerte grünlich, während die Rasenflächen in einem satten Glanz erstrahlten. Ich richtete meinen Blick zum Himmel, der mich mit einem derart hellen Blau empfing, dass es mich blendete.

Ich lachte und drehte mich im Kreis, während ich die Farben mit all ihren Facetten und Nuancen auf mich wirken ließ. »Sirion! Das ist Wahnsinn!«

»Ich weiß.« Ich wandte mich ihm zu und staunte.

Er leuchtete von innen heraus, während die Farben aller Elemente durch seinen Körper pulsierten. »Warum hast du mir das nicht vorher gezeigt?«

»Weil ich nicht konnte. Ich kann meine Macht nur entfalten, wenn ich einen festen Körper habe, du Schlaumeier.«

»Oh, ach so«, gab ich von mir, weil ich nicht wusste, was ich darauf sonst hätte erwidern sollen. Ich war überwältigt von all den Eindrücken, die in diesem Augenblick auf mich einstürzten.

»Konzentrier dich auf ein anderes Element. Ich möchte testen, ob sich unsere Bindung gefestigt hat.«

Ich nickte, während ich mir überlegte, welche Kraft ich herbeirufen wollte. Ich mochte sie alle. Die Erde spendete mir Ruhe. Durch das Wasser fühlte ich mich lebendig, während die

Luft mich von allen bösen Gedanken befreite. Mit ihnen allen verband ich etwas, doch in diesem Moment fühlte sich keines davon richtig an. Ich wollte mehr. Ich spürte den Drang, mich meinem Inneren zu öffnen und die Wachsamkeit hinauszulassen. Ich wollte das Bindeglied zwischen den Elementen sein. Deswegen rief ich das Geistelement in mir, das ich bisher immer verstoßen hatte, aus Angst, schreckliche Dinge zu sehen. Doch dieses Mal hoffte ich insgeheim, dass es mir eine Lösung für Louisa offenbarte.

Entschlossen begrüßte ich dieses Element und fokussierte mich voll und ganz darauf. Erstaunlicherweise reagierte es und tastete sich vorsichtig aus seinem Käfig. Gleichzeitig verband sich Sirions Energie noch fester mit meiner, bekräftigte und unterstützte mich. Ich griff nach dem Geistelement und hielt mich daran fest, bis ich das Feuer in mir nicht mehr spürte. Die schillernde Drachensicht klärte sich allmählich. Die Umgebung wirkte trist und trostlos. Eine tiefe, schwere Trauer überkam mich.

Im Versuch, das Element wieder zu verschließen und wegzustoßen, vernahm ich Sirions entsetzte Worte. »Was machst du?«

Ich spürte, dass er versuchte, das Element zu stärken, bevor ich es von mir schieben konnte. Dabei jedoch geschah genau das, wovor ich mich die ganze Zeit gefürchtet hatte. Alles um mich herum wurde schwarz …

KAPITEL 7

Louisa

Desorientiert schlug ich die Augen auf. Ich wusste nicht, wo ich mich befand, wusste nicht, was geschehen war. Ich nahm wahr, dass ich auf dem Rücken lag. Der Untergrund war seltsam hart und unbequem. Eine eisige Kälte kroch in meine Glieder und füllte mich mehr und mehr aus.

Da war eine Leere in mir, ein hungriges schwarzes Loch, das jegliches Gefühl anzog und gnadenlos verschlang. Wer war ich? Wo war ich? Ich hatte keine Ahnung.

»Louisa?« Eine sanfte, tiefe Stimme sprach zu mir.

Louisa? War das mein Name? Oder hieß jemand anderes so? Ich konnte mich nicht erinnern. Was war nur los mit mir? Eine warme Hand legte sich auf meine Stirn. Sie gab mir Kraft und schien die Leere für einen Moment aufzuhalten.

Als sich meine Sicht endlich ein wenig klärte, blickte ich in warme, braune Augen, die mich voller Sorge musterten. Von einer Sekunde auf die andere kamen meine Erinnerungen zurück, erschlugen mich. Mein Name war Louisa und ich lag in einem Büro auf dem Boden, weil man getestet hatte, ob ich ein Element besaß. Derjenige, der mich so bekümmert ansah, war Simon, er gehörte zu Leas Einheit. Er war auch ein guter Freund von mir. Aber er war nicht allein. Nick und Estelle waren ebenfalls im Raum. Nur die beiden Menschen, die mir am wichtigsten waren, fehlten. Sofort spürte ich einen schmerzhaften Stich in meiner Brust. Wo waren sie bloß?

Indes breitete sich auf Simons Gesicht ein Lächeln aus. »Louisa! Gott sei Dank, du bist wach. Wie fühlst du dich?«

»Weiß nicht.«

Er hatte bislang keine Anstalten gemacht, seine Hand von meiner Stirn zu nehmen und irgendwie hatte ich Angst vor dem Moment, in dem er mich loslassen würde. Angst, dass die Leere dann mit aller Macht zurückkehren und mich vollends auffressen würde. Und ich sollte Recht behalten, denn als Simon sich schließlich von mir löste, aufstand und ein paar Schritte zurücktrat, war das Nichts sofort wieder da und mit ihm auch diese unerträgliche Kälte. Obwohl ich mich wie gelähmt fühlte, setzte ich mich langsam auf. Ich zog die Knie an und legte meine Arme darum. Ich wollte den letzten Rest Wärme in mir so lange, wie möglich festhalten.

»Wo sind Lea und Thomas?«, fragte ich und verbarg nicht, dass mich ihre Abwesenheit wütend machte.

»Wo Thomas ist, wissen wir nicht. Er ist gleich nach seinem Elementartraining verschwunden. Aber Lea mussten wir wegschicken. Sie hat sich furchtbare Sorgen gemacht und alle angebrüllt, sodass wir Angst hatten, sie würde die Schule in die Luft jagen«, antwortete Estelle aus dem Hintergrund.

Ich lächelte matt. »Das klingt nach Lea.«

»Wie fühlst du dich?« Simon musterte mich ernst.

»Erschöpft. Warum fragst du das schon wieder?«

Statt mir zu antworten, wechselte er einen vielsagenden Blick mit Nick, der daraufhin ein wenig näher zu uns kam. Seine Miene wirkte wie erstarrt, als er vor mir in die Hocke ging. Was sollte dieses Verhalten? Warum sahen sie mich so an? »Was ist hier los?!«, rief ich wütend aus, ohne zu wissen, woher ich die Kraft für diesen Ausbruch nahm.

Nick räusperte sich, suchte offensichtlich nach Worten. »Es gibt da ein Problem … Wir … Du …«

Estelle seufzte und verdrehte die Augen, wahrscheinlich, weil sie das Gestammel der Jungs genauso wenig ertrug wie ich. »Du wirst zu einer Leeren.«

Nach ihrer beherzten Aussage herrschte mit einem Mal Stille im Raum. Es war so ruhig, dass man sogar eine Stecknadel hätte fallen hören können. Oder bildete ich mir das nur ein, weil ich in einer Art Blase saß, die alles um mich herum dämpfte, mich mehr und mehr abschottete?

Wurde ich wirklich zu einer Leeren?

»Wie … Wie ist das möglich?«, wollte ich wissen, unfähig zu begreifen, was meine Freunde mir soeben offenbart hatten.

Ich wollte mich nicht in ein Monster verwandeln. Wie sollte ich auch? Ich gehörte nicht in diese Welt und selbst nach Sirions Kuss wusste niemand, ob eine magische Kraft auf mich übertragen worden war oder nicht. Der Rat konnte mir doch nichts wegnehmen, von dem er nicht einmal mit Gewissheit sagen konnte, ob es überhaupt existierte. Wie sollte ich da zu einer Leeren werden? Das konnte nicht sein.

Nein, das war sogar absolut unmöglich.

Ich schüttelte den Kopf und hätte am liebsten geheult, doch da waren keine Tränen, da war nicht einmal die Kraft zu weinen.

Da war nur diese schreckliche Kälte, die sich durch meinen Körper fraß.

Estelle setzte sich neben mich und zog mich in ihre Arme.

»Lou?«, vernahm ich Estelles sanfte Stimme und versuchte verzweifelt mich an ihr festzuhalten. »Louisa? Du bist nicht allein. Wir sorgen uns alle um dich. Du bist unsere Familie. Vergiss das nicht.«

Benommen nahm ich wahr, wie sich eine Hand auf meine Schulter legte, mir Halt und Sicherheit gab. Ich griff nach dieser Wärme, versuchte das Nichts mit ihrer Hilfe zurückzudrängen. Langsam schaffte ich es. Doch erst als ich von einer Sekunde auf die andere in Estelles warme Augen blickte, wurde mir klar, dass ich erneut in meine innere Leere abgedriftet war. Sanft strich meine Freundin mir über den Rücken und hielt mich fest.

Sobald ich das Gefühl hatte, wieder sicher im Hier und Jetzt angekommen zu sein, löste ich mich aus der Umarmung und stand langsam auf. Meine Beine fühlten sich wackelig an. Ein wenig unsicher ließ ich meinen Blick durch den Raum schweifen. Die Feststellung, dass nur Simon, Nick und Estelle im Raum waren, erleichterte mich ein wenig. Aus dem Augenwinkel nahm ich wahr, wie Estelle sich ebenfalls erhob. Simon trat indes ein Stück näher zu uns.

»Erklärt ihr mir, wie das geschehen konnte?«, fragte ich mit leiser Stimme und versuchte gar nicht erst, meine Schwäche zu verstecken.

Simon lächelte sanft. »Durch Sirions Kuss ist definitiv ein Element auf dich übertragen worden. Da du zu dem Zeitpunkt des Kusses aber bereits tot warst, hat sich nur ein Teil der Kraft auf dich übertragen, der andere Teil ist blockiert. Weißt du, unsere Körper kommen nicht damit klar, wenn ihr Energiefluss in irgendeiner Art und Weise gehemmt ist. Es zerfrisst uns quasi innerlich.«

Ich schluckte. »Und es gibt keine Möglichkeit das aufzuhalten?«

Estelle zuckte mit den Schultern. »Wir wissen es nicht, und versuchen eine Lösung zu finden. Auf keinen Fall geben wir dich auf, Louisa.«

Ich lächelte matt. »Danke. Ich weiß das zu schätzen.«

»Wir sind ein Team. Wenn etwas ist, kannst du immer zu uns kommen. Oder auch zu den anderen. Ich hoffe, das weißt du.« Nick hatte sich gegen die Wand gelehnt und wirkte seltsam abwesend.

Ich nickte, senkte dabei jedoch den Kopf. Die ganze Situation war mir furchtbar unangenehm. Ich war genau das, was ich nie hatte sein wollen: Eine Belastung. Und trotzdem wollten sie für mich da sein. Voller Mitgefühl lächelte Estelle und legte ihren Arm um mich. Ihre Nähe hüllte mich ein wie ein warmer Kokon, nahm all meine Probleme mit sich. Für einen Moment konnte ich die letzten Ereignisse vergessen und eine beruhigende, selbstverständliche Normalität flutete meine Gedanken. Beinahe hatte ich das Gefühl, wieder die Alte zu sein.

Aber instinktiv wusste ich, dass *beinahe* nicht genug war.

Erschöpfung machte sich in mir breit. Meine Lider wurden immer schwerer und ich sank zurück auf den Boden. Ich spürte Estelles Hände, die mich stützten, bis ich wieder sicher auf der Isomatte lag. Und obwohl ich mit letzter Kraft gegen diese bleierne Müdigkeit ankämpfte, fiel ich schließlich in einen tiefen, aus purer Erschöpfung geborenen Schlaf.

KAPITEL 8

Aileana

Für einen Moment war alles um mich herum schwarz. Ich fühlte mich schwummrig, wollte mich hinlegen und einfach nur schlafen. Doch dann mischten sich bunte Farben in die Dunkelheit, die langsam, in fließenden Bewegungen um mich herumtanzten. Nach und nach wurden sie schneller, bis sie stürmisch zu wirbeln begannen. Ich schloss meine Augen, aber ohne Erfolg. Es war vollkommen unmöglich, mich ihnen zu entziehen, obwohl ich es mit aller Kraft versuchte. Viel länger würde ich das unmöglich ertragen können, da war ich mir sicher. Dann endlich, als ich bereits befürchtete, mein Kopf würde jede Sekunde platzen, verblassten die Farben, bis sich mein Sichtfeld schließlich vollkommen klärte.

Ich schluckte schwer, weil ich mich schon einmal so gefühlt hatte, wie jetzt, in diesem Augenblick. Damals hatte ich meine erste Vision gehabt.

Mit weit aufgerissenen Augen starrte ich auf die Szene vor mir. Ich sah meinen Lieblingsplatz am Weiher. Langsam ließ ich meinen Blick schweifen und fand meine Einheit — Louisa, Sirion sowie ein weiteres Mädchen mit violetten Haaren, das ich nicht kannte. Chris stand ebenfalls bei uns.

Doch bevor ich das Bild vor mir genauer betrachten konnte, tauchten die bunten Farben erneut auf. Dieses Mal verschwanden sie zwar schnell, dafür sah ich alles um mich herum in meiner Drachensicht. Vor mir stand eine Frau mit leuchtend grünen Augen, die mich an Smaragde erinnerten. Sie trug eine einfache Robe und hatte langes, glänzendes rotes Haar. Vor allem aber erinnerte sie mich an jemanden, den ich kannte.

Dann verschwamm meine Sicht abermals zu einem bunten Farbgemisch und nachdem sich dieses erneut gelöst hatte, sah ich zwei weitere junge Frauen, die vor Drachen standen und sie wütend anfunkelten. Auf der Hand der einen loderte eine Flamme.

Doch auch diese Szene entglitt mir und ging im Rausch der Farben unter. Verschwommen sah ich noch einige weitere Bilder, die nach und nach düsterer wurden und mir schlussendlich das zerstörte Köln aus meiner ersten Vision zeigten. Atemlos tauchte ich in das nun fast erlösende bunte Wirbeln ein, bis ich endlich wieder in der Gegenwart vor der Schule aufwachte und in Sirions sorgenvolle Augen blickte.

Ich versuchte, zu lächeln und die Panik, die sich an mein heftig pochendes Herz klammerte, zu überspielen. Doch es gelang mir nicht. Meine Umgebung schien sich noch immer um mich zu drehen, ich schwankte und der erste Versuch, mich aufzurichten misslang gründlich. Stattdessen rollte ich mich auf die Seite und erbrach. Naserümpfend betrachtete mein kleiner Freund mich.

»Geht's wieder?«, fragte Sirion mitfühlend.

Ich nickte, während er mir beim Aufstehen half. »Das war unheimlich.«

Er schnaubte. »Das bist du selbst schuld! Du rufst ein Element und stößt es vor lauter Panik wieder weg? Du hast doch gespürt, dass es dir eine Vision schicken wollte! Das hätte dich das Leben kosten können, wenn ich nicht eingegriffen und dich stabilisiert hätte! Wann begreifst du endlich, dass Elementmagie kein Spielzeug ist?«

Schuldbewusst blickte ich zu Boden. »Ich habe Angst bekommen. Es war nicht meine Absicht.«

Sein Blick wurde sanfter. »Ich weiß, aber du musst verstehen, dass Elementarkräfte gefährlich sind. Sie können dich töten, wenn du nicht aufpasst.«

Ich nickte bedrückt. »Ich habe es verstanden. Kommt nicht mehr vor.«

Er musterte mich einen Moment lang. »Gut. Was hast du gesehen?«

»Wenn man von der zerstörten Welt aus meiner ersten Vision einmal absieht, noch ganz viele merkwürdige Dinge. Ein Mädchen mit violettem Haar und eine Frau, die mir sehr ähnlich gesehen hat. Es waren immer nur kurze Sequenzen, in denen ich kaum etwas erkennen konnte. Es ging alles so unfassbar schnell und war sehr … intensiv.«

Unzufrieden verzog Sirion sein Gesicht zu einer schiefen Grimasse. »Das liegt daran, dass du dich gegen das Element gewehrt hast. Trotzdem, konzentriere dich. Wir brauchen jedes noch so kleine Detail, um damit zu arbeiten. Schließe deine Augen, ruf die Vision in Erinnerung und sag mir, was du siehst, Aileana.«

Ich nickte. In Zeitlupe ließ ich die erste Vision Revue passieren, versuchte mir alles so genau, wie möglich ins

Gedächtnis zu rufen. »Die ganze Einheit, Chris, Louisa und du sind am Weiher versammelt. In der Nähe der Bootsanlegestelle stehen alle im Kreis.«

»Sehr gut. Was ist mit dem Mädchen?«

»Sie steht bei uns. Mehr konnte ich nicht erkennen, weil die Vision dann in die nächste Sequenz gewechselt ist.«

Sirion atmete laut aus. »Wir sollten vielleicht am Weiher nach dem Mädchen Ausschau halten. Was hast du noch gesehen?«

Ich holte tief Luft. »Die Frau, die mir so ähnlich gesehen hat, habe ich nur in meiner Drachensicht gesehen. Sie wirkte so unrealistisch. Alles schillerte extrem und das hat mich abgelenkt.«

Als von Sirion keine Reaktion kam, öffnete ich meine Augen wieder. Ich konnte ihm keine weiteren Antworten geben, denn an viel mehr erinnerte ich mich wirklich nicht, wenn man von den beiden wütenden Frauen und dem vollkommenen Untergang der Welt einmal absah. Mein kleiner Freund wirkte nachdenklich.

»Was ist los, Sir?«

Er schien aus seinen Gedanken zurück in die Realität katapultiert worden zu sein und funkelte mich böse an. »Du sollst mich so nicht nennen!«

Ich lachte. »Und du sollst mich nicht immer Aileana nennen. Lea reicht mir.«

Er schnaubte. »Warum? Aileana ist doch ein wunderschöner Name. Ich verstehe euch Menschen nicht. Immer müsst ihr alles abkürzen.«

Ich zog die Augenbrauen zusammen und musterte Sirion verwundert. »Ich wüsste nicht, worin das Problem liegt.«

Er rollte mit den Augen. »Wenn deine Eltern gewollt hätten, dass du Lea heißt, warum haben sie dich dann nicht gleich so genannt?«

Ich zuckte mit den Schultern. »Weiß ich nicht. Ist mir ehrlich gesagt auch egal.«

Ich konnte Sirions empörtem Blick ansehen, dass er mir deswegen einen seiner Vorträge halten wollte, doch er blieb stumm und starrte stattdessen in Richtung des Schulgebäudes. Ich folgte seinem Blick und sah, dass Nick auf uns zu kam. Sofort schlich sich ein Lächeln auf meine Lippen und sein Anblick ließ die Schmetterlinge in meinem Bauch flattern. Als ich jedoch den ernsten Ausdruck in seinem Gesicht bemerkte, erstarben diese Gefühle und wichen einer tiefen Beunruhigung.

»Was ist los? Stimmt etwas mit Louisa nicht?«, wollte ich wissen, als Nick vor uns stehen blieb.

Er schüttelte den Kopf. »Bei ihr ist alles in Ordnung. Sie ist vorhin kurz aufgewacht und hat nach dir gefragt.«

Mit großen Augen sah ich ihn an. In meinem Innern mischten sich Freude und Angst. Ein Gefühlscocktail, der mir das Adrenalin durch die Adern jagte. »Oh, gut. Lass uns zu ihr gehen!«

Mein Freund nickte, dann griff er nach meiner Hand und spendete mir mit dieser Geste ein wenig von seiner natürlichen Ruhe. Gemeinsam machten wir uns auf den Weg zu Louisa, der mir in diesen Minuten wohl mindestens doppelt so lang erschien, wie er in Wirklichkeit war. Vor der Tür des Büros, in dem meine beste Freundin immer noch lag, hielt ich einen Moment inne. Dann drückte ich mit zitternden Fingern die Klinke hinunter.

KAPITEL 9

Louisa

Der anfangs so tiefe Schlaf war schnell einem seltsamen, von abstrusen Grübeleien durchzogenen Dämmerzustand gewichen. Am meisten beschäftigte mich Nick, der mich mit seiner ewigen Ruhe langsam in den Wahnsinn trieb. Manchmal ließ sie ihn regelrecht kühl und abweisend wirken. Wenn ich allerdings länger darüber nachdachte verstand ich durchaus, was Lea an ihm fand. Seine geradezu unnahbare Ausstrahlung ließ ihn geheimnisvoll erscheinen. Zudem war er klug, sah gut aus und behandelte sie wie eine verdammte Prinzessin.

Doch trotzdem weigerte sich etwas in mir, diesem Kerl zu vertrauen. Dafür erschien mir sein Verhalten rückblickend betrachtet zu merkwürdig und warf zu viele Fragen auf. Wie hatte er Lea nach dem Vorfall in der Schatzkammer unter dem Kölner Dom aufspüren können? Dazu störte es mich, dass er meine beste Freundin ständig mit seinen Berührungen zu manipulieren schien.

Mit einem Mal wurde die Tür krachend aufgeworfen und unterbrach den endlosen Teufelskreis meiner Gedanken. Ein wenig verwirrt öffnete ich die Augen. Lea war im Zimmer aufgetaucht, zusammen mit Nick und Sirion. Sorge und Kummer zeichneten sich auf ihren Gesichtern ab. Doch während

Nick und Lea mich direkt anblickten, musterte Sirion den Boden vor seinen Füßen. Offensichtlich fühlte er sich schuldig.

»Louisa!«, rief Lea schließlich aus, nachdem sie mich einige Sekunden lang schweigend betrachtet hatte. Mit einem Satz ließ sie sich vor mir auf den Boden fallen. Sie schlang ihre Arme um meinen Körper und zog mich fest an sich. »Ich habe mir solche Sorgen um dich gemacht. Geht es dir gut?«

Ich nickte vorsichtig, während sich ein warmes Gefühl in meiner Bauchgegend ausbreitete. »Den Umständen entsprechend.«

Sie löste die Umarmung, lediglich ihre Hände verharrten weiterhin auf meinen Schultern. »Ich werde nicht zulassen, dass du dich veränderst.«

»Danke, Lea.« Zum ersten Mal seit Stunden, stahl sich ein ehrliches Lächeln auf meine Lippen.

Sirion kniete sich nun ebenfalls neben Lea auf den Boden. Noch immer blickte er mich nicht an. »Louisa, es tut mir aufrichtig leid, was du jetzt wegen mir durchmachen musst. Das war nicht meine Absicht, als ich dich zurück auf diese Welt gebracht habe.«

Ich schob Lea sanft von mir, dann legte ich meine Hand an Sirions Kinn, um ihn dazu zu bringen, mich anzusehen. Die Vorwürfe, die er sich selbst machte spiegelten sich nur allzu deutlich in seiner bedrückten Miene.

Ich schüttelte den Kopf. »Hör auf, dich zu entschuldigen. Du hast nichts falsch gemacht, Sirion. Du wolltest helfen und dafür bin ich dir dankbar. Ohne dich würde ich jetzt unter der Erde liegen. Danke, dass du mich zurückgeholt hast.«

Ihm entgleisten alle Gesichtszüge. »Aber wenn ich das nicht gemacht hätte, dann wärst du nicht in dieser misslichen Lage.«

Erneut schüttelte ich den Kopf. »Wenn du mich nicht zurückgebracht hättest, wäre ich jetzt tot. Mein Leben zu retten, war das größte Geschenk, das du mir machen konntest. Ich bin sehr dankbar für deine Hilfe und es gibt keinen Grund, aus dem du dich schuldig fühlen solltest.«

»Außerdem werden wir alles tun, um Louisa zu helfen«, warf Lea ein.

»Es muss eine Möglichkeit geben, mit der man die Blockierung lösen kann. Mein Vater hat es damals bei meiner Mutter ja auch geschafft, ihr Element zu erwecken.« Alle wandten sich Nick zu.

»Worauf warten wir dann noch?«, vernahm ich eine weitere, mir nur allzu vertraute Stimme, die mein Herz schneller schlagen ließ. Gleichzeitig versetzte sie mir einen jähen Stich. Thomas hatte mich seit gestern kaum beachtet und auch jetzt wirkte er distanziert. Er machte keine Anstalten, meine Nähe zu suchen. Ja, selbst meinem fragenden Blick wich er bewusst aus.

»Lea und Simon, ihr versucht, meinen Vater ausfindig zu machen. Sirion, du kannst dich ihnen gerne anschließen. Estelle und ich werden zu mir nach Hause fahren, um zu schauen, ob wir vielleicht Hinweise oder Notizen finden, die meine Großmutter nicht bereits beschlagnahmt und zerstört hat.« Ich sah Nick verwundert an, weil ich gedacht hatte, dass er mit Lea gemeinsam losziehen würde. Aber da hatte ich mich wohl geirrt und mit einem Mal war da wieder dieses Gefühl von Misstrauen.

Die Einheit jedoch akzeptierte seinen Plan ohne zu widersprechen. Kein Wunder, immerhin war er so etwas wie ihr Anführer.

»Und was ist mit mir? Wie soll ich helfen?«, fragte Thomas und ich meinte, einen Hauch Verzweiflung aus seiner Stimme herauszuhören.

War ich so schlimm, dass er nicht einmal mehr mit mir reden, geschweige denn mit mir in einem Raum sein wollte?

Mit einer Spur von Genugtuung beobachtete ich, wie Nick entschieden den Kopf schüttelte. »Du kümmerst dich um deine Freundin. Damit hilfst du genug.«

Thomas presste die Lippen fest aufeinander, dann nickte er.

Nachdem die Rollen verteilt waren, machten sich die anderen auf den Weg. Thomas und ich blieben allein.

Irritiert musterte ich den Mann, der mein Herz im Sturm erobert hatte. Doch von diesem Menschen war nicht mehr viel übrig. Er stand geknickt in einer Ecke des Büros und ließ die Schultern hängen. Sonst hatte er immer aufrecht gestanden und bewusst den Mittelpunkt der Gruppe, die Aufmerksamkeit gesucht. Auch von seinem Lächeln war keine Spur mehr zu sehen. Seine wunderschönen Augen wirkten traurig und der mir so vertraute Glanz hatte sich vollkommen in ihnen verloren.

Sein Anblick zerriss mir das Herz und ließ die Wut auf ihn, die sich in meinem Innern angestaut hatte, mit einem Mal verpuffen. »Thommy? Was ist nur los mit dir?«

Langsam erhob ich mich und ging mit vorsichtigen Schritten auf ihn zu. Als ich mich ihm näherte, bemerkte ich, wie sein ganzer Körper bebte. Ich hob meine Hand und strich sanft über seine Wange, dann zog ich ihn fest in meine Arme. Erst versteifte er sich, doch dann ließ er die Nähe zwischen uns zu. Er drückte mich so fest an sich, als würde er mich nie wieder loslassen wollen.

Ich wusste nicht, wie lange wir so dastanden und es war mir auch egal. Stumm genoss ich seine Umarmung, die mir unfassbare Kraft spendete. »Es tut mir so leid, mein kleiner Engel.«

»Was ist nur los mit dir?«, fragte ich und sah meinen Freund voller Liebe an.

Er grinste schief, was mich ein wenig an sein früheres Ich erinnerte. »Ich liebe dich einfach zu sehr, Louisa.«

Ein wohliger Schauer durchlief meinen Körper und ließ die Schmetterlinge in meinem Bauch flattern. Ich lächelte und wollte etwas erwidern, doch er hob die Hand.

»Und genau da ist das Problem. Du bist das Beste, das mir je passiert ist. Aber als ich dich habe sterben sehen, ist etwas in mir zerbrochen. Ich habe gesehen, wie schnell das Leben vorbei sein kann. Und genau das macht mir eine scheiß Angst. Dieses Mal haben wir Glück gehabt, doch was ist, wenn es erneut passiert? Wenn kein Drache da ist, der dich zurück ins Leben holt?«

Ich zuckte mit den Schultern. »Ich weiß es nicht. Wir müssen alle irgendwann einmal sterben, Thommy. Doch deswegen geliebte Menschen von sich zu schieben, bringt niemandem etwas. Du tust mir und dir damit nur weh.«

»Ich weiß. Bloß manchmal ist es einfacher, vor allem davonzulaufen und Gefühle gar nicht erst zuzulassen.«

Ich schüttelte den Kopf. »Weglaufen löst keine Probleme. Freu dich doch lieber über unsere zweite Chance. Ich liebe dich auch und möchte die Zeit, die mir bleibt mit dir und den anderen genießen.«

Er presste die Lippen fest aufeinander, dann nickte er. »Es tut mir leid, Louisa.«

Ich lächelte ihm zu, schlang meine Arme fester um seinen Hals und küsste ihn. Erst behutsam, doch dann immer stürmischer. Hilflos und verzweifelt wie zwei Ertrinkende klammerten wir uns aneinander, spendeten uns gegenseitig Kraft.

Ein Räuspern ließ uns erschrocken auseinanderfahren. In der Tür stand Herr Buchmann mit vor der Brust verschränkten Armen. Eindringlich musterte er uns. »Wo sind die anderen?«

»Ist der Unterricht nicht längst vorbei?«, fragte Thomas und legte ein verschmitztes Grinsen auf.

»Nein, ist er nicht.« Herr Buchmanns Stimme hätte Papier schneiden können, so harsch fuhr er ihn an.

»Wir wissen nicht, wo sie sind«, sagte ich hastig und bemerkte meinen Fehler sofort. So schnell und unüberlegt hätte ich meinem ehemaligen Lehrer nicht antworten sollen.

Er seufzte, dann schüttelte er resignierend den Kopf. »Ich weiß, dass ihr lügt. Aber noch habt ihr die Chance, die Wahrheit zu sagen.«

»Wir wissen nicht, wo sie sind, Silvio. Wir haben gedacht, der Unterricht wäre für heute gelaufen nach allem, was passiert ist. Die anderen sind also wahrscheinlich schon auf dem Weg nach Hause.«

»Ich lasse mich nicht für dumm verkaufen. Wenn ich herausfinde, dass ihr eigenmächtig etwas anstellt, dann bekommen wir Schwierigkeiten.« Er warf uns einen letzten, finsteren Blick zu, dann wandte er sich ab und ließ uns verdutzt stehen.

KAPITEL 10

Aileana

Ich hatte Louisa nur widerwillig allein gelassen und auch nur, weil ich felsenfest darauf vertraute, dass Nick am besten wusste, was zu tun war. Selbst wenn ich bei der Mission am Drachenfels die Führung übernommen hatte, eigentlich war er unser Anführer. Er war die Ruhe in Person und bewahrte stets einen kühlen Kopf. Auf ihn konnten wir immer zählen, ganz egal wie brenzlig es wurde. Wenn ich ihm bei der letzten Mission die Entscheidungen überlassen hätte, wäre Louisa bestimmt nicht gestorben. Dann hätten wir diesen ganzen Schlamassel, in dem wir jetzt steckten gar nicht erst am Hals.

Ich wusste genau, warum Nick Thomas bei Louisa gelassen hatte. Jeder von uns hatte mitbekommen, dass etwas zwischen ihnen nicht stimmte und ich hoffte, dass sie es wieder hinbekamen. Andernfalls waren die beiden auf dem besten Weg sich selbst und im schlimmsten Fall auch das Team zu zerstören. Ich vermisste die alte Louisa und selbst Thomas' für meinen Geschmack immer etwas zu fröhliche und sorglose Art fehlte mir. Jetzt, wo er sich nur noch wie ein Schatten seiner selbst verhielt, bemerkte ich erst, wie oft er unangenehme Situationen mit seiner Leichtigkeit und seinem Humor aufgelockert hatte.

»Die zwei werden schon wieder«, unterbrach Simon meinen Gedankengang als wir vor der alten Hauptschule ins Freie traten.

Ich lächelte matt. »Ich weiß nicht, um wen ich mir mehr Sorgen mache.«

Simon zuckte mit den Achseln. »Das ist eine berechtigte Frage, auf die ich leider keine Antwort weiß.«

»Wir geben alles, um unseren Freunden zu helfen. Apropos, wo sollen wir überhaupt anfangen zu suchen?«

»Wenn ich mich einmischen dürfte, was haltet ihr davon, wenn wir zum Weiher gehen? Vielleicht finden wir ihn ja dort?«, warf Sirion ein, während Simon mir nur einen ahnungslosen Blick zuwarf.

Ich wusste sofort, dass mein kleiner Freund an das geheimnisvolle Mädchen aus meiner Vision dachte, doch irgendwie bezweifelte ich, dass sie etwas mit unserer Suche nach Nicks Vater zu tun hatte. Da mir allerdings kaum etwas Besseres einfiel, zuckte ich nur gleichgültig mit den Schultern.

»Klingt nach einem Anfang«, stimmte auch Simon zu und klang damit zumindest ein wenig optimistischer als ich mich fühlte.

»Wir müssen ja nur einen Leeren finden, der uns zu Nicks Vater bringen kann. Das kann doch nicht so schwer sein, oder?«, versuchte ich mich selbst zu motivieren. Simon und Sirion nickten und wir machten uns auf den Weg zu meinem Lieblingsplatz.

Es musste eine Möglichkeit geben, meine beste Freundin zu retten und ich würde sie finden. Ganz egal, was es kostete oder was dazu nötig war. Dafür hatte man doch eine Seelenschwester, oder? Es war meine Pflicht, Louisa zu helfen und ich tat es von Herzen gern. Wenn es sein musste, würde ich auch ohne zu zögern mein Leben gegen ihres eintauschen.

»Darf ich dich etwas fragen, Simon?« Ein wenig zögerlich suchte ich seinen Blick.

Simon hob verlegen seinen Arm und griff sich in den Nacken. »Du darfst mich alles fragen, intime Details einmal ausgeklammert.«

Irritiert blickte ich ihn an und bemerkte, wie er leicht errötete. »Warum sollte ich dich nach intimen Details fragen?«

»Ach … Keine Ahnung. Ist ja auch egal«, wiegelte er ab und wedelte ziellos mit seiner Hand durch die Luft, wahrscheinlich um eine unsichtbare Fliege zu verscheuchen.

Seine unbeholfene Art ließ mich schmunzeln. »Irgendwie machst du mich neugierig, selbst wenn ich eigentlich etwas Anderes wissen wollte. Aber davon einmal abgesehen, auf was wolltest du hinaus?«

Er seufzte und seine Wangen glühten noch ein Stück mehr. »Auf gar nichts. Ich rede einfach nicht gern über diese Themen, das ist alles.«

Ich schüttelte den Kopf und lächelte verschmitzt. »Ich verspreche dir, dich nicht mehr darauf anzusprechen. Was ich eigentlich fragen wollte, ohne dass du es falsch verstehst, ist, warum Nick mich mit dir losgeschickt hat? Normalerweise trennt er Estelle und dich doch nicht.«

»Ehrlich gesagt war ich im ersten Moment auch verwundert, aber, wenn man es genau betrachtet, ergibt es Sinn. Um in das Haus seiner Großmutter einzubrechen, sind Estelles Fähigkeiten, Schlösser zu knacken und mit ihrem Element anwesende oder sich nähernde Personen zu erspüren durchaus vorteilhaft.

Gleichzeitig kannst du mein Element sehr gut gebrauchen. Du weißt ja, ich kann uns von der realen Welt abschotten, falls es zu einem Kampf mit den Leeren kommt.«

»Klingt logisch«, lachte ich.

Sirion dagegen schnaubte. »Genau deswegen bist du nicht die Anführerin.«

Wütend wandte ich mich um. »Was soll das jetzt wieder heißen? Hältst du mich für dumm?!«

Sirion stemmte die Arme in die Seite und blickte mich herausfordernd an. »Und wenn es so wäre? Was möchtest du dann machen?«

Ich pustete meine Wangen auf, bevor ich die Luft langsam entweichen ließ. Dann zuckte ich mit den Schultern. »Mir fällt schon etwas ein. Vielleicht verbanne ich dich zurück in dein Ei? Immerhin haben meine Vorfahren schon einmal bewiesen, dass unsere Magie stärker ist als die von euch Drachen.«

Empört blickte mein kleiner Freund mich an. »Das würdest du nicht wagen!«

»Wer weiß?« Ich grinste und streckte ihm die Zunge raus.

Es tat unfassbar gut, den Ernst der Lage für einen Moment loszulassen und Platz zu schaffen für ein wenig Normalität.

Doch eben diese Normalität war trügerisch und konnte meine, nein, unsere Aufgabe nicht von unseren Schultern nehmen. Die Welt rettete sich schließlich nicht von allein. Zwar waren wir dem Ziel einen winzigen Schritt näher gekommen und hatten die Leeren zerschlagen. Doch zu welchem Preis? Nun stand Louisas Schicksal auf dem Spiel und, als wäre dem nicht genug, die ganze Einheit unter Beobachtung.

Trotzdem, wir durften nicht aufgeben. Im Gegenteil, wir mussten kämpfen und dazu würde alle Kraft notwendig sein, die wir aufbringen konnten. Auch den Drachen in mir, wie groß oder klein er auch immer sein mochte, würde ich brauchen, um unsere Welt vor den Leeren zu beschützen.

Aber ich wollte noch mehr, ich wollte die Ungerechtigkeit beenden, die Silvias Regime heraufbeschworen hatte. Ich war es leid, zu sehen, wie sie und der Rat Menschen wegen Nichtigkeiten bestraften und immer mehr Leere auf unsere Gesellschaft losließen. Nein, diesen Krieg konnte ich nicht weiterführen, ich würde ihn beenden.

Selbst, wenn ich nur allzu oft das Gefühl hatte, dass das alles viel zu kompliziert für eine achtzehnjährige Abiturientin war. Ganz zu schweigen von der Tatsache, dass ich ein Doppelleben führte, meine Eltern konsequent belog. Der einzige in meiner Familie, der die Wahrheit kannte, war mein Bruder mit dem ich durch das Zwillingsband verknüpft war und den ich trotzdem ausschließen musste, um ihn vor dem Rat zu beschützen. Es reichte schon, was sie heute Vormittag mit Louisa gemacht hatten.

Als wir das Parkgelände betraten, lachten Simon und Sirion noch immer über irgendwelche dummen Witze. Verwundert stellte ich fest, dass ich diese lockere, aufgedrehte Seite an unserem Geistelementar noch nicht kannte. Im Gegenteil, Simon hatte nie viel geredet und die Dinge eher still beobachtet, statt sich einzumischen.

»Lea?«, fragte er unsicher und musterte mich aufmerksam.

Ertappt presste ich die Lippen aufeinander und blickte schuldbewusst zur Seite. »Entschuldigt bitte, ich war in Gedanken.«

Simon lachte. »Das haben wir bemerkt.«

»Was war denn?«, hakte ich nach.

»Ich hatte dich gefragt, was du machen wolltest, bevor du ein Teil der Welt der Elemente geworden bist?«

Nachdenklich sah ich in die Ferne. »Ich weiß es nicht. Ich habe mir nie wirklich Gedanken darüber gemacht. Wieso fragst du?«

»Einfach so. Du bist still geworden und ich wollte dich wieder in unser Gespräch einbeziehen.«

Für einen Moment musterte ich Simon, der in der Gruppe jedes Mal unterzugehen schien. Dass er ein freundliches, aufmerksames Wesen besaß, war mir zwar aufgefallen, trotzdem kannte ich ihn im Grunde kaum. »Danke. Weißt du, die Welt der Elemente hat alles auf den Kopf gestellt.«

Sein Blick zeigte Verständnis. »Kann ich mir vorstellen. Ich bin mit dem Wissen um die Existenz dieser Welt aufgewachsen und trotzdem kann ich sie manchmal kaum begreifen.«

»Ich könnte mir etwas Soziales bei dir gut vorstellen. Einen Beruf, bei dem du anderen helfen und dich für sie einsetzen kannst«, mischte sich Sirion ein.

Simon grinste breit. »Das würde wirklich zu dir passen. Weißt du was, unsere Einheit sollte zur Polizei gehen, wenn wir all das hier durchgestanden haben. Was meinst du, Lea? Wir sind sowieso schon ein perfektes Team und gemeinsam mit unseren Elementen könnten wir viel Gutes bewirken.«

Nachdenklich musterte ich meinen Freund. Das klang nach einer guten Alternative. »Das klingt auf jeden Fall interessant. Stell dir vor, dass wir Morde verhindern könnten, bevor sie geschehen, weil das Geistelement in uns das vorhersehen würde.«

Begeistert nickte Simon. »Oh ja, und Estelles Luftelement würde uns bei Verhören helfen, weil sie sofort merkt, wenn sie jemand belügt. Nick wäre unser Anführer und Thommy hält uns bei Laune. Wusstest du übrigens, dass er sich hervorragend mit allem auskennt, was mit Technik zu tun hat?«

Ich schüttelte den Kopf. »Nein, das wusste ich nicht. Für mich war er immer nur der Spaßvogel mit quasi unerschütterlichem Frohmut. Aber, um ehrlich zu sein, dieses Bild wankt gerade erheblich. Na ja, gut, wir kennen uns erst seit einem halben Jahr und unser Fokus lag immer auf der Welt der Elemente und unseren Fähigkeiten. Für viel Anderes war irgendwie nie Platz.«

Inzwischen waren wir am Weiher angekommen. Ein angenehmes Gefühl der Ausgeglichenheit breitete sich in mir aus und ließ mich all meine Sorgen für einen kurzen Augenblick vergessen. Für ein paar flüchtige Sekunden war ich einfach nur ich selbst. Zufrieden seufzte ich und ließ meinen Blick schweifen.

Es war absolut ruhig, nur ein kleines Holzboot trieb in der Nähe des gegenüberliegenden Ufers über das spiegelglatte Wasser. Bei genauerem Hinsehen erkannte ich, dass sich zwei Menschen darin befanden. Unwillkürlich musste ich lächeln und fragte mich, ob die beiden wohl ein Liebespaar waren. Kurz dachte ich an Nick und daran, wie es wohl wäre, jetzt mit ihm in genau diesem Boot zu sitzen. Weit weg von allem, was uns in diesen Tagen umtrieb.

Ich hatte es inzwischen vielleicht akzeptiert, dass in meinen Adern Drachenblut floss, doch das hieß noch lange nicht, dass ich mich damit wohl fühlte. Ja, es war meine Aufgabe und ich würde die Welt auch nicht dem Untergang überlassen, aber war es verwerflich, dass ich mir wünschte, ein gewöhnliches Leben und eine normale Beziehung zu führen, ohne ständig mit diesem ganzen Elementekram beschäftigt zu sein?

»Sie ist nicht hier«, grummelte mein kleiner Schutzdrache und holte mich damit abrupt aus meinen Gedanken.

Simon blickte erst Sirion und dann mich fragend an. »Wer ist nicht hier? Was habe ich verpasst?«

Ich verdrehte die Augen, weil ich dieses Fass eigentlich nicht hatte öffnen wollen. Zumindest nicht jetzt. »Ich habe vorhin mit Sirion ein wenig meine Elementkräfte getestet und hatte dabei eine Vision. Wir waren am Weiher. Die Einheit, Chris, Louisa und ein Mädchen mit violettem Haar. Es war alles nur kurz und bruchstückartig.«

Wissend musterte Simon mich. »Und ihr glaubt, dass sie uns helfen kann?«

Ich zuckte mit den Schultern. »Sirion denkt das jedenfalls. Ich bin mir da nicht so sicher. Was ich weiß, ist, dass sie eine wichtige Rolle spielen wird – aber nicht zwingend in diesem einen Zusammenhang.«

Nun richtete sich Simons Blick auf Sirion. »Aber warum bist du dann so versessen auf dieses Mädchen? Warum stört es dich, dass sie jetzt nicht hier ist?«

Sirion presste die Lippen aufeinander, sagte jedoch nichts. Verwundert musterte ich meinen kleinen Freund, spürte, dass etwas nicht stimmte. »Was verheimlichst du uns, Sir?«, fragte ich misstrauisch und wandte mich ihm zu.

Wütend fauchte er und ich konnte beobachten, wie sich die Schuppen seines Drachenkörpers unter seiner hellen Haut abzeichneten. Doch zum Glück schien er seinen Wutanfall rechtzeitig unter Kontrolle zu bekommen und sie brachen nicht durch.

»Du sollst mich nicht immer Sir nennen! Mein Name ist Sirion und ich mag diese Abkürzung nicht!«

Ich grinste und unterdrückte ein Lachen. »Jedenfalls redest du jetzt wieder mit uns. Rück schon raus mit der Sprache. Was interessiert dich so sehr an diesem Mädchen?«

Er zuckte mit den Schultern. »Gar nichts.«

»Hör auf zu lügen!«, fuhr ich ihn an.

»Da ist nichts«, stammelte er, doch ich konnte genau sehen, wie er seine Unterlippe mit seinen Zähnen bearbeitete.

Ich funkelte ihn noch immer wütend an, als ein heiseres Lachen hinter uns erklang. Erschrocken fuhren wir herum.

KAPITEL 11

Aileana

Vor uns stand eine blasse, magere Gestalt ohne Haare, die uns mit einem höhnischen Blick in ihren tiefliegenden Augen musterte. »Habe ich euch endlich gefunden.«

Simon, Sirion und ich tauschten verwirrte Blicke. Dasselbe hätten wir auch sagen können, immerhin hatten wir oder zumindest zwei von uns nach einem wie ihm gesucht.

»Wo ist dein Anführer?«, wollte ich wissen und trat auf die Gestalt zu.

Der Mann lachte. »Geröstet und zwar von dir!«

Seine Worte trafen mich wie eine schallende Ohrfeige. »Ich habe niemanden verletzen wollen.«

»Aber du hast es getan! Marah war die einzige von euch hörigen Monstern, die zu uns gehalten hat! Sie hat sich um uns gesorgt, anstatt uns abzuschlachten. Bis ihr gekommen seid und sie uns genommen habt.«

Ich schüttelte den Kopf. »So war das nicht. Sie hat meinen Bruder entführt und wollte mich töten! Ich habe mich nur gewehrt. Dass es so ausgeht, habe ich nicht gewollt.«

Der Leere blickte uns mit wutverzerrter Miene an und allein das reichte, um mich in meinem Entschluss noch einmal zu bestärken. Silvias Machenschaften mussten endlich aufhören, so viel war sicher.

Auf keinen Fall durfte ihr Regime noch mehr Opfer fordern. Dass es noch keinen aus unserer Einheit getroffen hatte, war wahrscheinlich nur Glück und der Tatsache geschuldet, dass wir Teil einer Prophezeiung waren. Sollte sie uns also unser Element wegnehmen, hätte das unter Umständen das Ende der Welt zur Folge und das würde selbst sie nicht riskieren.

»Du wirst für das bezahlen, was du angerichtet hast!«, schrie das Wesen vor mir und holte mich damit schlagartig in die Realität zurück.

Ich seufzte innerlich. Auch wenn es vielleicht überheblich klang, aber der Leere hätte keine Chance gegen uns, denn diesmal hatte er keinen Geistelementar an seiner Seite, der unsere Fähigkeiten lahmlegte.

Während ich aus dem Augenwinkel beobachtete, wie Simon uns weiträumig von unserer Umwelt abschottete, wich ich den unkoordinierten Schlägen meines Gegenübers aus. Zunächst jedoch ohne auf meine stärkste Elementkraft zuzugreifen. Ich wollte den Leeren nicht verletzen. Mein Feuer hatte in der jüngsten Vergangenheit genug Schaden angerichtet. Daher war es sicherlich klug, mich erst einmal auf meine anderen Elemente zu konzentrieren.

Der Mann vor mir schien mein doch eher zögerliches Kampfverhalten als Provokation zu deuten. Seine Fratze verzerrte sich noch mehr, seine Bewegungen wurden wütender.

Tatsächlich fiel es mir immer schwerer, seinen harten Schlägen auszuweichen. Und dann passierte es, ich war eine winzige Sekunde unaufmerksam und er traf mich am Kinn. Ich taumelte zurück, schmeckte Blut auf meiner Zunge. Mir wurde schwarz vor Augen und ich spürte, wie mich die Schwerkraft nach unten zog.

Doch noch bevor ich auf dem Boden auftraf, griff mein Körper instinktiv auf das Element zu, dass ihm von Natur aus am nächsten lag. Das Feuer spendete mir Kraft, sorgte dafür, dass ich mich erholte.

Als ich wieder sicher auf meinen Füßen stand, warf ich dem Leeren einen vernichtenden Blick zu. »Es reicht jetzt!«

Ich versuchte tief in mich hineinzuhorchen, mich auf das Geistelement in mir zu konzentrieren und betete, dass ich dieses Mal keine Vision haben würde. Zwar hatten sie mich in den anderen Elementen bislang kaum oder gar nicht unterrichtet, dennoch musste ich versuchen, mich ihrer zu ermächtigen. Versuchen meine Probleme nicht mit dem Feuer zu lösen.

Die Kraft des Geistelements erwachte zögerlich und gab mir das Gefühl, allwissend zu sein. Ja, ich konnte es schaffen, das Wesen vor mir außer Gefecht zu setzen. Ich trat auf den Leeren zu, was ihn so sehr verwirrte, dass er mich lediglich anstarrte. Ein wenig zögerlich hob ich meine Hand und legte sie auf seine Stirn, fokussierte mich darauf, sein Bewusstsein zu fassen und es ihm zu nehmen. Doch so sehr ich es versuchte, ich konnte es nicht greifen geschweige denn festhalten oder ausschalten.

Der Leere besann sich indes und stieß mich von sich. »Scheiß Elementarpack!«

»Simon«, rief ich, als ich den nächsten Schlag parierte.

Mit einer schnellen Bewegung packte ich das Handgelenk des Leeren und drehte ihm seinen Arm auf den Rücken. Ich hielt ihn fest und gab Simon damit die Möglichkeit, ihn außer Gefecht zu setzen. Mit aller Kraft versuchte der Mann mich wegzustoßen, aber Simons Angriff war kurz und effektiv – im Gegensatz zu meinem. Ungelenk und ohnmächtig sackte der Leere direkt vor unseren Füßen zusammen.

Sirion hatte das ganze Schauspiel amüsiert betrachtet. Er hielt nicht viel von unserem Plan, wie er bereits mehr als deutlich gemacht hatte. »Das müssen wir aber noch üben, Aileana«, schnaubte er belustigt und spielte damit wohl auf meinen jämmerlichen Versuch an, mich meines Geistelementes zu bedienen.

Ich warf ihm einen genervten Blick zu und wandte mich dann an Simon. »Was machen wir jetzt mit dem Leeren?«

»Mitnehmen. Wir brauchen einen guten Ort, an dem wir ihn zu Nicks Vater befragen können.«

Ich nickte. »Das denke ich auch. Nur wohin?«

Simon legte eine Hand an sein Kinn. »Es müsste ein ruhiger aber vor allem geschützter Ort sein. Ein Platz, an dem nicht jede Sekunde jemand vorbeikommen könnte, verstehst du. Ich schirme uns zwar schon die ganze Zeit ab, allerdings kostet das über längere Zeit sehr viel Energie. Und in der Nähe sollte es bestenfalls auch es sein, damit wir unseren neuen Freund nicht allzu weit schleppen müssen.«

Da kam mir eine Idee. »Der Schulgarten!«

Irritiert musterte Simon mich. »Schulgarten?«

Ich lachte. »Eigentlich nur ein Schrebergarten. Eine Biologielehrerin von meiner alten Schule, also dem Gymnasium, hat ihn gemietet und im Rahmen einer Projektwoche eine Art Schulgarten daraus gemacht. Wenn ich mich richtig erinnere gibt es im hinteren Teil auch einen Schuppen, in dem wir uns verstecken können. Das ist hier ganz in der Nähe. Komm.«

Ich packte den Leeren an den Füßen, während Simon ihn an den Schultern anhob. Er sah angestrengt aus, wahrscheinlich, weil er uns nach wie vor von unserer Umgebung abschirmte, damit wir keine ungewollte Aufmerksamkeit erregten. Langsam machten wir uns auf den Weg. Sirion folgte uns schweigend, jedoch mit einem ziemlich mürrischen Gesichtsausdruck.

Die kleine Parzelle in der Schrebergartensiedlung war schnell gefunden. Ich kletterte zuerst über den niedrigen Holzzaun, von dem die dunkelgrüne Farbe bereits abblätterte. Sobald ich sicher auf der anderen Seite angekommen war, reichten Sirion und Simon mir den Leeren, bevor sie ebenfalls hinüberstiegen.

Zu meiner Erleichterung bemerkte ich, dass meine Erinnerung mich nicht getäuscht hatte. Im hinteren Bereich des Gartens stand tatsächlich eine kleine Holzhütte, in der irgendwelches Werkzeug aufbewahrt wurde. Rechts von uns befand sich ein Beet mit Wildblumen, auf der anderen Seite gab es eine kleine Rasenfläche, in deren Mitte ein weidenartiges Gewächs vor sich hin wucherte.

Der Name wollte mir allerdings nicht mehr einfallen, obwohl ich mir sicher war, dass unsere Lehrerin uns mehr als einen ausführlichen Vortrag über diese hochspezielle Pflanze gehalten hatte. Definitiv ein weiterer Beweis dafür, wie nachhaltig es das Gedächtnis für botanische Fakten schädigte, wenn man anschließend ein halbes Jahr Biologieunterricht fast ausschließlich mit dem vorsichtigen Abtrennen und Mikroskopieren von Zwiebelhäutchen verbrachte.

»Sollten wir Nick anrufen? Vielleicht will er bei der, nun ja, Befragung dabei sein«, durchbrach Simon ein wenig unsicher die angespannte Stille.

Ich zuckte mit den Schultern. »Bringen wir ihn erstmal in den Schuppen, dann können wir Nick anrufen. Ich glaube nämlich, dass der Herr hier gleich aufwacht.«

Simon nickte zustimmend und gemeinsam schleppten wir den Leeren zu der kleinen Hütte hinüber, die glücklicherweise nicht abgeschlossen war. Drinnen fesselten wir ihn mit einem alten Seil an einen Stuhl und während ich mich vergewisserte, dass die Knoten ordentlich fest waren, ging Simon noch einmal kurz vor die Tür, um Nick anzurufen.

Es dauerte keine zwei Minuten, dann kam er mit einem stolzen Grinsen im Gesicht zurück. »Nick sagt, dass wir ihn nicht brauchen. Er möchte lieber in Ruhe mit Estelle nach den Büchern seines Vaters suchen.«

Ein warmes Gefühl breitete sich in meiner Bauchgegend aus. Ich fand es schön, dass er uns vertraute.

In nächsten Moment begannen die Lider des Leeren heftig zu flattern und schließlich schlug er die Augen auf. Desorientiert sah er sich um, dann bemerkte er, dass wir ihn festgebunden hatten und schlagartig kehrten die Lebensgeister in ihn zurück. Wütend funkelte er mich an.

»Wir wollen dir nichts tun, wir brauchen nur deine Hilfe.«

Mein Gegenüber schnaubte. »Warum sollte ich euch helfen?«

Ein Seufzen entwich meiner Kehle. »Weil wir euch heilen wollen. Wenn wir meiner besten Freundin geholfen haben, werden wir das Wissen mit euch teilen. Doch dafür brauchen wir euren Anführer. Wir wissen, dass er überlebt hat. Vor allem aber hat er es schon einmal geschafft.«

»Ihr lügt wie gedruckt! Ich werde nichts verraten.« Die Stimme des Leeren triefte vor Verachtung und erneut umspielte ein höhnisches Grinsen seine schmalen Lippen.

Ich ballte meine Hände zu Fäusten. Wieso verstand er nicht, dass wir ihm nichts Böses wollten?

»Wir haben einen gemeinsamen Feind. Wir wollen Silvias Willkürherrschaft beenden, genauso wie ihr. Aber dazu brauchen wir dich, euch und euren Anführer.«

Der Mann lachte laut und gehässig. »Wenn es so wäre, warum habt ihr Marah dann getötet?«

Ich seufzte und tauschte einen Blick mit Simon und Sirion. Die Diskussion war sinnlos, weil dieser Kerl vollkommen auf die Ereignisse am Drachenfels und den Tod seiner Gönnerin fixiert war. Er hasste uns.

Dann kam mir eine Idee. Wenn er nicht mit uns redete, würde es ja vielleicht sein Anführer tun. »Vorschlag: Wir lassen dich noch ein wenig schlafen und wenn du aufwachst, bist du frei. Geh zu deinem Anführer und unterbreite ihm dieses Angebot. Wenn er bereit ist, sein Wissen mit uns zu teilen und wir Louisa heilen können, werden wir danach auch euch helfen. Wir werden in der nächsten Woche jeden Abend um sieben Uhr am Weiher auf ihn warten, dann kann er uns seine Entscheidung wissen lassen.«

Der Leere lachte ein hohes, eiskaltes Lachen. »Ihr seid lustig und glaubt an Ammenmärchen. Träumt ruhig weiter! Mit Verrätern werden wir niemals arbeiten!«

Sein schrilles Lachen verfolgte mich noch, als Simon ihn bereits schlafen gelegt hatte und wir seine Fesseln lösten.

»So habe ich mir das nicht vorgestellt«, gab Simon niedergeschlagen zu, als wir den Schulgarten endlich verließen. Den Leeren hatten wir auf der Rasenfläche zurückgelassen. Er wirkte wie ein Landstreicher, der sich dort ein stilles Plätzchen gesucht hatte, um seinen Rausch auszuschlafen.

Ich schnaubte. Die ganze Aktion hätte wirklich besser laufen können. »Weißt du, ich hatte immer geglaubt, dass die Leeren gerne gerettet werden wollen. Sie sind ja eigentlich nur Opfer von Silvias Ungerechtigkeit und haben ihr Schicksal nicht verdient.«

»Aus Opfern werden Täter, Aileana. Im Fall der Leeren haben wir das doch schon mehrfach gesehen – sie haben uns angegriffen. Sie sind verbittert. Was ihnen angetan wurde, hat ihr Vertrauen in die Welt und insbesondere in die Elementaren zutiefst erschüttert. Und als ihr euch gegen Marah gewehrt und sie getötet habt, habt ihr ihnen ein weiteres Stück Hoffnung und damit sicherlich den letzten Rest Vertrauen genommen, sofern dieser überhaupt existiert hat. Für sie seid ihr die Bösen und ein gemeinsamer Feind wird daran nichts ändern. Gib ihnen Zeit, vielleicht ändern sie ihre Meinung. Diesen Leeren laufen zu lassen war auf jeden Fall die beste Entscheidung, die du treffen konntest, wenn du wirklich mit ihnen zusammenarbeiten willst.«

Ich hob meine Augenbrauen und blickte meinen kleinen Freund an. »Aber wir wollten doch niemanden töten – ich wollte das nicht.«

Nachdenklich musterte er mich. »Das weiß ich.«

»Aber, wenn du es weißt, warum hast du uns dann vorhin nicht geholfen, den Kerl zu überzeugen?«, fuhr ich meinen Schutzdrachen ärgerlich an.

Als Antwort bekam ich nur ein resigniertes Fauchen, doch das reichte vollkommen, um mich meine Worte bereuen zu lassen.

»Sirion, es tut mir leid, so war das nicht gemeint. Ich bin einfach nur sauer auf mich selbst und darauf, dass ich es wieder einmal vergeigt habe.«

Noch immer funkelte mein kleiner Freund mich böse an, ohne etwas zu erwidern. Sollte er schmollen …

»Lasst uns die anderen informieren«, durchbrach ich nach einer Weile das Schweigen, dass sich nach meiner Auseinandersetzung mit Sirion zwischen uns ausgebreitet hatte.

Simon nickte und ich zog mein Handy hervor. Dann rief ich Nick an.

»Hallo Sonnenschein«, meldete er sich.

Unwillkürlich musste ich lächeln, obwohl mir eigentlich gar nicht danach war. »Hey, Nick. Ich stelle dich mal auf laut, damit wir uns beraten können.«

»Klingt gut, ich mache dasselbe.«

»Wir haben leider nichts rausbekommen«, begann ich meine Erzählung. »Aber wir haben den Leeren laufen lassen und ihm ein Angebot unterbreitet, von dem wir hoffen, dass er damit zu deinem Vater geht. Wenn sie uns helfen, Louisa zu heilen, werden wir das Verfahren auch auf sie anwenden. Das ist der Deal. Wir werden jeden Tag um sieben am Weiher warten und hoffen, dass sie vorbeikommen.«

»Hervorragende Idee, Lea. Uns bleibt auch kaum etwas Anderes übrig, als zu hoffen, dass mein Vater auf dein Angebot eingeht. Estelle und ich haben hier nämlich leider nichts Hilfreiches herausgefunden.«

Sein Lob zu hören war schön, doch zugleich ärgerte ich mich darüber, dass wir abwarten und auf die Entscheidung der Leeren hoffen mussten, statt wirklich etwas unternehmen zu können. Geduld war wohl einfach nicht meine Stärke.

KAPITEL 12

Louisa

»Wir müssen Lea und die anderen vorwarnen. Herr Buchmann weiß jetzt bestimmt, dass etwas im Busch ist.«

Thomas zuckte mit den Schultern, dann zog er mich näher an sich. »Sie machen nichts Falsches, also bleib ganz ruhig. Sie stellen doch nur ein paar Nachforschungen an. Mehr nicht.«

»Aber warum haben wir das dann verschwiegen?« Ich wollte seine Nähe genießen, mich an ihn schmiegen und alle Probleme vergessen. Mein Kopf sank auf seine Brust und ich sog seinen mir nur allzu vertrauten Geruch ein, doch mit einem Mal wurde mir übel. Ich ertrug seine Nähe nicht. Beinahe war es, als würden seine Berührungen mich verbrennen. Viel zu schnell löste ich mich von ihm.

»Der Rat würde deine Rettung mit einer sehr hohen Wahrscheinlichkeit verbieten und das kann ich nicht riskieren. Ich brauche dich, Louisa.« Thomas überging meine abrupte Reaktion. Dennoch hörte ich den traurigen Klang in seiner Stimme und las in seinen Augen, wie irritiert er von meiner plötzlichen Zurückweisung war.

Mein schlechtes Gewissen kämpfte mit der Leere in mir, die alles zu verschlingen drohte. Ein Teil von mir sehnte sich nach Thomas, der andere ertrug ihn nicht. Ein innerer Kampf, der mir die Tränen in die Augen trieb. »Es tut mir so leid. Ich … ich habe das Gefühl, ich werde wahnsinnig.«

Ein Lächeln, das sicherlich Zuversicht ausstrahlen sollte umspielte seine Lippen. »Es ist alles gut, Louisa. Wir werden eine Lösung finden.«

»Aber, wie du schon gesagt hast, die Organisation wird es niemals genehmigen.«

Er grinste verschmitzt. »Sie hätten uns auch niemals genehmigt, Chris zu retten. Hat uns das abgehalten? Nein. Du gehörst zu uns, Louisa, und deshalb ist es uns ziemlich egal, ob wir für deine Rettung Probleme bekommen oder nicht. Einer für alle und alle für einen.«

Ein warmes Gefühl durchfuhr mich, nur um gleich darauf von dem großen schwarzen Loch in mir aufgesogen zu werden. Ich presste die Lippen aufeinander, fuhr mir mit verkrampften Fingern in die Haare.

Ganz egal, wie sehr ich mich nach all den schönen Gefühlen verzehrte, sie blieben immer nur für kurze Augenblicke und ich war unfähig, sie festzuhalten. Es war, als wäre ich krank. Nein, ich war krank. Aber ich hatte Freunde, die mir helfen wollten, wieder gesund zu werden. Ein Gedanke, bei dem ich eigentlich ein warmes Gefühl der Zuneigung erwartet hätte, doch es blieb aus. Stattdessen fühlte ich nichts als Trauer und Wut.

Warum musste das mir passieren? Was hatte ich in meinem Leben nur falsch gemacht? Ich wollte nicht zu einem dieser glatzköpfigen, abgemagerten und wutzerfressenen Zombies werden. Diese Vorstellung widerte mich an. Das durfte nicht geschehen. Lea musste eine Lösung finden. Sie musste mir helfen. Aber würde sie das immer noch wollen, wenn sie sah, wie schnell meine Verwandlung voranschritt? War es am Ende sinnlos, es überhaupt zu versuchen?

Sanft legte sich eine große, warme Hand auf meine, die sich noch immer in meinem Haar festkrallte. Als ob ich auf diese Weise verhindern könnte, dass es früher oder später beginnen würde auszufallen. Mitfühlend blickte Thomas mich an, holte mich aus meinen Gedanken zurück in die Realität. »Ich weiß, dass es gerade nicht einfach ist. Für keinen von uns. Aber du musst uns vertrauen.«

Ich nickte. »Ich weiß. Es ist nur, da ist diese Dunkelheit, dieses schwarze Loch in mir und ich kann es nicht füllen. Egal, wie sehr ich es versuche. Es verschlingt mich, Thommy.«

»Dann lass uns etwas finden, dass die Leere füllt. Du darfst niemals aufgeben. Niemals. Versprichst du mir das?«

Ich nickte. »Ich verspreche es dir.«

Er lächelte zufrieden. »Dann komm, lass uns gehen. Ich sehe nämlich keinen Grund, aus dem wir noch länger hier bleiben sollten.«

KAPITEL 13

Aileana

Seit dem Treffen mit dem Leeren war eine Woche vergangen. Sieben quälende Tage, in denen wir nur auf der Stelle getreten waren. Jeden Abend hatte ich mit einem aus meiner Einheit und Sirion am Weiher gewartet. Aufgetaucht war allerdings niemand.

Hatten wir versagt?

Mein kleiner Mentor hatte angedeutet, dass die Leeren in uns die Bösen sahen, doch war die Frustration darüber so viel größer als die Hoffnung, gerettet werden zu können und dem Leid ein Ende zu setzen? Vielleicht konnte ich die Situation nicht beurteilen, weil ich keine Leere war, doch würde man nicht alles geben, um diesem Schicksal zu entkommen?

Ich würde jedenfalls so handeln.

»Mach dir nicht so viele Gedanken, Lea«, sagte Simon, der meinen Frust zu spüren schien. »Du hast alles getan, was du tun konntest. Wenn sie sich nicht retten lassen wollen, ist es nicht deine Schuld.«

»Aber Louisa leidet darunter. Wenn ich ihr nicht helfen kann, habe ich nicht genug getan.«

»Das stimmt nicht. Möglicherweise geht dieser Plan nicht auf, aber das heißt nicht, dass wir keine Lösung finden werden.

Vielleicht treffen wir ja auch die junge Frau, von der du gesprochen hattest.«

»Die aus meiner Vision? Wer weiß, wann sie hier auftaucht.«

»Aileana!«, ermahnte mich Sirion. »Hör auf, alles so schwarz zu sehen! Das bist du nicht.«

»Und du bist nicht meine Mutter!«, giftete ich ihn an.

Wir lieferten uns ein Blickduell, das schließlich von einem heiseren Lachen unterbrochen wurde. Ein wenig erschrocken fuhren wir herum.

Doch das, was ich dann sah, konnte unmöglich sein. Sie hier anzutreffen hatte ich nicht erwartet. Aber da war sie. Direkt vor mir. Sofort begann mein Herz wie wild zu pochen und sandte Adrenalinwellen durch meinen Körper, die sich wie unzählige feine Nadelstiche anfühlten. Träumte ich etwa? Ungläubig streckte ich meine Hand nach dem Mädchen aus, berührte ihre zarte Haut.

Sie war echt.

Leibhaftig.

Und ihr Haar schimmerte in genau dem Violettton, den ich zuvor in meiner Vision gesehen hatte. Sie blickte mich irritiert an, dann aber breitete sich ein freches Grinsen auf ihrem Gesicht aus. »Ich wusste ja schon immer, dass ich toll bin, aber mit so einer Begrüßung habe ich nicht gerechnet.«

»Du bist echt«, hauchte ich und ließ meine Hand schnell wieder sinken. Verdammt, dieser Auftritt war mehr als peinlich gewesen und ich spürte, wie meine Wangen vor Scham brannten.

»Natürlich bin ich echt. Was denkst du denn, Pippi?« Sie lachte, aber bevor ich etwas erwidern konnte, wandte sie sich Sirion zu. »Siri, wie schön dich wiederzusehen.«

Mein kleiner Schutzdrache blickte dieses mehr als seltsame Mädchen vor uns unsicher an und ich konnte erkennen, dass ihm ihr Kosename für ihn noch weniger gefiel als meiner. Diesmal teilte ich seinen Ärger jedoch, denn auch wenn ich lange rote Haare hatte war ich definitiv kein Fan von Pippi-Langstrumpf-Anspielungen. »Vei … Wie ist das möglich?«

Sie zog die Augenbrauen zusammen. »Wie ist was möglich? Dass ich hier auf der Erde wandle und nicht eingesperrt bin?«

Er nickte. »Ja, genau. Ich dachte, damals wurden alle Drachen zurück in ihre Eier verbannt.«

So irritiert hatte ich meinen kleinen Freund noch nie erlebt und irgendwie tat er mir leid. Gleichzeitig ärgerte es mich, dass er mir offensichtlich ein paar entscheidende Informationen vorenthalten hatte. Doch dafür würde ich ihn später zur Rede stellen. Zunächst war es viel wichtiger, zu verstehen, was genau es mit der ganzen Situation auf sich hatte. Woher kannten sie sich? Was hatte mein kleiner Freund mir noch alles verheimlicht?

Nach einer dramatisch langen Pause wandte sich Vei schließlich an Sirion. »Ich war damals ein Schutzdrache, genauso wie du jetzt. Doch während ihr alle verbannt und in eure Eier gesperrt wurdet, blieb ich verschont. Leana und ich hatten eine so starke Bindung, dass sie es nicht über sich gebracht hat, auch mich zu bestrafen. Vielleicht hat sie mich auch deshalb nicht eingesperrt, weil wir Halbschwestern waren.«

»Ihr kennt euch? Wie ist das möglich?«, platzte ich nonchalant in die Unterhaltung der beiden.

Vei setzte an, etwas zu erwidern, doch Sirion hob eine Hand und gebot ihr Einhalt. »Bevor wir damals verbannt wurden, war ich schon einhundertfünfzig Jahre alt. Als Leana uns in unsere Eier gesperrt hat, hat sie nicht nur unseren Körper, sondern auch unseren Geist versiegelt und so verhindert, dass wir alterten. Erst meine Bindung zu dir hat die Barriere zum Einsturz gebracht. Vei kenne ich also noch aus der Zeit vor der Verbannung.«

Eine Weile schwiegen wir, bis mir die Bedeutung von dem klar wurde, was ich soeben gehört hatte. »Sie… Sie ist auch ein Drache?«

Mit einem spöttischen Lächeln im Gesicht sah Vei mich an. »Du bist aber auch ein Blitzmerker. Was soll ich sonst sein, Pippi?«

Ich ballte meine Hände zu Fäusten und zuckte genervt mit den Schultern. »Keine Ahnung, Miss Oberschlau. Erstens hieß es bislang immer nur, dass alle Drachen verbannt wurden und zweitens heiße ich nicht Pippi!«

Vei rollte nur mit den Augen und schnaubte belustigt. »Ja, aber auch das hatte ich schon gesagt: Leana hat mich verschont.«

»Wer ist Leana?«

Sie seufzte. »Ich hätte dich wirklich für weitaus intelligenter gehalten. Aber so schnell täuscht man sich. Leana war deine Vorfahrin. Ihr Vater war ein Drache und ihre Mutter ein Mensch. Doch die beiden wurden ermordet, woran man natürlich den Drachen die Schuld gegeben hat. Deshalb hat Leana Rache geschworen und sie alle, bis auf mich, in ihre Eier verbannt. Soweit die Kurzfassung der Geschichte. Auf jeden Fall hast du jetzt die Ehre das rückgängig zu machen, bevor dieser verdammte Planet endgültig in die Luft fliegt. Die Hoffnung der Menschheit liegt also auf deinen Schultern, Pippi.«

»Mein Name ist nicht Pippi!«, fauchte ich sie an, aber sie schüttelte nur lachend den Kopf. Es machte mich wütend, dass Vei mich nicht wenigstens ein bisschen ernst nahm. »Was stimmt nicht mit dir? Du behandelst mich, als wäre ich der dümmste Mensch auf der Welt. Dabei gebe ich mir wirklich Mühe zu verstehen, was … Moment mal, wenn Leanas Vater auch deiner war, bedeutet das, dass wir verwandt sind?«

Vei nickte und noch immer war da ein belustigtes Glitzern in ihren Augen. »Gut kombiniert, Pippi. Ich bin quasi deine was-weiß-ich-wievielte Ururgroßtante.«

Erschrocken sog ich die Luft ein. »Du gehörst zu meiner Familie.«

»Ja, so ist es, Pippi.«

Empört stemmte ich die Hände in die Hüften. »Du sollst mich nicht Pippi nennen! Ich habe einen Namen!«

»Es reicht!«, ging Sirion rüde dazwischen. »Das ist jetzt irrelevant, Aileana. Wichtig ist doch, dass wir sie gefunden haben.«

Wütend fuhr ich herum. »Halt dich da raus! Mit dir habe ich sowieso noch ein Hühnchen zu rupfen, Siri!«

Mit schmalen Augen begegnete Sirion meinem Blick und fauchte. »Nein, werde ich nicht. Wir haben bei weitem Besseres zu tun, als über solch belanglose Dinge zu diskutieren, bloß, weil dein Ego gekränkt ist! Hast du Louisa vergessen?«

Entsetzt schüttelte ich den Kopf. »Ich könnte sie niemals vergessen.«

»Wer ist jetzt Louisa? Noch mehr Verwandte?«

Ich schüttelte den Kopf. »Ich habe einen Zwillingsbruder, aber der heißt nicht Louisa. Sie ist meine Seelenschwester und wird zu einer Leeren.«

»Zwilling und Seelenschwester … Ich verstehe langsam, was Leana damals meinte … «

Sirion und ich sahen uns verwirrt an. Simon hingegen lächelte. »Was hat das jetzt wieder zu bedeuten?«

Vei verdrehte die Augen. »Du bist so schwer von Begriff. Ich kann gar nicht glauben, dass in uns das gleiche Drachenblut fließt.«

Ich wollte gerade etwas Bissiges antworten, als Simon eine Hand auf meine Schulter legte. »Leana trug, wie auch du, alle Elemente in sich. Sie wird wahrscheinlich eine Vision gehabt und dich gesehen haben.«

Vei nickte. »Richtig geraten, kleines Geistelement. Ich mag dich, du bist wenigstens einer, der mitdenkt. Sie ist die Verfasserin all eurer Prophezeiungen und Aufzeichnungen. Sie mag die Drachen gehasst haben, aber sie liebte die Erde. Deswegen hat sie alles, was sie gesehen hat aufgeschrieben, für die Zeit, in der jemand kommt, der alles rückgängig machen kann. Ich frage mich nur, ob wirklich ausgerechnet du diese Auserwählte bist.«

Ich seufzte. Warum machte sie es mir so schwer? »Was habe ich dir getan, dass du mich so von oben herab behandelst? Ich habe die Weisheit vielleicht nicht mit Löffeln gefressen, ja, aber ich bin nicht blöd. Ich weiß gerade einmal seit einem halben Jahr von der Welt der Elemente und arbeite hart, um alles zu verstehen und zu lernen, was ich brauche. Nur ist das nicht so leicht, wie du und Sirion das so gern darstellt.«

Ein anerkennendes Lächeln umspielte Veis Miene. Sie strich sich eine ihrer violetten Haarsträhnen hinters Ohr. »Das Leben ist nie leicht. Man muss nur immer das Beste daraus machen.«

Aus purem Trotz wollte ich noch etwas Böses erwidern, aber Sirions finsterer Blick ließ mich innehalten, bat mich, den anderen Drachen nicht weiter zu provozieren. Mein Verstand sagte mir, dass er Recht hatte. Ich durfte Vei nicht verjagen. Doch mein Element setzte alles daran, die Oberhand zu gewinnen, sie anzuschreien und meiner Wut zügellos Luft zu machen. Nur der Gedanke an Louisa, die Hoffnung, sie mit Veis Hilfe endlich heilen zu können, hielt mich davon ab.

»Was machst du eigentlich hier?«, warf Simon ein.

Langsam wandte Vei sich ihm zu und musterte ihn aufmerksam. »Schön, dass wenigstens einer von euch zum Punkt kommt und die wirklich wichtigen Fragen stellt.«

Ich schnaubte. »Du hättest es uns auch einfach sagen können, anstatt dich so aufzuspielen.«

Ein Knurren entwich ihrer Kehle und für einen winzigen Moment glaubte ich, violette Schuppen auf ihrer Haut schimmern zu sehen.

»Aileana!«, fauchte Sirion.

»Siri!«, gab ich zurück und blickte meinen Schutzdrachen düster an. Ich hatte keine Lust, mich von Vei so behandeln zu lassen – egal ob Drache oder nicht.

Vei lachte jedoch, sodass Sirion keine Chance hatte, mir zu antworten. »Ihr zwei seid so goldig. Ich bin hier, weil ich das Erwachen von Aileanas Macht gespürt habe. Ich habe gespürt, dass die Zeit gekommen ist und die Drachen bald zurückkehren werden. Also bin ich hier, um euch zu unterstützen.«

»Das ist sehr freundlich, Vei«, begann Sirion, doch ich unterbrach ihn.

»Danke. Aber zuerst müssen wir Louisa retten. Ohne sie werde ich nämlich gar nichts machen.«

Vei lachte erneut. »Du hast einen eigenen Willen, das gefällt mir. Aber erzähl mir doch erst einmal, was mit deiner Freundin geschehen ist.«

Konnte ich ihr trauen? Sirion schien es zu tun. Aber ich mochte ihre überhebliche Art nicht. Andererseits gehörte sie irgendwie zu meiner Familie. Warum also sollte sie mir böse gesinnt sein? Nicht ganz ohne Widerwillen räumte ich ihr daher einen Vertrauensvorschuss ein und berichtete ihr alles, was geschehen war. Von unserer nicht autorisierten Mission zum Drachenfels über das Erwachen des Zwillingsbandes bis hin zu unserem mehr als fatalen Zusammentreffen mit Marah und den Leeren. Erst zum Schluss erzählte ich ihr von Louisas Tod, dem Erwachen der Drachenmacht und Sirions Versuch, meine beste Freundin wieder zum Leben zu erwecken. Meine Verwandte hörte schweigend und aufmerksam zu.

»Ach Siri, man holt doch keine Toten ins Leben zurück. Du hast noch nie richtig zugehört, wenn man dir eine Lektion erteilt hat.« Dann wandte sie sich an mich. »Leider kenne ich keine Lösung für Louisas Problem, aber ich weiß, wer eine kennen könnte.« Sie grinste breit, während ich angestrengt versuchte, mich von ihrem aufgeblasenen Verhalten nicht in den Wahnsinn treiben zu lassen.

Ich atmete tief durch. »Sag schon, wer ist es? Ich muss Louisa helfen und das schnell.«

Schon wieder rollte sie theatralisch mit den Augen. »Du bist so ungeduldig und hast keinen Sinn für Dramatik.«

Ich schüttelte den Kopf. »Tut mir leid, aber im Moment ist mir absolut nicht nach scherzen zumute. Meine beste Freundin braucht Hilfe und zwar jetzt.«

»Ist ja schon gut«, maulte sie. »Du bist so ein Spielverderber. Es gibt die Möglichkeit, mit Leana in Verbindung zu treten, vorher müsstest du allerdings deine Drachenkraft kontrollieren lernen.«

Hatte sie das gerade wirklich gesagt? Wie sollte ich bitte mit jemandem reden, der schon seit Ewigkeiten tot war? Auf der anderen Seite, hatte Louisa nicht berichtet, dass sie ihren Großvater gesehen und mit ihm gesprochen hatte. Aber Louisa war zu diesem Zeitpunkt tot gewesen. Würde ich also auch sterben müssen, bevor ich mit Leana sprechen konnte? »Wie soll das bitte funktionieren? Leana ist tot.«

»Indem du deine Drachengestalt kontrollierst. Dadurch hast du eine besondere Verbindung zur Magie und die Möglichkeit, mit deinen Ahnen zu sprechen.«

Mir entgleisten sämtliche Gesichtszüge. Ich und eine Drachengestalt? Das konnte nicht ihr Ernst sein. In mir floss Drachenblut, ja, aber ein Drache? Nein, das war ich nicht. Ganz egal, was Sirion oder Nick oder Vei sagten. Und dann sollte ich auch noch einfach so mit meinen Vorfahren in Kontakt treten können? Das war unmöglich.

»Wir wissen nicht, wie viel von uns tatsächlich in ihr steckt. Ihre Drachenmacht ist erst frisch erwacht«, warf Sirion ein.

»Dann müssen wir das schnellstmöglich herausfinden, Sirion.«

Verwirrt blickte ich zwischen den beiden hin und her. »Moment mal! Was hat das zu bedeuten? Kann mich bitte mal jemand aufklären?«

Vei deutete auf Sirion und sah ihn auffordernd an. »Sie ist dein Schützling, also erklär du es ihr bitte.«

»Wie du weißt, fließt das Blut der Drachen in dir. Du bist zu einem Teil menschlich, zum anderen ein Drache und damit ein Teil des magischen Ursprungs. Im besten Fall besteht die Möglichkeit, dass du durch die Verwandlung in einen Drachen diese reine Form der Magie annehmen kannst. Da deine Familie zum Teil ein magisches Wesen ist, bleibt ein Stück ihrer Seelen immer mit dieser Welt verbunden. Wenn du es also schaffst, deine Drachengestalt zu meistern, kannst du in den Ursprung, also die magische Welt reisen, und mit deiner Ahnin in Kontakt treten.« Er hielt einen Moment inne, ballte die Hände zu Fäusten und schüttelte ganz offensichtlich den Kopf über sich selbst. »Wieso bin ich da nicht selbst draufgekommen, verdammt? Sie hat die Drachen verbannt und kennt sich mit der Drachenmacht aus. Sie wird dir helfen können.«

Ich starrte meinen kleinen Freund an, unfähig zu begreifen, was er mir offenbart hatte. Ich wusste nicht, ob ich mich darüber freuen sollte oder nicht. Vielleicht sollte ich auch einfach wütend sein, weil Sirion mir wieder einmal nur die Hälfte von dem verraten hatte, was tatsächlich vor sich ging.

Der Gedanke, mich in einen Drachen zu verwandeln fühlte sich nach wie vor seltsam an und ich hatte mich noch nicht entschieden, ob ich diese Gestalt tatsächlich annehmen wollte. Ich hatte mich doch gerade erst damit angefreundet, dass ich die Welt retten musste. Was würde das Leben als Drache für

Aufgaben mit sich bringen? Wäre ich dem überhaupt gewachsen? Verflucht, ich hoffte, dass das alles nur ein furchtbarer Irrtum war und zugleich wollte ich nichts sehnlicher als Louisa helfen.

»Wieso hast du denn nichts davon gesagt, Sir?«

Er senkte seinen Blick. »Weil wir nicht wissen, wie viel Drache tatsächlich in dir steckt und du bestimmt nicht von heute auf morgen lernen wirst, diese Fähigkeit zu kontrollieren. Außerdem weiß ich nicht, wie du überhaupt mit Leana in Kontakt treten kannst. Ich dachte, dass der Weg über Niklas' Vater letztlich doch der einfachere wäre.«

»Aber ich kann euch dabei helfen und kenne den Pfad ins Ahnenreich. Nur ohne Drachengestalt wird das leider nichts«, warf Vei ein.

Ich wusste nicht, was ich von all dem halten sollte. Stimmte es überhaupt, was die beiden mir erzählten? Aber ich hatte genug Zeit mit Sirion verbracht, um zu wissen, wann ein Drache scherzte und wann er das, was er sagte, todernst meinte. Verzweifelt suchte ich Hilfe bei Simon, der bloß zuversichtlich lächelte. Er hatte es akzeptiert. Wieso konnte er das und ich nicht? War es leichter, wenn es einen nicht selbst betraf?

Langsam kam er näher, legte seinen Arm um meine Schulter und zog mich von den beiden Drachen weg. Er hatte gespürt, wie sehr mich die Situation überforderte.

»Danke«, flüsterte ich.

»Ach was, ich kann doch nicht mit ansehen, wie eine meiner besten Freundinnen sich vor zwei Drachen die Blöße gibt. Wundert mich nicht, dass dich das alles überfordert. Nimm dir einen Moment und atme in Ruhe durch.«

»Du verstehst mich, aber gleichzeitig hast du schon akzeptiert, dass in mir womöglich ein Drache steckt. Wie machst du das?«

Er zuckte mit den Schultern. »Ich bin jetzt schon lange ein Teil der Welt der Elemente, Lea. Man sieht einiges. Magie, Leere und Drachen sind real. Irgendwann wird es leichter, man beginnt, die Dinge, so unfassbar sie auch sein mögen, schneller zu akzeptieren. Man sieht die Möglichkeiten statt sich in Zweifeln zu verlieren. Hey, vielleicht kannst du dich in einen Drachen verwandeln, das ist unglaublich. Klar, du machst dir Sorgen und willst nicht anders sein, als die anderen. Aber wir sind eine Einheit und wir stehen immer hinter dir, Lea. Also freu dich über deine Fähigkeit, sieh das Positive darin.«

Seine aufrichtigen und ehrlichen Worte berührten mich und mir wurde warm ums Herz. Auch wenn wir noch lange nicht alles voneinander wussten, die Freundschaften innerhalb unseres Teams waren echt und von einer seltenen Tiefe. Nur meine Beziehungen zu Louisa und Chris reichten an diese Bande heran.

»Danke. Ich bin so froh, euch alle an meiner Seite zu haben. Ohne euch wäre ich vollkommen verloren in diesem ganzen Wahnsinn.«

Lächelnd wandte ich mich von Simon ab und ging zu Vei und Sirion zurück, die sich hitzig unterhielten. Als ich mich dazugesellte, erstarb ihr Gespräch allerdings jäh.

»Okay, ich bin bereit. Lasst uns herausfinden, ob ich es schaffe, mich in einen Drachen zu verwandeln.«

KAPITEL 14

Louisa

Eine verdammte Woche war vergangen, ohne dass etwas geschehen war. Nur die Leere in mir war weiter gewachsen. Ich überspielte meine fortschreitenden Veränderungen so gut es ging, damit sich die anderen nicht zu viele Sorgen um mich machten.

Trotzdem entgingen sie ihnen nicht. Ich beteiligte mich kaum noch an den Gesprächen und zog mich immer tiefer in mich selbst zurück. Auch wenn ich Thomas versprochen hatte, mich zusammenzureißen, verlor ich mich mehr und mehr. Irgendwie konnte ich verstehen, warum die anderen meine Gesellschaft mieden oder sich nur vage zu ihren Nachforschungen äußerten. Aber wenn die Leeren auf den Deal eingegangen wären, dann hätte ich das schon erfahren, oder?

Ich verstand nicht, warum sie nicht schon längst am Treffpunkt aufgetaucht waren. Sehnten sie sich nicht nach ihrem alten Ich, den schönen Gefühlen, ihrer Menschlichkeit? Ich jedenfalls verzehrte mich danach. Es gab nichts, das ich mir mehr wünschte.

»Alles okay bei dir, kleiner Engel?«, wollte mein Freund wissen.

Wir hatten in den letzten Tagen viel Zeit miteinander verbracht und seine Nähe hatte mich über all die vielen Stunden hinweg gerettet. Allein der Spitzname, den er mir schon zu Anfang unserer Beziehung gegeben hatte, bereitete mir eine wohlige Gänsehaut.

Ich zuckte mit den Schultern. »Ging mir noch nie besser.«

Thomas zog mich in seine Arme und sah mich finster an. »Ich finde das nicht spaßig, Louisa.«

»Meinst du, mir macht das alles hier Spaß«, giftete ich ihn an.

Wie ein geschlagenes Tier wich er vor mir zurück. »Nein, natürlich nicht.«

Ich atmete tief durch. »Es tut mir leid. Ich wollte dich nicht so anfahren. Die Situation überfordert mich einfach. Jeden Tag, an dem die Leeren nicht auftauchen, wird die Lage ein bisschen aussichtsloser und mir fällt es immer schwerer, mich daran festzuhalten, dass alles gut werden wird.«

Vorsichtig trat Thomas wieder auf mich zu und griff nach meinen Händen. »Ich weiß, dass es nicht einfach wird, aber du musst uns vertrauen. Wir werden eine Lösung finden und dich retten. Du *musst* kämpfen, Louisa.«

Gezwungen lächelte ich. »Das tue ich Thommy, und trotzdem verliere ich mit jedem Tag ein bisschen mehr Hoffnung.«

»Das weiß ich doch, mein Engel.«

Ich seufzte. »Wollen wir etwas Essen gehen? Ich muss hier raus.«

Thomas nickte. »Natürlich, wo möchtest du hin?«

Wir zogen uns die Schuhe an und verließen die Wohnung, während wir uns überlegten, wohin wir gehen sollten.

Gerade als wir uns auf dem Weg zu seinem Auto endlich für ein Restaurant entschieden hatten, klingelte mein Handy. Ich stöhnte auf, zog es widerwillig aus der Tasche und nahm den Anruf an.

»Louisa? Ihr müsst zum Weiher kommen. Wir haben euch etwas zu erzählen«, sagte Lea am anderen Ende der Leitung. Sie klang zuversichtlich, aber auch ein wenig nervös.

»Natürlich, wir kommen sofort.« Ich legte auf und wandte mich dann Thomas zu. »Wir sollen zu Lea, Simon und Sirion in den Park kommen. Anscheinend gibt es Neuigkeiten. «

Mein Freund nickte und griff nach meiner Hand. Dann gingen wir gemeinsam zu seinem Auto.

Wir sahen unsere Freunde schon von weitem. Simon, Sirion, Lea und … Ich stockte.

Wer war dieses Mädchen mit den violetten Haaren?

Als wir näher kamen lief Lea sofort auf mich zu und nahm mich freudig in den Arm. Anschließend gingen wir gemeinsam zu Sirion, Simon und der Fremden hinüber. Aufgeregt machte meine beste Freundin uns miteinander bekannt. »Louisa, Thomas, das ist Vei. Sie ist ein Drache und irgendwie auch mit mir verwandt.« Dann wandte sie sich Vei zu und stellte uns ihr vor. Trotz ihrer bunten Erscheinung wirkte sie kühl und distanziert, was es mir schwer machte, sie auf Anhieb zu mögen. Aber sie würde ihre Chance bekommen.

»Was geht hier vor?«, wollte Thomas wissen und sprach damit die Frage aus, die mir bereits seit Tagen auf der Zunge gelegen hatte. Schon die ganze Woche hatte niemand wirklich mit mir gesprochen oder mich über das informiert, was neben dem täglichen Elementartraining meiner Freunde vor sich gegangen war. Vielleicht, weil sie nicht weiter gekommen waren. Weil es einfach nichts Neues gab. Aber dennoch, was sollte diese Geheimniskrämerei? Konnten sie mir nicht einfach die Wahrheit sagen?

Als Nick und Estelle endlich eintrafen, war ich erleichtert. Ich hoffte, dass sie nun auch mich in alles einweihen würden, was geschehen war. Anscheinend waren die beiden heute noch einmal bei Silvia gewesen, um weiter nach möglichen Hinweisen zu suchen.

»Wir haben bei meiner Großmutter noch immer nichts gefunden«, sagte Nick zerknirscht, bevor Lea überhaupt zu Wort kommen konnte.

Die winkte jedoch ab, was mich verwunderte. Was machte es schon, dass ich mich langsam aber sicher in eine Leere verwandelte? Ich ballte die Hände zu Fäusten und mein Kiefer verkrampfte sich. Nein, so war ich nicht. Meiner besten Freundin jetzt Vorwürfe zu machen, war falsch. Ich musste meine Wut herunterschlucken und sie in das Loch zurück drängen, aus dem sie gekommen war.

»Vei kennt einen Weg, wie wir Louisa helfen können. Dafür brauchen wir allerdings ein wenig Zeit. Durch das Drachenblut in meinen Adern kann ich mich möglicherweise in einen Drachen verwandeln. Dann wäre ich dazu fähig, mit Leana, meiner Ahnin, in Kontakt zu treten. Sie kannte sich mit der

Drachenmacht aus und kann uns bestimmt helfen. Wenn ich es also schaffe, meine Drachengestalt zu erwecken, können wir dich vielleicht retten, Lou.«

Verwirrt musterte ich meine Freundin, versuchte die wirren Worte zu ordnen: Drachengestalt, Ahnin und retten. Konnte Lea sich tatsächlich in einen Drachen verwandeln? Das klang verrückt. Sie war ein Mensch und kein Fabelwesen. Vor allem aber fragte ich mich, wie mich das retten sollte. Wie sollte eine Vorfahrin uns helfen können?

»Du willst uns damit sagen, dass, wenn du dich in einen Drachen verwandelst, du mit deiner Ahnin reden kannst, die vielleicht einen Ausweg aus diesem Dilemma kennt? Es ist ja vieles möglich, aber das klingt fast schon zu extrem«, hauchte Estelle und sprach mir damit aus der Seele.

»Genau das wollte sie sagen«, brachte Sirion es auf den Punkt.

»Entschuldigt, wenn ich mich verhört habe, nur da waren einige *Wenns* drin, oder?«, warf Thomas ein und zerstörte damit die Euphorie, die angesichts einer möglichen Lösung für unser Problem gerade auszubrechen gedroht hatte.

Sirion blickte ein wenig betreten zu Boden. »Wir können nicht sagen, wie viel Drache tatsächlich in Aileana steckt. Die Möglichkeit besteht, aber es gibt keine einhundertprozentige Sicherheit.«

Was, außer dem Tod war schon sicher auf dieser Welt? Ich schluckte. Vielleicht meine Verwandlung in eine Leere. Mein innerer Zerfall. Nein, wir mussten zumindest versuchen, diese Wendung des Schicksals aufzuhalten.

»Es muss noch eine andere Lösung geben. Was ist mit den Leeren?« Mein Freund schien diesen neuen Ansatz nicht akzeptieren zu wollen. Vielleicht, weil eine mögliche

Verwandlung meiner besten Freundin in einen Drachen zu unglaubwürdig klang, ein positiver Ausgang dieses Versuchs zu ungewiss war.

»Wir haben keine andere Wahl, oder? Estelle und Nick haben bei Silvia nichts gefunden und die Leeren wollen anscheinend nicht kooperieren. Was bleibt uns also anderes übrig, als auf Lea und ihre Drachengestalt zu vertrauen«, sagte ich leise.

Eventuell griffen wir nach dem letzten Strohhalm, aber der war immer noch besser als nichts. Außerdem war es aufregend, sagen zu können, dass meine beste Freundin ein Drache war.

Lea würde es schaffen. Wenn nicht sie, wer dann?

»Lou … « Die Gesichtszüge meines Freundes zeigten nur allzu deutlich, wie sehr ihm die Situation zusetzte.

Ihn so leiden zu sehen sollte mir wehtun, doch in meinem Innern spürte ich nichts, nur eine blasse Erinnerung daran, wie es war, Mitgefühl zu empfinden. »Es ist alles okay, Thommy.«

Er schüttelte vehement den Kopf. »Ich kann dein Leben nicht dem Zufall überlassen, Lou. Dich ein weiteres Mal zu verlieren ertrage ich nicht.«

»Du wirst sie nicht verlieren, Thomas. Vertrau uns, okay?«, mischte sich Nick ein. »Wir werden alles in unserer Macht Stehende tun, um ihr zu helfen.«

»Ich habe eine Idee. Wir konzentrieren uns auf meine Drachenmacht, aber parallel suchen wir trotzdem noch nach den Leeren und anderen Möglichkeiten, um Louisa zu retten.« Lea schien Feuer und Flamme zu sein, ihre Drachengestalt meistern zu lernen. Das stimmte mich zuversichtlich, denn ich kannte ihren unermüdlichen Ehrgeiz in diesen Dingen nur zu gut.

»Dann setzen wir wenigstens nicht alles auf ein Pferd. Ich denke, damit kann ich leben«, gab Thommy nach einer Weile zu. »Also raus mit der Sprache, was habt ihr herausgefunden?«

Nach einigen Sekunden betretenen Schweigens fasste sich Lea ein Herz und erklärte uns, was sie durch Vei inzwischen in Erfahrung gebracht hatten. Ob dieser neue Weg allerdings so erfolgversprechend sein würde, wie er klang, musste sich erst noch herausstellen.

Wenn wir diesen Pfad tatsächlich einschlagen wollten, bedeutete das allerdings auch, dass wir Silvia und Herrn Buchmann irgendwie auf unsere Seite ziehen mussten, um Leas Trainingsplan zu ändern.

»Wenn Aileana normal trainiert wird, wird es sie mehr bremsen, als dass es ihr hilft. Das muss euch bewusst sein«, betonte Vei noch einmal ausdrücklich.

»Wir müssen nur bedenken, dass wir mit dem Feuer spielen. Wenn wir ihr zu viel verraten, wird sie uns und vor allem Leas Kräfte ohne mit der Wimper zu zucken für ihre Zwecke missbrauchen«, warf Nick ein.

Nur was konnten wir ihr sagen? Welche Informationen würden ausreichen, um Silvia zu ködern?

»Nick, du kennst sie am besten. Was müssen wir ihr erzählen, um sie zu begeistern?«, wollte ich wissen.

Er zuckte mit den Schultern. »Ihr Ziel ist es, die Organisation weiterzubringen. Sie möchte immer die Erste und die Beste sein. Deswegen ist sie ja auch so hinter Sirion her.«

Sirion schnaubte genervt. »Sie ist schlimmer als Leas Mutter!«

»Hey!« Lea sprang auf und stemmte ihre Hände in die Hüften. »Du redest da von meiner Mutter! Nimm das zurück!«

»Und du von Niklas Großmutter«, giftete der Kleine fröhlich zurück.

Ich seufzte. »Könnt ihr mit euren Kindereien zumindest für ein paar Minuten aufhören? Gerade gibt es wirklich wichtigeres.«

Zwei Augenpaare erdolchten mich mit ihren Blicken, weswegen ich ergeben die Hände hob. Sollten sie doch machen, was sie wollten.

»Da wir das nun endlich geklärt hätten, können wir jetzt weiter machen«, stimmte Vei mir zu und versuchte gar nicht erst ein spöttisches Auflachen zu unterdrücken.

»War ja klar, dass du dich darüber freust. Aber weil du ja immer alles weißt, kannst du uns sicher auch sagen, wie wir Silvia überzeugen, ohne dass sie Verdacht schöpft«, fauchte Lea den Drachen an.

Einen Moment herrschte Stille und keiner wagte es, zu atmen. Dann grinste Vei. »Gut gebrüllt, Pippi.«

Ich bemerkte, wie Leas Gesicht vor Wut rote Flecken bekam.

»Ich. Heiße. Nicht. Pippi!« Meine beste Freundin betonte jedes einzelne Wort. Was war das nur für ein Kindergarten zwischen Lea und diesen beiden Drachen?

Vei wedelte mit einer Hand, als würde sie eine lästige Fliege vertreiben. »Was sind schon Namen, Pippi? Um zum Wesentlichen zurückzukehren. Ich hätte eine Idee, wie wir Silvia überreden könnten. Wenn ich das richtig verstanden habe, möchte sie die Größte sein und die Organisation steht bei ihr an erster Stelle, oder?«

»Damit hast du recht«, bestätigte Nick, der zu Lea gegangen war und ihr einen Arm um die Schulter gelegt hatte.

Die Wut in den Augen meiner Freundin war verschwunden, stattdessen spiegelte sich ihre Liebe zu Nick darin wieder. Für einen winzigen Moment schien alles in Ordnung zu sein und wir fassten einen Plan.

»Gut, dann werden wir Silvia von meiner Existenz berichten und ihr klar machen, dass Aileanas Kraft noch nicht ausreicht, um die Drachen zu retten. Sie wird uns wahrscheinlich nicht glauben und es auf einen Versuch ankommen lassen. Dieser wird, ob beabsichtigt oder nicht, kläglich scheitern. Danach wird sie akzeptieren müssen, dass Leas Fähigkeiten einer speziellen Schulung bedürfen, die keiner ihrer Ergebenen leisten kann. Offen einem Drachen zu widersprechen, sich der Prophezeiung entgegenzustellen und die Welt untergehen zu lassen wird sie nicht wagen. Du musst deine Rolle nur überzeugend spielen, Pippi«, philosophierte Vei, offensichtlich selbst beeindruckt von ihren Ausführungen.

Lea seufzte. »Das umzusetzen wird nicht schwer sein. Ich weiß ja tatsächlich nicht, wie ich die Drachen befreien soll.«

»Für Morgen ist das irrelevant. Aber ich verspreche dir, dass wir einen Weg finden werden, Louisa und den Drachen zu helfen.« Vei grinste frech.

»Danke«, flüsterte Lea.

KAPITEL 15

Aileana

Nachdem wir noch einmal alle Details unseres Plans durchgesprochen hatten, löste sich die Gruppe auf. Estelle, Vei und Simon verließen uns mit Sirion im Schlepptau als erste. Thomas und Louisa gingen kurz darauf ebenfalls gemeinsam. Bloß Nick und ich blieben zurück.

Ich freute mich über ein wenig Zweisamkeit mit meinem Freund, besonders, weil ich ahnte, dass sich in den nächsten Tagen, Wochen und Monaten einiges ändern würde.

»Da sind es nur noch zwei«, sagte er leise und kam auf mich zu, legte seine Hand an meine Taille.

Ein Lächeln schlich sich auf meine Lippen. »Und genau das gefällt mir.«

»Hat da jemand Hintergedanken?« Er küsste mich sanft auf die Nasenspitze, bevor er mit seinen Fingern die Konturen meines Gesichts nachfuhr. Jede einzelne Berührung sandte leichte Schauer durch meinen Körper und ließ die Schmetterlinge in meinem Bauch flattern. Doch mein Herz fühlte sich noch immer unendlich schwer an.

»Ausnahmsweise mal nicht.«

Er betrachtete mich besorgt. »Du brauchst dir keine Sorgen machen. Wir finden eine Lösung für Louisa.«

»Darum geht es mir nicht, weil ich an keinem von uns zweifle, Nick. Wir sind ein starkes Team und werden jede Herausforderung meistern.« Woher ich den Mut für diese Aussage nahm, wusste ich nicht, aber die Worte kamen aus der Tiefe meiner Seele und ich meinte jedes einzelne davon ernst. »Es ist nur, es war schon verdammt schwierig, Sirion zu befreien. Was wohl noch auf uns zu kommt, wenn wir versuchen all die anderen Drachen zu retten? Im Moment fühlt es sich an, wie die Ruhe vor dem Sturm. Was, wenn wir wieder jemanden verlieren - so, wie wir Louisa fast verloren hätten?«

Nick legte seine Stirn an meine und sah mich mit seinen wunderschönen, grauen Augen an.

»Ich werde alles geben, um zu verhindern, dass dir oder jemandem der dir wichtig ist etwas Schlimmes passiert, Lea. Ich kann nicht in die Zukunft schauen, aber wir sind eine Einheit und wir halten zusammen. So lange wir uns gegenseitig vertrauen, werden wir alles meistern. Gemeinsam sind wir stark.« Seine Worte gaben mir Kraft.

»Gemeinsam werden wir es schaffen«, flüsterte ich.

Ein Lächeln breitete sich auf dem Gesicht meines Freundes aus, dann senkte er endlich seine Lippen auf meine und verschloss sie mit einem leidenschaftlichen Kuss. Als wir uns trennten, rangen wir beide nach Atem. Dieser Moment hätte ewig dauern können, doch dann vibrierte mein Handy in der Tasche meiner Jeans.

Ich seufzte und machte einen Schritt nach hinten, als ich das Telefon hervorzog. »Meine Mutter macht sich wahrscheinlich Sorgen und möchte, dass ich nach Hause komme. Sie treibt mich irgendwann noch in den Wahnsinn«, schimpfte ich, sah wieder zu Nick und ließ das immer noch klingelnde Handy sinken.

Seine Augen hatten einen trüben Ausdruck angenommen, während seine Gedanken in weite Ferne gerückt zu sein schienen. »Sie meint es nur gut.«

Ich hatte ganz vergessen, dass Nick seine Mutter früh verloren hatte und bereute meine unbedachten Worte sofort. »Versteh das nicht falsch. Ich liebe meine Mutter, aber manchmal erdrückt sie mich mit ihrer Vorsicht.«

»Ich weiß, wie du das meinst. Jetzt lass uns gehen, bevor deine Eltern noch eine Vermisstenanzeige aufgeben.« Sein Lächeln erreichte seine Augen nicht und ich spürte, wie er sich vor mir verschloss.

Gemeinsam verließen wir das einsame Parkgelände und Nick begleitete mich noch bis nach Hause. Dort angekommen zog er mich ein letztes Mal für einen leidenschaftlichen Kuss in seine Arme.

»Träum was Schönes, Lea.«

»Du auch, Nick«, erwiderte ich, bevor ich mich abwandte, um hinein zu gehen. Auf der Türschwelle drehte ich mich noch einmal um und beobachtete, wie mein Freund langsam die Straße hinunter ging. Bildete ich es mir nur ein, oder ließ er die Schultern hängen?

Am nächsten Morgen wachte ich aus unruhigen Träumen auf. Im Schlaf hatte ich brennende Körper gesehen, Leere, die inmitten der Flammen alle zu Louisa geworden waren. Louisa, die meinem Element zum Opfer gefallen war. Kalter Schweiß trat auf meine Stirn, wenn ich nur daran dachte, so sehr ekelte ich mich in diesem Moment vor mir selbst.

Ich musste mich mehr anstrengen, um ihr zu helfen und einen Teil der Schuld die ich auf mich geladen hatte abzutragen. Meine beste Freundin durfte nicht zu einem dieser glatzköpfigen Monster werden. Schnell schlug ich meine Bettdecke zurück und stand auf. Voller Tatendrang verließ ich mein Zimmer, nur um wenige Sekunden später von einer abgesperrten Badezimmertür ausgebremst zu werden. Schon wieder …

»Sirion! Beeil dich!«, rief ich durch die verschlossene Tür.

Das war ja wohl nicht sein Ernst. Was trieb er nur jeden Morgen da drin?

Resigniert lehnte ich mich an die Wand gegenüber der Tür und wartete mit verschränkten Armen darauf, dass mein herzallerliebster Schutzdrache das Badezimmer räumte. Nach einigen endlosen Minuten hörte ich, wie sich der Schlüssel im Schloss herumdrehte. Langsam öffnete sich die Tür. Kurz darauf starrte Sirion mich mit großen Augen an und winkte mich zu sich.

»Aileana! Das ist Wahnsinn!« In seiner Hand hielt er eine kleine, grüne Flasche mit einem Badezusatz.

Ich zuckte mit den Schultern. »Was ist daran so besonders?«

Er rollte mit den Augen. »Das ist ein Drachenbad! Die Menschen haben den Glauben an uns doch noch nicht verloren.«

Ich prustete los. War das sein Ernst? Manchmal steckte in meinem besserwisserischen Lieblingsdrachen eben doch nur ein kleines Kind. »Das ist nur irgendein Badesalz. Die Leute halten euch Drachen für Fabelwesen. Für sie sind sie mystisch, sie faszinieren, aber sie existieren nicht. Tut mir leid, dich enttäuschen zu müssen.«

Sirion funkelte mich böse an. »Manchmal bist du echt blöd, Aileana!«

Dann marschierte er hocherhobenen Hauptes an mir vorbei. Als ich das Bad endlich für mich allein hatte, schüttelte ich immer noch den Kopf über meinen kleinen Freund. Als ich mich wieder gefasst hatte, duschte ich, putzte mir die Zähne und zog mir bequeme Sportkleidung an. Neben dem Theorieunterricht stand heute nämlich wieder eine Trainingseinheit mit Christian auf dem Programm. Das hatte Silvia uns gestern noch über Nick mitteilen lassen.

Umso besser eigentlich, auf diese Weise konnte ich meinen Frust auf die Welt wenigstens irgendwo rauslassen. Außerdem hatte ich inzwischen Blut geleckt und genoss es, meinen Körper an seine Grenzen zu bringen. Vor allem, weil ich so das Gefühl hatte, meinen Gedanken für einen Moment entkommen zu können.

Als ich in die Küche kam, saß Sirion allein am Tisch. »Wo ist denn Chris?«

Mein kleiner Schutzdrache zuckte mit den Schultern. »Ich weiß es nicht. Hatte mich schon auf den Morgen mit ihm gefreut.«

Ich sagte nichts, ließ mich neben meinen Freund auf einen der Stühle fallen und horchte in mich hinein, konzentrierte mich auf das Zwillingsband. Nach einer Weile sagte es mir gewöhnlich, wo mein Bruder sich befand und wie es ihm ging. Ich war erleichtert zu spüren, dass er ganz in der Nähe und alles in Ordnung war, selbst wenn ich den Neid, der an ihm nagte, nur zu deutlich wahrnahm. Es verletzte ihn, dass er nicht mit uns kommen konnte und ausgeschlossen wurde.

Das verstand ich nur zu gut und auch mir tat es weh, dass er nicht an meiner Seite war. Für mich war er ein Teil der Welt der Elemente, ein Teil meiner Einheit. Genauso wie Louisa und Sirion es waren.

Aus diesem Grund und weil ich uns beiden ein gutes Gefühl hatte geben wollen, hatte ich ihn in den letzten Tagen über alles informiert, was vor sich ging. Über die Drachen, Louisa und unsere Pläne. Chris hatte sich gefreut, dass wir einen Weg gefunden hatten, meine beste Freundin zu retten. Gleichzeitig hatte ich seinen Frust darüber gefühlt, nur tatenlos herumsitzen und zusehen zu können. Hätte ich am Ende doch schweigen sollen?

Wäre es weniger schmerzhaft für uns beide gewesen, wenn ich nicht mit ihm über all die Dinge gesprochen hätte, die er verpasste? Andererseits brauchte ich meinen großen Bruder und wollte keine Geheimnisse vor ihm haben, egal ob nun magisch oder nicht. Nein, ohne ihn würde ich das, was vor mir lag nicht durchstehen. Dennoch, ich sah wie er unter seiner plötzlichen Außenseiterrolle in meinem Leben litt und nichts mehr wollte als ebenfalls Teil der fantastischen Welt zu sein, in die es mich so beständig zog. Wer einmal Magie erlebt hatte, der wollte sie nicht mehr loslassen. Durch sie erlangte man immer wieder neue Sichtweisen, Erkenntnisse und dieses unvergleichliche Gefühl, dass nichts unmöglich war.

Zu was würde ich wohl fähig sein, wenn ich erst meine Drachengestalt herbeirufen konnte? Selbst wenn Sirion und Vei nicht wussten, ob es überhaupt funktionieren würde, wir mussten es darauf ankommen lassen. Für Louisa und letztlich genauso für mich selbst.

Heute mussten wir Silvia und Herrn Buchmann erst einmal mitteilen, dass wir einen weiteren Drachen gefunden hatten. Vor allem aber, dass ich anders trainiert werden musste, um meine Fähigkeiten kennenzulernen. Reines Elementartraining würde mir nichts mehr bringen. Dafür war ich bereits zu weit gegangen.

Wenn ich ehrlich war, graute es mir jedoch vor dem Gespräch. In den vergangenen Monaten hatte ich ja bereits das eine oder andere Mal Bekanntschaft mit Silvias Egoismus machen dürfen. Wir mussten ihr klar machen, dass ihr unser Plan zum Vorteil gereichte, gleichzeitig durften wir ihr nicht zu viel verraten. Sie sollte auf keinen Fall herausfinden, dass die Mächte aus der Prophezeiung tatsächlich existierten und in mir erwacht waren. Ein Spiel mit dem Feuer. Aber damit kannte ich mich ja aus.

»Erde an Lea? Kannst du nicht mal dein Zwillingsband nutzen, um sicherzugehen, dass bei Chris alles in Ordnung ist statt wieder einmal die lächerlichsten Probleme zu zerdenken?«, holte Sirion mich aus meinen Grübeleien.

»Glaub es oder nicht, aber das habe ich bereits. Er ist wahrscheinlich oben in seinem Zimmer und bläst Trübsal. Wenn wir Silvia mein Training erklären, müssen wir unbedingt darauf bestehen, dass Chris dafür notwendig ist. Ob sie will oder nicht, er gehört zu uns und ich möchte nicht, dass er hier verkümmert.«

Sirion grinste. »Das bekommen wir hin. Wir sollten Vei allerdings vorher einweihen.«

Ich rollte mit den Augen. »Natürlich. Ich hoffe nur, dass sie sich nicht querstellt, nur um mir eins auszuwischen. Sie hasst mich!«

Sirion schüttelte den Kopf und sah mich tadelnd an. »Das glaube ich nicht. Du warst nicht sehr freundlich zu ihr, was erwartest du denn?«

»Nicht dein Ernst, oder? Nimmst du sie gerade etwa in Schutz und verteidigst sie? Ich glaube es ja nicht! Du bist mein Schutzdrache und hältst zu ihr. Stehst du etwa auf Vei?«

Empört sah mein kleiner Freund mich an, wurde aber leicht rot. »Nein, niemals. Du weißt, ich stehe auf deiner Seite.«

Ich grinste. »Oh doch, klein Siri steht total auf Miss Oberschlau.«

»Das ist nicht wahr!« Ungehalten funkelte Sirion mich an, doch ich lachte nur. Es war einfach zu schön, ihn endlich einmal aufzuziehen.

Bevor wir unser Gespräch allerdings fortführen konnten, klingelte es an der Tür. Wütend sprang Sirion auf und verließ den Raum, um unseren Besucher hereinzulassen.

Ich nutzte die Gelegenheit und schrieb Estelle den Hinweis mit meinem Bruder, damit die anderen eingeweiht waren. Dann stand ich auf, um mir meine Schuhe anzuziehen, weil ich vermutete, dass es sich bei unserem Gast um Nick handelte. Wer sollte auch sonst so früh klingeln?

Sobald ich fertig war, lief ich an Sirion vorbei zur Tür und fiel meinem Freund in die Arme. Für einen kurzen Augenblick gab es nur ihn und mich. Ein Blick in seine sturmgrauen Augen verriet mir, dass er diese wertvollen Sekunden genauso genoss wie ich. Nick gab mir noch einen zärtlichen Kuss, dann trennten wir uns wieder und ich nahm seine Hand in meine. »Einen wunderschönen guten Morgen, Sonnenschein.«

Ich lächelte. »Guten Morgen.«

Hinter uns räusperte Sirion sich verächtlich. »Genug Gesülze? Können wir jetzt los?«

Ich verdrehte die Augen und hätte gerne etwas Bissiges erwidert, doch Nick drückte sanft meine Hand, um mir zu sagen, dass ich mich nicht aufregen sollte. Deswegen atmete ich tief durch, nahm seine Ruhe in mich auf und wandte mich wortlos von meinem kleinen Schutzdrachen ab.

An Nicks Auto angekommen drehte ich mich allerdings noch einmal um. »Rache ist süß, Siri. Leugne es oder nicht, du bist total verknallt.« Ich flüsterte, doch mein kleiner Freund verstand mich genau, denn er sah mich böse an, während sich seine Wangen leicht rosa färbten. Ich grinste, dann öffnete ich die Beifahrertür und stieg ein.

Während der Fahrt plauderten wir über Nichtigkeiten. Doch mit jedem Meter, den wir uns der Schule näherten, wuchs meine Unsicherheit. Sollten wir Silvia tatsächlich einweihen? Hatten wir uns richtig entschieden? So oder so für einen Rückzieher war es zu spät. Wir mussten einfach sehr überzeugend sein, ohne mehr preiszugeben, als unbedingt notwendig. Und so sehr Vei mich auch nervte, zweifelte ich keine Sekunde daran, dass sie ihren Willen durchsetzen würde.

»Was ist eigentlich mit Louisa?«, fragte Sirion.

Ich schmunzelte. »Das fällt dir aber sehr früh ein. Sie hat bei Thomas übernachtet und kommt mit ihm.«

Er schnaubte. »Wenigstens habe ich überhaupt an sie gedacht.«

Ich lächelte, auch wenn Sirion es von der Rückbank aus nicht sehen konnte. Nachdem er ihr einen Teil seiner Macht weitergegeben hatte, war ich gerührt, dass er sich so für meine beste Freundin interessierte. Schließlich waren die beiden nun auf besondere Weise miteinander verbunden.

»Komm schon Sirion, hör auf zu schmollen. Ich finde es schön, dass du dich so für Louisa interessierst und wollte lediglich anmerken, dass sie mir Bescheid gesagt hat und alles in Ordnung ist.«

Daraufhin murmelte er etwas Unverständliches vor sich hin, von dem ich mir einbildete, dass es versöhnlich klang. Ich fragte allerdings auch nicht weiter nach. Dafür genoss ich es zu sehr, dass wir uns einmal nicht die ganze Autofahrt über angifteten.

Wir schwiegen einvernehmlich, bis Nick seinen Wagen schließlich vor der Schule parkte und wir ausstiegen. Der Rest unserer Einheit wartete bereits am Tor. Sie waren jedoch nicht allein, Vei, Herr Buchmann und Silvia standen bei ihnen und alle waren in ein hitziges Gespräch vertieft. Meine neue Drachenverwandte vor unserer Auseinandersetzung mit der Ratspräsidentin über unseren Plan für Chris aufzuklären konnten wir daher vergessen.

Als wir uns der Gruppe näherten, richteten sich Silvias eiskalte Augen auf mich. »Schön, dass du auch endlich da bist. Was an ›keine Alleingänge‹ habt ihr verdammt noch mal nicht verstanden?!«

Ich zuckte mit den Schultern. »Wir haben nichts Falsches gemacht.«

»Und wer ist dann sie? Sie weigert sich, mit mir zu reden und ich werde die Vermutung nicht los, dass du mal wieder deine

Klappe nicht halten konntest, Aileana Baumgarten.« Sie zeigte wütend auf Vei.

Ich unterdrückte ein Lachen. Wie erwartet hatte sie sich nicht so leicht einschüchtern lassen. Wir tauschten einen vielsagenden Blick, wobei sie mich vergnügt angrinste. Andere auf die Palme zu bringen lag ihr wirklich im Blut.

»Das ist Vei.«

Vei hob ihre Hand. »Mein richtiger Name ist Veiahanai. Ich war Leanas Schutzdrache und lange Zeit der letzte Drache auf dieser Erde. Und, nur um eines direkt klar zu stellen: Auch, wenn Leana nicht mehr unter uns ist, ich werde mich nichts und niemandem fügen. Ganz egal, um wen oder was es sich handelt.«

Silvia zog eine Augenbraue nach oben. »Du bist ein Drache?«

Vei nickte. »Ja, das bin ich wahrhaftig.«

Meine ungeliebte Mentorin erblasste. »Wie ist das möglich? Man hat doch alle Drachen von der Erde verbannt.«

Vei zuckte nur mit den Schultern, fast so als wäre ihr Auftauchen keine große Sache. »Leana hat mich verschont, weil sie es nicht übers Herz gebracht hat, auch mich zu verbannen. So ist das eben mit den Schutzdrachen.«

»Nun gut, das ändert nichts daran, dass Aileana und ihre Einheit sich erneut meinen Anordnungen widersetzt und das Gelände in der letzten Woche einfach so vorzeitig verlassen haben, um irgendwelchen geheimen Machenschaften nachzugehen. Deswegen bleibt mir nichts Anderes übrig, als die Warnstufe Rot zuzuteilen. Ich bin schwer enttäuscht.«

Entsetzt blickte ich Silvia an. »Wir haben nichts Falsches gemacht! Wir sind letzte Woche lediglich gegangen, weil wir dachten, der Unterricht sei schon vorbei, was angesichts von

Louisas Zusammenbruch und diesen ganzen lächerlichen Tests nur fair gewesen wäre. Anschließend sind wir in den Park zum Weiher gefahren, weil wir gerne dort sind. Und Vei haben wir nur zufällig getroffen. Was also bitte haben wir Schlimmes getan?«

Wenn Blicke hätten töten können, wäre ich auf der Stelle gestorben, so finster sah Silvia mich an. »Das ändert nichts daran, dass ihr euch unbefugt vom Gelände bewegt habt. Vor allem aber glaube ich eure fadenscheinigen Lügen nicht. Ihr bekommt die Warnstufe Rot und das ist mein letztes Wort dazu!«

Ich schnaubte. – Silvia und ihr Egoismus würden mich eines Tages noch in den Wahnsinn treiben. »Ich wusste gar nicht, dass meine jemals aufgehoben wurde.«

Silvias Lippen wurden schmal. »An deiner Stelle wäre ich ganz still, Aileana. Du bewegst dich auf sehr dünnem Eis.«

Ihr drohender Unterton verschaffte mir eine unwohle Gänsehaut. Ich schluckte. Wir hatten gewusst, dass Silvia sauer sein würde, wenn Vei einfach ohne Erklärung in ihrem Hauptquartier auftauchen würde und irgendwie hatte ich auch damit gerechnet, dass wir für unser plötzliches Verschwinden in der letzten Woche noch Konsequenzen zu erwarten hatten. Aber gleich Warnstufe Rot zu verhängen erschien mir doch übertrieben. Wie sollten wir jetzt noch unsere Bitte vorbringen? War die Entscheidung über Louisas Schicksal damit bereits gefallen?

Ich räusperte mich, doch Nick schüttelte unmerklich den Kopf, sodass ich schwieg. Stattdessen ergriff er nun das Wort. »Silvia, es tut uns furchtbar leid. Ich weiß nicht, was in uns gefahren ist. Wir sind einfach nur besorgt um Louisa. Aber wir versprechen, dass es keine Alleingänge mehr geben wird.«

Ich presste die Lippen fest aufeinander, um meinem Ärger nicht doch durch einen unüberlegten Einwand oder ein abschätziges Seufzen Luft zu machen. Es war definitiv ein Wunder, dass Nick nicht auf seiner Schleimspur ausrutschte. Natürlich, ich verstand, warum er es tat. Für Louisa und damit letztendlich auch für mich. Trotzdem widerte es mich an, dass wir dazu gezwungen waren, uns bei ihr und ihrer bescheuerten Organisation derart beliebt zu machen.

Silvias Gesichtszüge entspannten sich angesichts von Nicks Entschuldigung ein wenig. Kritikfähig war sie definitiv nicht, und auch jetzt ließ sie keinen Zweifel daran, wie sehr sie uns und unser Verhalten missbilligte.

Vei gab ihr gewohnt theatralisches Seufzen von sich und machte Anstalten etwas zu sagen. Mir war sofort klar, dass ich handeln musste. »Genau, wir möchten keine Alleingänge mehr machen und es tut uns furchtbar leid.« Ich lächelte gezwungen und erntete einen empörten Blick von meiner neuen Drachenfreundin. »Deswegen möchten wir auch noch etwas mit euch besprechen. Quasi als Vertrauensbeweis.«

Ich sah auffordernd zu Sirion, der anscheinend nur auf mein Zeichen gewartet hatte. »Wir möchten darum bitten, Aileana gesondert zu trainieren. Noch immer wissen wir nicht, inwieweit das Drachenblut in ihr ihre Fähigkeiten beeinflusst, schließlich ist sie dadurch ein halber Drache. Vei und ich möchten ihre Kräfte gern testen und erhoffen uns, dadurch eine Lösung für die Rettung unserer Spezies zu finden.«

Misstrauisch musterte Silvia uns. »Sie hat doch schon dich befreit, warum sollte sie nicht in der Lage sein, die anderen

Dracheneier aufzuspüren und ihre Banne zu lösen? Was wisst ihr, was wir nicht wissen?«

Damit hatte die Ratspräsidentin natürlich Recht. Seit Sirions Befreiung waren inzwischen neun Tage vergangen, ohne dass ich noch einmal probiert hatte, einen Drachen aus seiner Gefangenschaft zu erlösen. Direkt beantworten konnten wir ihre Frage also nicht. Doch die komplette Wahrheit wollte ich Silvia auf gar keinen Fall offenbaren. Sie war regelrecht zerfressen von ihrer Machtgier und würde sicher einen Weg finden, mich zu ihrer Marionette zu machen. Das wollte ich nicht, auch weil ich Angst hatte, dass sie nicht davor zurückschrecken würde mich mit dem Wohl meiner Familie zu erpressen.

Bevor ich mir jedoch eine gute Erklärung einfallen lassen konnte, ergriff Sirion das Wort »Meine Rettung war ein Sonderfall. Ihr könnt es gerne versuchen, aber ich bezweifle, dass Aileana imstande ist, einen weiteren Drachen zu retten. Zum einen fehlt ihr dafür ihr Bruder, ohne den sie etwas so Großes nicht vollbringen kann, zum anderen sind Seelenbänder kein unendliches Gut.

Am Drachenfels hat Aileana ihre Kräfte nur entfesseln können, weil ihr Seelenband zu Louisa gerissen ist und sie einen Schmerz durchlitten hat, der ihre Emotionen und damit auch ihr Feuer ins Unermessliche gesteigert hat. Bevor Aileana diese Energie allerdings gezielt einsetzen kann, muss sie erst einmal lernen, ihr Drachenblut zu kontrollieren. Das kann euer klassisches Elementartraining nicht leisten, im Gegenteil. Für Drachen wie Vei und mich dagegen, wäre es kein Problem, ihre Fähigkeiten entsprechend zu schulen.« Mein kleiner Schutzdrache schenkte Silvia ein strahlendes, zuckersüßes Lächeln.

Er sah wirklich aus, wie ein niedlicher kleiner Junge, dem man nichts abschlagen konnte. Zumindest dann, wenn man nicht wie Silvia ein Herz aus Eis besaß.

»Wieso probieren wir es dann nicht einfach aus?«, warf Herr Buchmann ein.

»Du meinst, dass wir Aileana eines der sichergestellten Dracheneier befreien lassen?« Widerwillen spiegelte sich in Silvias Miene. Sie traute uns nicht, war sich unschlüssig darüber, ob sie auf den Vorschlag eingehen sollte oder nicht.

»Lasst es mich ausprobieren. Nur so können wir herausfinden, ob ich die Kraft besitze, die ich benötige, um die Welt zu retten. Schließlich ist das doch meine Aufgabe, oder nicht?« Wie sehr ich es hasste, ihr in den Hintern zu kriechen, doch was blieb uns anderes übrig?

Wenn wir uns nicht minimal fügten, würde der Rat uns am Ende noch jagen und in Leere verwandeln. Nein, gegen die ganze Organisation würden wir unmöglich bestehen können. Davon abgesehen waren die speziell geschützten Räume der Schule ein unschätzbarer Vorteil für unser Training. Letztendlich blieb uns also nichts Anderes übrig, als uns mit Silvia zu arrangieren.

»Gut, du bekommst deine Chance. Wenn du wider Erwarten scheiterst, können wir über euer Training sprechen. Aber sei gewarnt, wenn du es absichtlich vergeigst, werde ich das merken. Dann ziehe ich härtere Konsequenzen, als Warnstufe Rot, das kannst du mir glauben.« Mit Mühe unterdrückte ich ein Grinsen, denn damit hatten wir Silvia genau dort, wo wir sie haben wollten. Daran, dass ich an der Aufgabe scheitern würde, zweifelte ich zwar eigentlich nicht, aber ich konnte kaum aus

Gewissheit sprechen. Silvias Miene wirkte kalt wie Eis, als sie jeden einzelnen von uns eindringlich musterte. »Keine Spielchen und keine faulen Tricks. Haben wir uns verstanden?«

Ich schluckte, nickte dann aber. Dass ich es ernsthaft versuchen würde, war zwar nicht Teil des Plans gewesen, doch ich würde nicht riskieren, dass meine Freunde in Gefahr gerieten. Ich musste es darauf ankommen lassen. Das letzte Mal, als ich einen Drachen aus seinem Ei befreit hatte, hatte mein ganzer Körper in Flammen gestanden. Das Ganze war noch frisch und der Schmerz noch immer spürbar. Ich musste gestehen, dass ich Angst hatte.

Was wenn so etwas noch einmal passierte? Fieberhaft suchte ich nach einer Möglichkeit, mich gegen Silvias Entscheidung zu wehren und gleichzeitig zu bekommen, was wir wollten. Doch es gab keinen Ausweg. Schließlich sollte ich die Welt retten und das würde nur funktionieren, wenn ich die Drachen aus ihren Eiern befreite. Deswegen nickte ich steif, während ich spürte, wie mein ganzer Körper sich vor Anspannung verkrampfte. »Dann lasst uns versuchen, einen Drachen zu retten.«

KAPITEL 16

Aileana

Silvia führte uns quer über das Schulgelände in Richtung der Sporthalle. Doch statt diese zu betreten, gingen wir daran vorbei auf das zweistöckige Wohnhaus zu, das sich gleich daneben befand. Ich hatte bislang immer vermutet, dass der Hausmeister der Schule dort wohnte, doch allem Anschein nach hatte ich mich getäuscht.

Als wir vor der Eingangstür angekommen waren, zog Silvia einen Schlüssel aus ihrer Tasche und sperrte sie auf. Dann traten wir ein und fanden uns in einem langen Flur wieder, von dem mehrere Türen abgingen, die allesamt geschlossen waren. Außerdem bemerkte ich eine Treppe, die links von uns ins obere Stockwerk des alten Backsteingebäudes führte. Die Diele selbst war mit mehreren Kommoden aus Eichenholz rustikal eingerichtet. Geweihe sowie Landschaftsgemälde verliehen der Atmosphäre ihren ganz eigenen Charme. Überall standen Grünpflanzen herum, gepaart mit allem möglichen Nippes.

Silvia klopfte an der ersten Tür zu unserer Rechten und trat dann ein, ohne eine Antwort abzuwarten. Ein wenig hilflos folgten wir ihr und betraten ein kleines, ziemlich vollgestopftes Büro. Die wackeligen Regale an den Wänden quollen über vor Akten und auf dem Schreibtisch, der in der Mitte des Raumes stand, lagen unzählige Dokumente verteilt. Auf einem Drehstuhl dahinter saß ein älterer Herr mit kurzem, schütterem Haar und Brille, der sich konzentriert über seine Papiere beugte. Auf Silvias ungeduldiges Räuspern hin hob er den Kopf, sein blasses Gesicht war schmal, doch seine Augen glänzten freudig als er uns sah.

Silvia musterte uns ernst und auf ihre gewohnt herablassende Weise. »Das ist Jeff. Er ist ein Erdelementar und unser Archivar. Jedes Artefakt, das gefunden wird, wird von ihm untersucht und katalogisiert. Außerdem erstatten die Einheiten ihm nach erfolgreich abgeschlossenen Missionen Bericht. Daher hättet ihr ihn ohnehin bald kennengelernt.« Nachdem sie ihren kleinen Vortrag beendet hatte wandte sie sich Jeff zu. Sofort wurden ihre Gestik und auch ihr Tonfall weicher, so als würde die beiden etwas verbinden. »Jeff, das sind Aileana, Niklas, Estelle, Simon und Thomas. Die neuste Einheit, die wir in unseren Kreis aufgenommen haben. Sie sind vollwertige Elementare und werden bald auf Missionen geschickt. Diese junge Dame, Louisa, ist dabei, weil ihr Schicksal unausweichlich mit dem der Gruppe verbunden ist. Außerdem haben wir hier noch Sirion und Veiahanai, die beiden einzigen freien Drachen auf unserer Erde.«

Auf Jeffs Gesicht breitete sich ein Strahlen aus als er aufstand und auf uns zukam, um uns die Hände zu schütteln. »Es ist mir eine Ehre, euch endlich kennen zu lernen. Ich habe schon viel von euch gehört und bin gespannt, was ihr alles zusammen erleben werdet. Willkommen im Team.«

Ein wenig erleichtert bedankten wir uns und erwiderten seinen Gruß. Es tat gut zu wissen, dass es in dieser Organisation tatsächlich noch Menschen gab, die einen nicht die ganze Zeit über argwöhnisch anstarrten.

»Jeff, kannst du uns zu dem Ei begleiten, das die andere Einheit heute Morgen gebracht hat? Wir wollen Aileanas Kräfte testen.«

Der Archivar nickte. »Natürlich, folgt mir.«

Er wirkte immer noch ein wenig aufgeregt, als er uns mit einer flüchtigen Geste bedeutete, ihm zu folgen. Zielstrebig ging er aus seinem Büro hinaus in den Flur und nahm die Treppe nach oben. Wir liefen hinterher. Zu meiner Überraschung erwartete uns im Obergeschoss ein riesiger Raum, der voller Glasvitrinen stand. Bei näherem Hinsehen erkannte ich, dass jede einzelne mit faszinierenden Artefakten gefüllt war, die in dem spärlichen Licht, das durch die Fenster hereinfiel, funkelten. Staunend hielten wir inne, sogen die Magie dieses Ortes regelrecht in uns auf.

Die Drachenskulptur aus der Schatzkammer des Kölner Doms, die mich als Feuerelementare ausgemacht hatte, fiel mir sofort ins Auge. Sie stand, zusammen mit vier weiteren Drachenfiguren, direkt vor uns in einem der Ausstellungskästen. Daneben lagen alle möglichen Steine und handgefertigte Figuren. Eine Katze erkannte ich auf Anhieb, bei etwas, das aussah, wie eine Art zotteliger Elefant mit Drachenflügeln musste ich allerdings noch einen zweiten Blick riskieren. Eigentlich war es wirklich zu schade, dass Silvia uns gleich weiter scheuchte.

Augenscheinlich ein wenig enttäuscht, uns nichts über die von ihm so sorgfältig gehüteten Schätze erzählen zu können, führte Jeff uns, an einer Vitrine mit unzähligen Kelchen vorbei, in den hinteren Teil des Raumes. Dort befanden sich große durchsichtige Behälter, die mich stark an Brutkästen erinnerten.

Darin lagen unter rötlich leuchtenden Wärmestrahlern einige Dracheneier, die man liebevoll auf Kissen gebettet hatte.

Davor blieben wir stehen. Wie von selbst schloss ich meine Augen, versuchte in mich hineinzuhören, eine Verbindung zu den Eiern aufzunehmen. Ich atmete tief ein und aus, um mich zu konzentrieren, doch es gelang mir nicht. Keine einzige Schwingung fand ihren Weg aus den Eiern heraus zu mir. Nach einer Weile öffnete ich meine Augen wieder und schüttelte langsam den Kopf.

»Ich spüre nichts.«

Silvia zuckte mit den Achseln. »Das heißt noch nichts. Jeff, gib ihr das Ei. Wir wollen sehen, ob es hilft, wenn sie es direkt in Händen hält.«

Der Archivar nickte und ging auf einen der Kästen zu. Vorsichtig hob er den Deckel des Brutkastens zu meiner rechten an. Dann griff er behutsam nach einem der Eier, um es mir mit einem ehrfürchtigen Blick zu überreichen. Es fühlte sich angenehm warm an, lebendig und es weckte in mir das Gefühl, es an mich drücken und beschützen zu wollen.

Doch ich erinnerte mich an meinen Auftrag, schloss erneut die Augen und fokussierte mich dieses Mal auf die Elemente in meinem Innern. Stets die Bilder vom Drachenfels vor Augen, dauerte es länger als gewöhnlich, bis ich die verschiedenen Energiefäden, die in mir pulsierten, miteinander verknüpfen konnte. Die Angst, den geliebten Menschen um mich herum Schaden zuzufügen, hatte mich viel zu fest im Griff.

Ich blinzelte und als ich kurz darauf die Augen erneut aufschlug, erkannte ich, dass ich es von allein in meine Drachensicht geschafft hatte. Alles um mich herum leuchtete, jedes noch so kleine Artefakt, jedes Ei und sogar die Menschen, deren magische Fähigkeiten ich aus dieser Perspektive ebenfalls mühelos wahrnehmen konnte. Überwältigt von der Vielfalt an Farben und Eindrücken in diesem Raum, schloss ich meine Lider jedoch gleich wieder.

Es war unfassbar, wie die Macht der Elemente in mir kreiste und heiße Spuren aus reiner Energie hinterließ. Ich versuchte, sie in das Ei zu lenken, um die Schale zu knacken und den Drachen frei zu lassen. Doch ich spürte bereits, dass ich es nicht schaffen würde. Dafür kannte ich diese wilde ungezwungene Magie zu wenig. Selbst wenn ich mir nichts sehnlicher wünschte, war es mir doch unmöglich, sie ohne Weiteres zu kontrollieren.

Langsam öffnete ich die Augen wieder und blinzelte heftig. Meine Drachensicht war immer noch da und mein Blick fiel auf das Ei, dessen Schale nicht einmal einen feinen Haarriss aufwies. Von innen heraus jedoch schien es nun kräftiger zu leuchten.

Hilfesuchend wandte ich mich meinem Schutzdrachen zu. »Sirion, was soll ich machen? Ich habe schon einen Teil meiner Energie in das Ei fließen lassen.«

Mein kleiner Freund zuckte nur ratlos mit den Schultern. »Versucht es als Einheit. Was Anderes fällt mir auch nicht ein.«

Sofort versammelten sich meine Freunde um mich und legten sanft je eine Hand an die Schale des Eis. Nacheinander sah ich jedem von ihnen in die Augen und versuchte, darin zu lesen, ob sie bereit waren. Dann nickte ich und bemerkte, wie sie einer nach dem anderen heller zu leuchten begannen, während sie sich mit ihren Elementen verbanden. Gemeinsam ließen wir unsere Energien in das Ei fließen, während ich die einzelnen Stränge zu verknüpfen versuchte.

Ich sah, wie das Ei erstrahlte und meinte sogar ein leichtes Pulsieren unter der glatten Oberfläche zu spüren, doch der Drache darin schlüpfte nicht.

Schließlich brach ich die ganze Aktion ab und schüttelte den Kopf. »Es tut mir leid, aber es klappt nicht.«

Kaum dass ich diese Worte ausgesprochen hatte, kappte ich die Verbindungen zu meinen Elementen und ließ die überschüssige Energie entweichen, bis sich meine Sicht wieder normalisierte.

Silvia musterte mich ernst. Auch wenn ich damit gerechnet hatte und es im Grunde auch Teil unseres Plans gewesen war, war ich enttäuscht. Schnell reichte ich Jeff das Ei, der es vorsichtig zurück an seinen Platz legte. Eine Zeit lang schwiegen wir, dann räusperte Silvia sich. »Gebt ihr den Unterricht und bringt wegen mir auch ihren Bruder mit. Er ist vorerst geduldet, aber wenn ich sehe, dass er nichts beitragen kann, werde ich höchstpersönlich veranlassen, dass seine Erinnerungen gelöscht werden. Vor allem aber will ich Ergebnisse sehen und zwar bald, ansonsten ist dieses lächerliche Sondertraining ganz schnell wieder gestrichen.«

Sie nickte uns noch einmal zu, dann rauschte sie aus dem Raum. Ein wenig überfordert blieben wir allein mit Jeff zurück. Dieser lächelte jedoch aufmunternd. »Macht euch keine Gedanken. Ihr wart großartig. Aber jetzt solltet ihr gehen. Die Eier brauchen Ruhe und ihr jede freie Minute für euer Training. Dann bin ich ganz sicher, dass wir uns bald wiedersehen werden und darauf freue ich mich schon.«

Dankend verabschiedeten wir uns und nahmen die Treppe nach unten. Als wir aus der Haustür hinaus ins Freie traten, atmete ich die frische Luft ein. Ja, es freute mich, dass unser Plan aufgegangen war, wir die Genehmigung für mein Sondertraining erhalten hatten und natürlich besonders, dass mein Bruder ab sofort mit uns kommen durfte. Trotzdem fühlte sich etwas in mir schuldig, weil ich dem armen Geschöpf im Innern des Eis nicht hatte helfen können. Aber mit Veis und Sirions Unterstützung würde ich es beim nächsten Mal sicher schaffen, den eingesperrten Drachen zu befreien. Ich würde mein Bestes geben, um meine Freundin und die Drachen zu retten.

KAPITEL 17

Louisa

Obwohl unser Plan aufgegangen war, tat es mir irgendwie leid, dass Lea den Drachen nicht aus seinem Ei hatte befreien können. Gleichzeitig spürte ich, dass es mir im Grunde meines Herzens nicht hätte egaler sein können. Ein Zwiespalt zwischen Verstand und Gefühl, der mich wahnsinnig machte. Es war, als würde jedem positiven Gefühl ein hässlicher Nachhall folgen und alles Negative doppelt so schwer auf meiner Seele lasten.

Warum hatten Lea und die anderen noch keinen Ausweg gefunden? Wie lange würde dieses Stadium der Zerrissenheit noch anhalten bevor ich endgültig zu einer Leeren wurde? Ich wollte das nicht. Ich wollte wieder glücklich sein – mit mir, mit Thommy und der Welt. Wieso hatte Sirion mich überhaupt zurückgeholt? Für Lea, wie ich vermutete. Ich wollte es ihm ankreiden, doch das durfte ich nicht. Er hatte es nur gut gemeint und seinen einzigen Kuss an mich vergeudet.

»Lea, das war der Wahnsinn! Als du dieses Ei in der Hand hattest, haben sich deine Augen verändert.« Estelle tänzelte um meine beste Freundin herum. Normalerweise fand ich ihre leichte, fröhliche Art erfrischend, heute nervte sie mich.

Lea reagierte überrascht. Natürlich. Wie hätte sie sich selbst auch bei der ganzen Aktion beobachten können. »Echt? Wie sahen sie aus?«

Nick legte einen Arm um ihre Schulter. »Wunderschön.«

Sirion stöhnte, während Estelle entzückt lächelte. »Deine Augen werden schmaler, ein bisschen so wie meine und dein Blick wird richtig intensiv. Wenn du in deine Drachensicht eintauchst, also deine Elemente verknüpfst, kommst du deiner Drachenform auf jeden Fall ein Stück näher, würde ich sagen.«

Vei trat zu uns. »Und damit haben wir die perfekte Überleitung für unser Training.«

Kaum hatte sie das ausgesprochen, tauchte auch Herr Buchmann vor uns auf und musterte uns aufmerksam. Dann klatschte er in die Hände. »Habt ihr nicht alle etwas zu tun? Eure Mentoren warten auf euch. Nick, du kommst direkt mit mir. Louisa, du darfst bei Lea bleiben.«

Damit trennten sich unsere Wege fürs erste. Doch später würden wir uns zu unserer Sporteinheit mit Christian wiedersehen. Bevor er ging kam Thomas noch einmal zu mir, nahm mich in den Arm und küsste mich flüchtig zum Abschied. Ein warmes Gefühl durchflutete mich, doch als er mich losließ und sich von mir abwandte, nahm er es mit sich.

Ich seufzte, dann wandte ich mich Lea und den beiden Drachen zu, die sich inzwischen auf einer der nahegelegenen Bänke niedergelassen hatten. Einen kurzen Moment beobachtete ich sie.

Wie viel Drache wohl in Lea steckte? Ob sie tatsächlich eine Drachengestalt annehmen konnte? Ich wusste, dass die Chancen vielleicht nicht allzu groß waren, doch der Gedanke, dass meine beste Freundin mich niemals aufgeben würde gab mir Hoffnung.

Hoffnung, an die ich mich klammern konnte, bis wir herausfanden, was es mit Leas Drachenblut wirklich auf sich hatte. Nach kurzem Zögern ging ich zu der kleinen Gruppe hinüber und ließ mich neben Vei fallen. Indes stand Lea auf, stellte sich vor uns und lächelte mir sanft zu, bevor sie sich an die beiden Drachen wandte.

»Was kann ich machen? Wie werde ich ein Drache?«

»Als würde man einfach so zu einem Drachen werden, wenn man nur mit den Fingern schnippt. Die Drachengestalt ist etwas Besonderes, ein Gefühl aus purer Energie, die in alle Richtungen fließt, um dann zu uns als ihrem Ursprung zurückzukehren.« Vei erhob sich nun ebenfalls und ging um meine Freundin herum. »Kurzum, um ein Drache zu werden, musst du dich erst einmal wie einer verhalten.«

Sie blieb hinter Lea stehen und richtete sie auf. »Drachen sind stolze Geschöpfe. Stark, erhaben und unbeugsam. Um einer zu werden musst du genau diese Seiten deiner Persönlichkeit finden und zulassen.«

Sirion schnaubte. »Da haben wir einiges vor. Wenn Aileana diese Eigenschaften wirklich zulassen will, muss sie zuerst mit sich selbst ins Reine kommen. Nur dann wird sie es schaffen, über sich selbst hinauszuwachsen und in ihre Drachengestalt zu finden. Deswegen fangen wir mit einfachen Meditationsübungen an.«

Sirion sprang von der Bank auf, trat zu Lea und ging vor ihr in den Schneidersitz. Mit widerwilligem Gesichtsausdruck tat sie es ihm gleich, dann schlossen beide die Augen.

Ich hatte erwartet, dass Vei sich ebenfalls zu ihnen gesellen würde, aber stattdessen bedeutete sie mir, ihr zu folgen. »Es gibt nichts Langweiligeres, als zwei Deppen beim Meditieren zuzuschauen.«

Ich grinste, selbst wenn ich ein schlechtes Gewissen hatte, Lea und Sirion ohne ein weiteres Wort dort sitzen zu lassen.

»Deswegen nutzen wir beide unsere Zeit jetzt auch sinnvoll. Ich möchte mehr über dich herausbekommen. Vielleicht kann ich deine Wandlung verlangsamen«, fuhr Vei unbeirrt fort und strich sich eine ihrer violetten Haarsträhnen aus dem Gesicht.

Erstaunt sah ich sie an. »Das ist möglich?«

Sie zuckte mit den Schultern und blieb stehen. Inzwischen waren wir am anderen Ende des Schulhofs angekommen und damit sicher weit genug weg, um Lea und Sirion nicht zu stören. »Ich kann nichts versprechen, aber mir ist gestern Nacht etwas eingefallen, das wir vielleicht versuchen können. Es wird dich nicht heilen, könnte den Prozess aber unter Umständen verzögern. Sagst du mir, was bislang genau festgestellt wurde?«

»Na ja, nicht viel. Ich weiß nur, dass mein Element blockiert wird. Eine Ursache haben Jan und Simon bei ihrem Test allerdings nicht gefunden.«

Einige Sekunden starrte Vei ins Leere, dann sah sie mich nachdenklich an. »Hm … darf ich dich anfassen?«

Ich nickte verwundert. »Klar, tu, was du tun musst.«

Sie lächelte und legte ihre Hand auf meine Stirn. »Das könnte unangenehm werden.«

Ich biss die Zähne zusammen, erwartete, dass sich in meinem Innern etwas rührte, doch es geschah nichts. Aber dann, gerade als ich Vei fragen wollte, was sie genau mit mir machte, durchfuhr mich ein harter, stechender Schmerz. Ich stöhnte, unfähig, mich zu bewegen geschweige denn auf den Beinen zu halten. Wahrscheinlich wäre ich einfach auf dem Boden zusammengesackt, wenn Vei mich nicht mit ihrer freien Hand gepackt hätte. Es war, als würde in meinem Innern eine Sturmflut toben, deren Wellen immer heftiger auf meine Seele einschlugen, sie unter sich zu begraben drohten. Nach und nach jedoch ebbten sie ab und hinterließen eine Ruhe in mir, wie ich sie schon seit Tagen nicht mehr verspürt hatte. Sobald ich wieder einigermaßen sicher stand, ließ Vei mich los.

Nachdenklich musterte sie mich. »Dein Element ist definitiv blockiert, aber etwas an dieser Hemmung ist anders – nicht so, wie es bei einem gewöhnlichen Leeren der Fall wäre. Es scheint, als würde etwas fehlen. Ich kann die Blockade zwar täglich ein wenig lösen und uns damit Zeit verschaffen, aber auf die Dauer wird das kaum ausreichen. Jetzt hoffen wir einfach, dass deine Freundin nicht völlig nutzlos ist.«

Ich schluckte. »Danke für deine Hilfe. Ich … ich möchte einfach nicht als eines von diesen Monstern enden …«

Vei lächelte. »Wer möchte das schon. Jetzt lass uns aber mal nach unseren beiden Spezialisten schauen und ebenfalls meditieren. Es wird dir helfen, dich selbst zu erden.«

Ich nickte gequält, dann folgte ich ihr. Darauf, allein mit meinen Gedanken zu sein, konnte ich momentan gut und gerne verzichten, auch wenn ich mich zum ersten Mal seit Tagen wieder annähernd wie ich selbst fühlte. Und fast war es, als würde ich auch erst jetzt wirklich wahrnehmen, was meine beste Freundin alles auf sich nahm, um mich vor meinem Schicksal zu retten.

Als wir wieder bei Lea und Sirion angekommen waren, die inzwischen vollkommen in sich versunken in ihrer Ecke des Pausenhofs saßen, gesellten wir uns zu ihnen. Zusammen mit Vei begab ich mich ebenfalls in den Schneidersitz und schloss die Augen. Ich atmete tief ein und aus, ließ die Energie fließen. Mit jedem Atemzug wurde ich ruhiger und schaffte es immer mehr, meine Umgebung auszublenden, bis mich schließlich eine angenehme Dunkelheit empfing, die meine Sorgen in sich auflöste.

Nachdem wir eine gefühlte Ewigkeit meditiert hatten, trafen wir uns mit den anderen in der Sporthalle.

Dort erwartete uns schon ein strahlender Christian. Die anderen schienen wenig erfreut zu sein, da seine Anwesenheit hier vermutlich bedeutete, dass sie die heutige Trainingsstunde ohne ihr Element würden verbringen müssen. Stattdessen spürten sie wahrscheinlich einen Anflug von der Leere, mit der ich nun schon seit Tagen kämpfte. Der einzige Unterschied war, dass sie ihr Element einfach und ohne Probleme zurückbekommen würden, während sich mein inneres Nichts immer weiter ausdehnte.

»Schön, dass ihr da seid. Ihr kennt das Prozedere. Wir wärmen uns mit zehn Runden Laufen auf, dann geht es an Selbstverteidigung und Beweglichkeit.«

Christian blies einmal fest in seine Trillerpfeife, dann liefen wir los. Nach der ersten Runde ging ein Stöhnen durch den Raum und ich wusste, dass Christian den anderen soeben ihr Element genommen hatte. Eigentlich hätten sich meine Freunde inzwischen daran gewöhnt haben sollen, allerdings brachte es sie immer noch jedes Mal aus dem Gleichgewicht.

Trotz allem liefen sie tapfer weiter und nachdem wir uns nach Luft schnappend wieder um Christian versammelt hatten, hob er die Blockade wieder auf. Wie auf Kommando ging ein erleichtertes Aufatmen durch die Runde.

»Ich bin stolz auf euch. Mit jeder Einheit werdet ihr schneller und fitter. Heute werden wir uns mit der Kontrolle des Gegners befassen. Es könnte ja auch passieren, dass euch jemand angreift, der kein Leerer ist. Diesen müsst ihr dann so lange in Schach halten, bis die Polizei kommt. Nick, komm mal her und greif mich an.«

Leas Freund ging auf unseren Trainer zu und holte zu einem Schlag aus. Mühelos blockte dieser den Angriff mit beiden Händen ab, bevor er ihn packte an sich vorbei führte und dabei seinen Schwung mitnahm, um ihn aus dem Gleichgewicht zu bringen. Ohne den Arm seines Gegners loszulassen, wand Christian sich unter ihm hindurch und verdrehte ihm den Ellbogen.

»Wenn ihr hier angekommen seid, müsst ihr euch nur noch aufrichten und könnt euren Kontrahenten mühelos kontrollieren. Probiert es aus, aber seid vorsichtig.«

Damit waren wir den Rest der Stunde beschäftigt und ich freute mich, dass ich mit jedem Durchgang ein wenig besser wurde. Nach dem Unterricht verließen wir gemeinsam die

Turnhalle. Erst als wir bei Nicks Auto angekommen waren, trennten wir uns.

Nachdem wir uns verabschiedet hatten, wollte ich schon weitergehen, aber Lea hielt mich zurück. »Sagen wir Chris gemeinsam, dass er jetzt auch ein Teil der Welt der Elemente ist? Ich glaube, dass könnte lustig werden.«

Ich grinste. »Natürlich. Das kann ich mir doch nicht entgehen lassen. Soll ich gleich mitkommen?«

Lea ging zu Nick und schlang ihre Arme um ihn. Ich dagegen lief zu Thomas hinüber. Lächelnd trat er auf mich zu, fuhr mir sanft mit der Hand über die Wange. »Wir telefonieren heute Abend?«

Ich nickte, dann stellte ich mich auf die Zehenspitzen und küsste meinen Freund zärtlich. »Bis später, Thommy«

Er grinste. »Bis später, kleiner Engel.«

KAPITEL 18

Aileana

Erschöpft vom Tag stieg ich in Nicks Auto und schnallte mich an. Verstohlen musterte ich das wunderschöne Profil meines Freundes und konnte kaum glauben, dass er mich tatsächlich liebte. Durch das gesonderte Training würden wir uns weniger sehen und das fand ich schade. Aber wir hofften, dass sich das in nicht allzu langer Zeit auch wieder ändern würde.

»Wie wird dein Bruder die Neuigkeiten aufnehmen?«, wollte Nick wissen.

Ich grinste. »Er wird ausflippen. Ich weiß, dass er sich wünscht, ein Teil von allem zu sein.«

Nick zog seine Augenbrauen nach oben. »Na das kann ja spannend werden.«

Ich schüttelte den Kopf. »Das wird nicht spannend, sondern lustig. Vertrau mir.«

Nick sah noch immer ein wenig skeptisch aus, als er das Auto in der Einfahrt meines Elternhauses parkte und wir gemeinsam mit Louisa und Sirion ausstiegen. Als wir keine Minute später das Haus betraten, war es fast vollkommen still. Nur aus Chris' Zimmer hörten wir leise Musik, die allerdings jäh verstummte, bevor ich auch nur Gelegenheit gehabt hatte, meine Schuhe auszuziehen. Keine halbe Minute später erschien mein Bruder auf der Treppe zum Obergeschoss.

Chris musterte uns sichtlich verwirrt, irritiert von Nicks Anwesenheit. An seiner Stelle wäre ich wahrscheinlich ähnlich verwundert gewesen, denn mein Freund vermied es meist, unser Haus zu betreten und auch heute hatte ich ihn überreden müssen, mit rein zu kommen. Ich unterdrückte ein Grinsen und presste die Lippen fest aufeinander. Ich wollte mich nicht direkt verraten.

»Alles okay? Ist jemandem was passiert?«, fragte Chris nun besorgt, weil wir immer noch nichts gesagt hatten.

Ich lächelte matt. »Nein, es ist alles gut. Ich habe sogar gute Neuigkeiten.«

»Hast du einen weiteren Drachen gerettet?« Interessiert und ein wenig traurig zugleich sah mein Bruder mich an.

»Nein, etwas viel Besseres. Halt dich gut fest.« Ich machte eine kleine Kunstpause, beobachtete meinen Bruder, der vor Neugier beinahe platzte. »Du bist ab jetzt Teil der Welt der Elemente. Ab Morgen darfst du mit uns trainieren.«

Ich erkannte Erstaunen, Freude und Wut. Er hatte seine Brauen hochgezogen und blickte mir aus großen Augen entgegen. Bei diesem Anblick konnte ich ein Lachen nicht mehr unterdrücken.

»Du verarschst mich doch, oder? Und ihr findet das auch noch toll? Was stimmt nicht mit euch?« Die Stimme meines Bruders überschlug sich in einer Art zornigem Unglauben als er Louisa, Nick und Sirion argwöhnisch ansah.

Schließlich trat mein kleiner Schutzdrache vor. »Sie sagt die Wahrheit, Chris. Du darfst uns morgen begleiten.«

»Wirklich? Warum? Woher kommt der Sinneswandel?«

Ich ging auf meinen Bruder zu und legte einen Arm um seine Schulter. »Wir haben Silvia davon überzeugt, dass ich ohne dich nichts kann, da blieb ihr kaum etwas Anderes übrig.«

Ich zwinkerte ihm zu, doch er schüttelte nur den Kopf. »Ihr seid unglaublich.«

»Ich weiß und jetzt feiern wir deine offizielle Aufnahme in unsere Welt.«

»Dann geht schon einmal ins Wohnzimmer, ich komme sofort nach.« Mein Bruder grinste geheimnistuerisch und zwinkerte mir zu.

Verwundert musterte ich ihn, dann ging ich gemeinsam mit Louisa und Nick ins Wohnzimmer. Meine beste Freundin machte es sich im Sessel bequem, während Nick und ich uns auf eines der beiden Sofas kuschelten. Sirion setzte sich auf die zweite Couch und legte, da meine Eltern wohl noch im Laden waren, die Füße auf den hellen Glastisch. Ich warf ihm einen mahnenden Blick zu, den er jedoch gekonnt ignorierte. Kurz darauf kam mein Bruder zurück, hielt eine Tüte Chips in der einen und ein Sixpack Bier in der anderen Hand.

»Wo hast du das denn bitte aufgetrieben?«, wollte ich wissen, doch Chris' Miene blieb unergründlich.

»Betriebsgeheimnis.«

Ich verdrehte die Augen. »Vielleicht sollte ich Silvia bitten, dich doch wieder auszuschließen.«

»Dann nehme ich die Sachen eben wieder mit.« Er hob den Kopf und tat so, als würde er schmollen. Keine Sekunde später brachen wir alle in haltloses Gelächter aus.

»Ich kann es noch immer nicht glauben«, sagte Chris als wir uns wieder ein wenig beruhigt hatten.

»Ich musste dafür vor Silvia versagen, also habe ich was gut bei dir.«

Sirion schnaubte. »Hör auf, so einen Mist zu erzählen, Aileana. Du hattest keine Ahnung, wie du die Drachen retten solltest.«

Wütend wandte ich mich meinem Schutzdrachen zu. »Du hast mir ja auch nicht gesagt, wie ich das anstelle!«

Er zuckte mit den Schultern. »Weil ich es ebenfalls nicht weiß. Außerdem hatte dein Scheitern ja eben den Zweck, Silvia weiszumachen, dass du spezielles Training benötigst. Dieser Plan hat funktioniert.«

»Unsere Priorität liegt auf der Rettung von Louisa, ich weiß. Trotzdem, es wäre schön gewesen, den Drachen helfen zu können«, gab ich zu.

Chris verteilte derweil das Bier und füllte die Chips in eine Schale. »Wir werden sie alle retten, Lea. Du weißt doch, wo ein Wille ist, da ist auch immer ein Weg. Wir fangen mit Louisa an und dann kommen die Drachen.«

Vielleicht hatte Chris Recht und ich wollte tatsächlich zu viel auf einmal. Einen Schritt nach dem Nächsten zu machen, war bei den großen Aufgaben, die vor mir lagen tatsächlich leichter gesagt als getan. Zuerst musste ich ein Drache werden, dann würde ich mit Leana Kontakt aufnehmen, um Louisa zu helfen und im Anschluss konnte ich mich um den Rest der Welt kümmern.

»Was erwartet mich jetzt eigentlich?«, unterbrach Chris meine wirren Gedanken.

»Du wirst mit uns trainieren und die Welt der Elemente kennenlernen. Für Silvia bist du aber nur ein Gast und wirst keine allzu besondere Behandlung bekommen. Ich weiß nicht, was Sirion und Vei geplant haben, wie und ob sie dich mit einbeziehen können.« Nick zuckte mit den Schultern und sah meinen Bruder entschuldigend an.

»Klingt besser, als zu Hause zu sitzen und ausgeschlossen zu werden.«

»Warum möchtest du unbedingt Teil dieser Welt sein?«, fragte ich meinen Bruder, der mich verwundert ansah. »Die Organisation fordert so viel. Manchmal wünsche ich mir mein normales Leben zurück.«

Chris schüttelte den Kopf. »Weil ich jetzt weiß, dass es mehr gibt, als ich bisher wahrgenommen habe und … weil ich wieder ein Teil deines Lebens sein möchte, Lea.«

Seine Antwort rührte mich zutiefst, vor allem, weil ich wusste, welche Verantwortung es mit sich brachte, ein Teil der Welt der Elemente zu sein. Nun konnten wir endlich völlig offen miteinander reden, ohne dass ich ein schlechtes Gewissen haben musste.

Als meine Eltern nach Hause kamen, wechselten wir allerdings schnell das Thema. Schließlich durften sie auf keinen Fall herausfinden, was wir in unserer Freizeit machten. Louisa begrüßte meine Eltern flüchtig, nur um sich gleich darauf von uns zu verabschieden.

Nick dagegen blieb noch, weil meine Mutter ihn zum Essen eingeladen hatte. Wir gingen in mein Zimmer und ich schloss leise die Tür hinter uns. Dann wandte ich mich zu Nick um. Langsam kam er auf mich zu, legte seine Hände auf das Holz hinter mir. Dankbar, mit ihm allein zu sein, lehnte ich mich daran. »Es ist schön, endlich ein wenig Zeit nur mit dir zu haben«, raunte er mir ins Ohr.

Ich lächelte und sog seinen angenehm erdigen Geruch ein, der mich so sanft einhüllte, wie der Morgennebel die Wälder um unsere Stadt.

Er nahm eine Hand von der Tür und legte sie sanft an meine Wange. Mein Herzschlag beschleunigte sich bei seiner Berührung.

»Du hast mir so gefehlt.« Vorsichtig legten sich seine Lippen auf meine. Mit einem unterdrückten Seufzen verlor ich mich in dem zarten Kuss. Ich schlang meine Arme um ihn, schob ihn langsam in Richtung meines Bettes. Immer noch fest ineinander verschlungen ließen wir uns darauf fallen. Bevor wir jedoch einen Schritt weiter gehen konnten, klopfte es an der Tür.

Ein wenig erschrocken fuhren wir auseinander und setzten uns auf, als meine Mutter im Türrahmen auftauchte »Das Essen ist fertig, kommt ihr?«

Am liebsten hätte ich abgelehnt, weil ich einfach nur die Zeit mit Nick genießen wollte. Doch ich war mir ziemlich sicher, dass meine Eltern uns das nicht durchgehen lassen würden. Sie waren neugierig und ließen kaum eine Gelegenheit aus, meinen Freund in die Finger zu bekommen und mit Fragen zu löchern. Da es ein harter Tag gewesen war und ich deutlich spürte, wie viel Kraft es Nick kostete, im Umgang mit meiner Familie die Fassung zu bewahren, hoffte ich, dass es heute nicht allzu schlimm werden würde.

Tatsächlich schaffte ich es zusammen mit Chris und Sirion das Gespräch nicht in allzu komplizierte Fahrwasser abgleiten zu lassen, die Nick dazu gezwungen hätten über seine Eltern, seine Großmutter oder die Zukunft zu sprechen.

Nachdem wir den Tisch abgeräumt hatten, brachte ich meinen Freund zur Tür, genoss einen letzten Kuss für diesen Abend, dann ging ich zurück in mein Zimmer. Eigentlich hatte ich noch lesen wollen, sobald ich mich jedoch in mein Bett gekuschelt hatte, fielen mir die Augen zu.

KAPITEL 19

Aileana

Seit dem Abend auf dem Drachenfelsen waren zwei Monate vergangen. Knapp sechzig Tage, in denen wir auf der Stelle getreten waren. Wegen mir. Ich wusste nicht, wie ich mich selbst finden sollte und das war das Einzige, das mich blockierte. Die Elemente und die Drachensicht beherrschte ich mittlerweile sehr gut, konnte beides ohne Probleme herbeirufen und doch schaffte ich es nicht, mich in einen Drachen zu verwandeln.

Sirion sagte mir stets, dass ich den Kopf nicht hängen lassen solle und wir schon eine Lösung finden würden. Aber meine Hoffnung schwand jeden Tag ein bisschen mehr und wich der Angst. Nur für Louisa kämpfte ich mich durch das harte Training aus Ausdauer-, Kraft- und Meditationsübungen.

Zudem bestand Silvia darauf, dass ich meine Fähigkeiten mit den verschiedenen Elementen umzugehen weiter auf konventionelle Weise schulte, ganz gleich, wie oft die beiden Drachen ihr erklärten, dass mich das nur hemmte. So viel, wie in diesen Tagen hatte ich wohl noch nie in meinem Leben gelernt.

Ich fühlte, wie ich körperlich immer stärker wurde, immer geübter im Einsatz meiner Kräfte. Nur das wichtigste von allem fehlte mir noch immer: innere Stärke. Egal, was ich versuchte, ich fand sie einfach nicht. Oder war sie am Ende überhaupt nicht da?

Zwar lockerte Vei Louisas Barriere in regelmäßigen Abständen, doch das bedeutete leider nur einen Aufschub und war keine dauerhafte Lösung. Wir konnten bereits sehen, wie die Wirkung der Therapie langsam nachließ und Louisa immer blasser wurde.

Chris war immer noch glücklich, endlich an allem teilhaben zu dürfen. Das verblüffte Gesicht, das er gemacht hatte, als wir ihn endlich hatten ins Boot holen können, stand mir noch immer klar vor Augen.

Heute wollten Sirion und Vei dem Zwillingsband auf den Grund gehen und sehen, ob ich meine innere Stärke vielleicht über diesen Weg finden würde. Immerhin kannte mich niemand besser als mein Bruder, der schon viel zu oft in meinem Leben gesehen hatte, was ich nicht hatte wahrnehmen können oder wollen. Deswegen saßen Chris und ich uns im Schneidersitz auf dem Rasen vor der Sporthalle gegenüber und meditierten. Auch Louisa saß bei uns. Manchmal fragte ich mich, ob den Drachen nichts Besseres einfiel, um zu trainieren. Es war beruhigend und auslaugend zugleich. Deswegen freute ich mich darauf, heute endlich mit Chris zu arbeiten.

»Gut, lasst uns anfangen«, erlöste uns Vei. Ich öffnete meine Augen und sah in die warmen, grünen Iriden meines Bruders. »Wie weit kennt ihr euer Zwillingsband schon?«

Chris zuckte mit den Schultern. »Ich weiß gar nichts darüber, außer dass Lea dadurch in der Lage war, mich aufzuspüren. Ich fühle, dass da etwas ist, aber mehr nicht.«

Vei nickte. »Das liegt daran, dass dein Element nie erwacht ist. Dementsprechend fehlt dir der Feinsinn dafür.«

Auffordernd sah sie jetzt mich an. »Ich weiß, dass es uralt und mächtig ist. Leana und ihrer Schwester ist es damit gelungen, die

Drachen von unserer Erde zu verbannen und sie in ihre Eier zu sperren. Was es für mich bedeutet, weiß ich nicht genau. Wenn ich mich darauf konzentriere, spüre ich, wie es Chris geht und wo er ist. Auf dem Drachenfelsen war es mir sogar möglich, unsere Energien zu verbinden, um uns zu retten.«

»Eure Schicksale sind miteinander verknüpft und nur gemeinsam werdet ihr den euch vorgegebenen Weg bestreiten können. Dein Bruder ist ein Teil von dir und wird dir sicherlich helfen können, zu dir selbst zu finden. Doch jedes Zwillingsband ist anders, deswegen könnt nur ihr beide herausfinden, wie es für euch am besten funktioniert.«

Ich nickte, dann stand ich auf und ging auf meinen Bruder zu. Irritiert musterte dieser mich. »Du weißt, was sie uns damit sagen wollte?«

Grinsend schüttelte ich den Kopf. »Nein, aber wir sollen es ausprobieren und genau das habe ich vor.«

Mein Bruder zuckte mit den Schultern. Ich griff nach seinen Händen, dann schloss ich meine Augen und konzentrierte mich auf unsere Verbindung. Obwohl ich nicht daran geglaubt hatte, verstärkte diese direkte Berührung unser Band. Ich musste mich kaum darauf konzentrieren und schon spürte ich die intensive Energie meines Bruders. Sie wärmte und umhüllte mich wie ein schützender Kokon. Seine Liebe schenkte mir Kraft. Sein starker Glaube an mich und mein Schicksal spendete mir Hoffnung. Seine Freude und sein Ehrgeiz motivierten mich und nahmen mir jeden Gedanken ans Aufgeben.

Ich ließ mich auf seine starken Gefühle ein und machte sie zu meinen. Langsam knüpfte ich ein Band zwischen unseren

Energien. Doch erst als dieses stabil genug war, um nicht gleich wieder zu zerreißen, öffnete ich meine Augen wieder.

»Das ist der Wahnsinn, Lea!«, rief mein Bruder aus. »Was auch immer du gemacht hast, aber ich spüre diese Verbindung zwischen uns.«

»Was genau spürst du?«, wollte Vei wissen.

Chris grinste. »Ich merke, dass Lea zweifelt. Aber genauso spüre ich, dass unsere Bindung ihre negativen Gefühle langsam verblassen lässt. Außerdem spüre ich eine unbändige Kraft in mir.«

»Das klingt gut. Kannst du darauf zugreifen?«

Chris schüttelte den Kopf. »Es klappt nicht. Es scheint, als wäre sie hinter einer Mauer eingesperrt.«

Vei verzog ihren Mund, dann wandte sie sich mir zu. »So etwas habe ich mir fast gedacht. Das liegt daran, dass dein Element nicht erwacht ist. Schade, dass es deine Schwester getroffen hat, du wärst eindeutig die bessere Wahl gewesen.«

Empört stemmte ich meine Hände in die Hüften. »Sag mal, geht's noch?«

»Er sieht nicht nur gut aus, er weiß sich auch noch zu benehmen und zweifelt nicht ständig an sich selbst. Ich hätte ihn auserwählt. Aber Sirion hatte schon immer eine Schwäche für Menschen wie dich. Vielleicht, weil es sein Ego antreibt, wenn er jemanden aufbauen kann.«

Ich spürte die nur allzu bekannte Wut in mir hochkochen. Dieses Mal jedoch hieß ich sie willkommen wie eine alte Freundin und unterdrückte sie nicht. Bevor ich allerdings irgendetwas anrichten konnte, legte sich eine kleine Hand auf meinen Arm. Ich blickte nach unten in Sirions grüne Augen und sah, wie er beinahe unmerklich den Kopf schüttelte. Also ließ ich meinen Zorn, zugegebenermaßen ein bisschen widerwillig, verrauchen.

Indes ergriff mein kleiner Schutzdrache das Wort. »Das hat nichts mit meinem Ego zu tun, Vei. Wahre Stärke wird nicht aus einer strahlenden Persönlichkeit heraus geboren. Jede Ecke und jede Macke machen einen Menschen zu etwas Besonderem. Wenn du Aileana eine Chance geben würdest, könnte sie dir beweisen, dass in ihr ein Feuer brennt, das einer Heldin würdig ist. Ich habe mich für sie entschieden, weil ich etwas Besonderes in ihr gespürt habe und bisher hat sie mich nicht enttäuscht. Sie arbeitet hart und gibt alles, was sie kann. Sie hat es weit geschafft und sie wird auch den Weg meistern, der vor ihr liegt. Ich zweifle nicht eine Sekunde an ihr und das solltest du auch nicht.«

Ich spürte, wie ich rot wurde und sich ein verstohlenes Grinsen auf meine Lippen schlich. Es rührte mich, dass Sirion an mich glaubte. So deutlich hatte er das noch nie ausgesprochen. Seine Worte gaben mir zusätzliche Kraft und ich öffnete mich für dieses neue, warme Gefühl, dass sich nach und nach in jeden Winkel meines Körpers ausbreitete.

Eine unfassbare Macht durchfuhr mich. Es fühlte sich an, als könnte ich alles schaffen, wenn ich es wollte. Nahezu berauscht ließ ich die Energie durch meine Adern zirkulieren. Leider konnte ich den gleichmäßigen Strom nicht aufrechterhalten und seine Überreste fuhren heiß durch meine Adern, drohten mich innerlich zu verbrennen. Ich wusste nicht, was ich machen sollte, spürte nur, wie meine Kraft langsam aber sicher verschwand. Für einen kurzen Moment ohnmächtig sank ich auf die Knie, bis sich eine Hand auf meine Stirn legte und den brennenden Schmerz linderte. Keine Sekunde später umfing mich eisige

Kälte und ich begann heftig zu zittern. Noch immer war mir schwarz vor Augen, nur am Rande nahm ich war, wie sich Schritte von uns entfernten.

»Ich bin wahnsinnig stolz auf dich, aber das war wohl doch noch zu früh. Wir haben vergessen, dass du ein Mensch bist und dein innerer Drache raubt dir zu viele Kraftreserven. Wenn du nicht zu einhundert Prozent bereit bist, wird er dich umbringen. Aber du bist auf jeden Fall auf dem richtigen Weg«, raunte Sirion mir zu, während er seine Arme um mich schlang und mir stetig Energie zuführte, um mich nach dem soeben erlittenen Kälteschock wieder aufzuwärmen.

»Danke, dass du an mich glaubst«, flüsterte ich als ich langsam wieder im Hier und Jetzt ankam. Ich genoss Sirions seltene Geste der Zuneigung. Normalerweise war mein kleiner, geflügelter Freund weniger kontaktfreudig.

Er lachte. »Wie könnte ich nicht an dich glauben? Schließlich habe ich dich auserwählt und nicht deinen Bruder.«

»Du meinst, dass auch Chris an meiner Stelle hätte sein können?«

Sirion seufzte. »Ja. Normalerweise erwachen die Elemente einfach, spätestens bei dem Kontakt mit einer Drachenstatue. Nur bei euch nicht, weil ihr von besonderem Blut seid. Eure Elementarkraft kann nur durch die zusätzliche Bindung zu einem Drachen erwachen.«

»Wenn wir also einen Drachen finden, der sich mit Chris verbinden möchte, könnten seine Elementarkräfte auch aktiviert werden?«

Sirion nickte. »Nur gibt es bis auf Vei und mich keine freien Drachen.«

Ein Grinsen schlich sich auf meine Lippen. »Du warst aber damals auch nicht auf dieser Erde und wir beide nur geistig miteinander verbunden.«

»Ich glaube, ich will nicht wissen, was gerade in deinem Kopf vorgeht. Was auch immer es ist, vergiss es am besten wieder.«

Ich presste die Lippen aufeinander. Chris hatte die Chance, ebenfalls ein Elementar zu werden und trotz aller Gefahren, gab es nichts, was er sich mehr wünschte, dessen war ich mir sicher. Nun bot sich schon die Möglichkeit, dass sich der stille Traum meines Bruders, wirklich ein vollwertiger Teil dieser Welt zu sein, erfüllte und Sirion empfahl mir nichts anderes, als diesen Gedanken sofort wieder zu verwerfen? Das konnte doch nicht sein Ernst sein. Niemals!

Schließlich stoppte mein kleiner Schutzdrache den wärmenden Fluss seiner Energie und ließ mich los. Mir war noch immer kalt, aber ich litt nicht mehr unter Schüttelfrost. Mein kleiner Freund sah mich an und ich las in seinen Augen, dass er ganz genau wusste, dass dieses Thema für mich noch nicht vom Tisch war. Sobald ich Louisa gerettet hatte, und diesem Schritt war ich heute ein Stück nähergekommen, würde ich mich um Chris und seine Elementarkraft kümmern.

Vorsichtig stand ich auf und blickte in die besorgten Gesichter von Louisa, Chris und Vei, die mit mehreren Decken in der Hand auf uns zugeeilt kamen. Ich setzte ein Lächeln auf. »Alles gut.«

Skeptisch musterte Vei mich, sagte zum ersten Mal jedoch nichts, sondern legte mir lediglich eine Decke um die Schultern. Stattdessen ergriff Sirion das Wort. »Ich glaube, das Training ist für heute beendet. Aileana braucht Ruhe, um ihre Kraftreserven wieder aufzubauen.«

Die anderen nickten. Ein wenig zögerlich trat Louisa zu mir »Geht es dir wirklich gut?«

»Ich habe mich nur mit meiner Kraft verschätzt. Weiter ist nichts.«

Vei schnaubte. »Die Elemente sind ja auch kein Spielzeug. Vielleicht wird dir das jetzt endlich klar.«

Ich warf ihr einen bitterbösen Blick zu, ignorierte ihren bissigen Kommentar jedoch. »Mach dir keine Gedanken, Lou. Es ist nichts, was eine Mütze Schlaf nicht beheben könnte. Aber sag mir lieber, wie es dir geht.«

Sie verzog ihren Mund zu einer schiefen Grimasse. »Ging mir schon einmal besser. Mit jedem Tag wird es schlimmer und die Leere in mir größer. Ich spüre regelrecht, wie mir die Zeit davonläuft.«

Bedrückt richtete ich meinen Blick zum Boden. »Es tut mir so leid, Lou. Ich gebe alles, was ich kann, um dich zu retten.«

Sie legte ihren Arm um meine Schulter. »Süße, mach dir keine Gedanken. Ich weiß, dass du alles tust, was in deiner Macht steht. Wir wussten von Anfang an, dass keine hundertprozentige Chance besteht, dass du zu einem Drachen werden und mit deiner Ahnin Kontakt aufnehmen kannst. Und selbst wenn, wer sagt dir, dass Leana überhaupt einen Weg aus diesem Schlamassel kennt. Glaub mir, ich habe meinen Frieden mit dem Thema gemacht. Aber weißt du was? Lass uns die anderen fragen, ob wir heute Abend alle gemeinsam weggehen wollen, okay? Noch ein letztes Mal, bevor ich nicht mehr ich selbst bin.«

Ich nickte, selbst wenn ich das Gefühl hatte, dass mein schlechtes Gewissen mich in diesem Augenblick lähmte. »Sag das bitte nicht. Wir werden eine Lösung finden. Aber weggehen können wir natürlich trotzdem. Kommst du vorher zu mir und wir machen uns gemeinsam fertig? Du weißt doch, ohne deine Hilfe bin ich in Sachen Outfit wirklich aufgeschmissen.«

Louisa lachte und schaffte es damit zumindest für den Moment mir einen Teil meiner Sorgen zu nehmen. »Aber natürlich, Lea. Übrigens hätte ich nichts Anderes erwartet.«

Ich wandte mich zu den anderen um. »Leute, wir wollen heute Abend ausgehen. Kommt ihr mit?«

Chris grinste. »Na klar, bin dabei.«

»Von mir aus spricht nichts gegen. Außerdem schadet es nicht, wenn ich auf euch aufpasse. Schließlich kann Siri leider nicht mit, weil er zu klein ist.« Vei lachte spöttisch, woraufhin Sirion sie böse anfunkelte.

»Wenigstens bin ich nicht so eine Ziege wie du!«, fauchte er.

Ich unterdrückte ein Grinsen und konnte sehen, dass es Louisa und Chris nicht anders ging. »Sorry, Sir, aber sie hat Recht. In dieser Gestalt würde dich niemand irgendwo reinlassen.«

Ein wenig beleidigt verdrehte er die Augen. »Ich habe es schon verstanden.«

Wir genossen die selten gelöste Stimmung dieses Augenblicks und machten uns auf die Suche nach den anderen, um sie über unsere Abendpläne zu informieren. Sirion folgte uns schmollend und mit einigem Abstand.

Ich freute mich auf die Stunden, in denen wir einfach, wie eine ganz normale Clique um die Häuser ziehen würden. Eine Nacht, in der wir nicht an die Welt der Elemente und Louisas

Verwandlung in eine Leere denken mussten. Einmal vergessen konnten, dass wir die Welt retten sollten.

KAPITEL 20

Louisa

Nachdem wir die anderen in unsere Pläne für den Abend eingeweiht hatten, fuhren wir Nachhause. Ich freute mich sehr darauf, mit meinen Freunden feiern zu gehen, vor allem, da es im Moment nicht wirklich gut für mich aussah. Ja, Lea machte Fortschritte, doch mein Zustand verschlechterte sich mit jedem Tag ein wenig mehr, trotz Veis Hilfe. Das schwarze Loch in meinem Innern wurde stetig größer und fraß jedes gute Gefühl auf, bevor ich überhaupt die Chance hatte, es zu genießen.

Doch ich wollte die Hoffnung nicht aufgeben, selbst wenn ich meinen Frieden mit dem Schicksal gemacht hatte, das mir vielleicht bevorstand. Wenn ich zu einer Leeren wurde, dann war das eben so. Aber dann sollten die anderen die fröhliche Louisa in Erinnerung behalten und nicht die garstige Version aus den vergangenen Wochen.

Außerdem wollte ich an jedem noch so kleinen Fetzen positiver Energie festhalten, daran glauben, dass ich den Prozess in meinem Innern auf diese Weise noch weiter hinauszögern konnte. War es nicht so, dass der Glaube Berge versetzen konnte, wenn er nur tief genug war?

Als ich die Haustür aufschloss und in den Flur trat, stellte ich erleichtert fest, dass meine Mutter nicht da war. Wahrscheinlich arbeitete sie noch und das war gut so. Natürlich, ich liebte sie und meist glich sie eher einer meiner besten Freundinnen, doch im Moment ertrug ich es nicht, sie zu sehen. Es tat mir weh, sie belügen zu müssen. Am liebsten hätte ich ihr von der Welt der Elemente und meinen Sorgen erzählt, nur durfte ich niemanden in Schwierigkeiten bringen. Auch wenn Silvia mir selbst nichts mehr antun konnte, würde sie ihre Wut am Ende wahrscheinlich an Thommy oder Lea auslassen.

Ganz zu schweigen von der Tatsache, dass diese alte Hexe das Gedächtnis meiner Mutter eiskalt löschen würde, ohne vor ihren Erinnerungen an mich zurückzuschrecken. Nichts davon durfte ich riskieren. Beinahe verfluchte ich den Tag, an dem wir mit Herrn Buchmann den Ausflug zum Kölner Dom gemacht hatten. Jener Tag, der den Stein ins Rollen gebracht hatte.

Warum hatte es auch ausgerechnet Lea treffen müssen? An dem Tag waren so viele Menschen in der Schatzkammer gewesen. Wieso hatte Sirion sich nicht Joelle oder irgendjemand anderen auswählen können? Okay, Joelle war eine egoistische Kuh, aber der einzige gute Mensch in der ganzen Kathedrale war Lea sicherlich auch nicht gewesen.

Ich schüttelte den Kopf und zuckte erschrocken zusammen, als mich etwas Kühles, Nasses an der Hand berührte. Pepper hatte mich angestupst und musterte mich mit seinen klugen, dunklen Augen. Er spürte, dass es mir nicht gut ging und wich mir kaum von der Seite, sobald ich einen Fuß durch die Tür zu unserer Wohnung setzte. Ich liebte meinen Hund, wusste, dass er mich nie verlassen würde.

Ich wuschelte ihm durchs Fell und kniete mich zu ihm auf den Boden. Sofort ließ er sich auf den Rücken fallen, streckte alle Viere von sich, damit ich ihn am Bauch kraulen konnte. Ein leichtes Lächeln umspielte meine Lippen. Kurz entschlossen stand ich auf und zog mir meine Sportsachen an. Dann nahm ich Peppers Leine vom Haken. Gemeinsam verließen wir wenige Minuten später das Haus.

Ich hatte zwar schon eine Sporteinheit hinter mir, doch irgendetwas in mir, trieb mich an die frische Luft und wollte, dass ich mich noch ein wenig verausgabte, vor all meinen Sorgen davonlief. Bis ich zu Lea musste, blieb mir sowieso noch ein wenig Zeit, die ich nutzen konnte, um den Kopf frei zu bekommen. Letztlich war alles besser als die endlosen Grübeleien, in denen ich mich schon zu oft verloren hatte.

KAPITEL 21

Aileana

Vollkommen erschöpft vom Training fiel ich erst einmal ins Bett, nachdem Nick mich Zuhause abgesetzt hatte. Mein Körper fühlte sich bleischwer an und mir war noch immer eiskalt. Aber ich war meinem Ziel einen Schritt nähergekommen, wusste, dass echte Drachenmagie in mir brannte. Nur, wie ich damit umgehen sollte, was ich tun musste, um auch meine Gestalt zu verändern, war mir nicht klar. Fragen, auf die ich so schnell, wie möglich Antworten finden musste, wenn ich meine beste Freundin vor ihrem Schicksal bewahren wollte.

Ich konnte Louisa ansehen, dass es ihr mit jedem Tag schlechter ging. Sie wurde blasser und ihr Lächeln erreichte ihre Augen immer seltener. Beinahe meinte ich selbst körperlich zu spüren, wie sie litt. Auch wenn das Band zwischen uns vor Wochen gerissen war. Für mich war sie meine Seelenschwester und würde es bleiben, ganz egal, was passierte.

Warum hatte ich es also noch nicht hinbekommen, mich in einen Drachen zu verwandeln und Kontakt zu Leana aufzunehmen? Würde ich es überhaupt schaffen Louisa zu helfen oder sollte ich vielleicht noch einmal versuchen, mit den Leeren Kontakt aufzunehmen? Ich hatte keine Ahnung, fühlte mich verloren und völlig überfordert. Ich wollte stark sein, doch meine Zweifel schienen jede meiner Bemühungen im Keim zu ersticken.

Vielleicht konnte ich auch überhaupt nicht stark sein, weil ich es nicht war. Temperamentvoll, loyal, aufopferungsvoll für meine Freunde – das zählte zu meinen Eigenschaften. Viele hielten mich für eine merkwürdige Einzelgängerin und wollten überhaupt nichts mit mir zu tun haben. Deswegen hatte ich nicht viele Freunde. Allerdings vermisste ich das auch nicht, weil ich Menschen um mich hatte, denen ich bedingungslos vertraute.

Ich gähnte, war zu müde, um mich noch tiefer in meine Gedanken zu verstricken. Jetzt würde ich ohnehin keine Lösungen für meine Probleme finden.

Ich wachte auf, als jemand sanft an meiner Schulter rüttelte. »Komm schon, Schlafmütze, es wird Zeit, sich für den Abend fertig zu machen.«

Schlaftrunken grummelte ich vor mich hin, dann drehte ich mich auf die andere Seite. Ich fühlte mich gerädert, verstand nicht, wer mich mitten in der Nacht einfach aufweckte.

Bevor ich jedoch wieder einschlafen konnte, wurde mein Körper erneut durchgeschüttelt. Dieses Mal energischer. Wütend drehte ich mich wieder um, öffnete die Augen und blickte in das Gesicht meiner besten Freundin, die mich amüsiert musterte.

»Zeit, dass du aufstehst, es sei denn, du hast vor, verschlafen in die Stadt zu gehen.«

Ich schnaubte. »Wer sagt denn, dass ich überhaupt mitkomme?«

Louisa legte den Kopf schief. »Wer sagt denn, dass du eine Wahl hast?«

»Schon gut, schon gut, du hast gewonnen.« Ergeben setzte ich mich auf und hob die Hände. Allerdings rächte ich mich, indem ich Louisa in die Seite pikste, wohl wissend, dass sie an genau dieser Stelle furchtbar kitzelig war. Vollkommen überrumpelt von meiner Attacke quiekte sie laut auf und ließ sich lachend zu mir auf die Matratze fallen.

Eine Weile kugelten wir uns in meinem Bett bis wir mit einem lauten Poltern herausfielen. Schwer atmend saßen wir einen Moment später auf dem Boden.

»Das hat gutgetan«, sagte Louisa, dann wurde ihr Blick glasig. »Erinnerst du dich noch an Rolle-Rolle?«

»Wie könnte ich dieses Spiel vergessen, Lou.« Damals hatte sie bei mir übernachtet, ich in meinem Hochbett, Louisa auf einer Matratze unten auf dem Boden. Irgendwann war eines meiner vielen Kuscheltiere herausgefallen und hatte sie getroffen. Sie hatte es zurückgeworfen. Kurz darauf war ein Krieg zwischen uns ausgebrochen, in dem meine Plüschfreunde wild durchs Zimmer geflogen waren und wir immer wieder laut ›Rolle-Rolle‹ gebrüllt hatten, bis mein Vater in der Zimmertür aufgetaucht war, um dem nächtlichen Krach auf den Grund zu gehen.

»Mir fehlt diese unbeschwerte Zeit.«

Ein wehmütiges Lächeln schlich sich auf meine Lippen. »Mir auch, Lou. Wir werden vielleicht nie wieder so unbeschwert durchs Leben gehen wie damals als Kinder, aber ich verspreche dir, dass wir eine Lösung finden werden. Dann kommen auch wieder glücklichere Tage.«

»Danke, du bist einfach die beste Freundin, die man sich wünschen kann.«

Ich grinste sie an. »Und jetzt definitiv wach.«

»Gut, dann können wir uns ja endlich fertig machen, damit wir pünktlich loskommen.« Louisa stand auf und auch ich erhob mich langsam.

Zielsicher wie immer ging meine beste Freundin zu meinem Kleiderschrank hinüber und begann darin herumzukramen. Schließlich zog sie einen schwarzen Rock sowie ein dunkelgrünes, spitzenbesetztes Oberteil mit weitem Rückenausschnitt heraus. Sie musterte beides einen Augenblick, dann reichte sie mir die Kleidungsstücke.

Schnell schlüpfte ich hinein und warf einen verstohlenen Blick in den Spiegel. Der Rock allein wirkte schon elegant, doch mit dem Shirt kombiniert sah er einfach fantastisch aus. »Es ist perfekt, Lou.«

Sie lächelte. »Das freut mich. Dann setz dich hin, damit ich dich noch schnell schminken kann. Immerhin wird die Zeit langsam knapp und dank deiner Kitzelaktion muss ich mich jetzt auch noch einmal richten.«

»Stell dich nicht so an, du siehst umwerfend aus.«

Sie hatte ein leuchtend blaues Kleid an, das knapp über ihren Knien endete. Die Ärmel waren aus Spitze und der Rücken ebenfalls weit ausgeschnitten. Es stand ihr hervorragend und betonte ihren schlanken Körper. Gut, ihre blonden Locken standen etwas wirr ab, aber ansonsten sah sie makellos aus.

Immer noch ein wenig kopfschüttelnd über Louisas ungewohnte Eitelkeit setzte ich mich mit dem Rücken zum Spiegel auf meinen Schreibtischstuhl und ließ sie werkeln. Meine beste Freundin strahlte, während sie nach und nach das Make-Up auftrug. Es schien, als würde sie das in einer Art und Weise glücklich machen, die ich nicht verstand. Aber das musste ich auch nicht.

»Deine Haare würde ich heute als Fischgrätenzopf flechten. Das rundet das Gesamtbild ab und gibt auch noch den Blick auf deinen Rückenausschnitt frei.«

Ich nickte, während sich Louisa schon an die Arbeit machte. Nach gut zehn Minuten trat sie einen Schritt zurück und gab mir damit die Möglichkeit, mich umzudrehen.

Mir stockte der Atem, als ich mein Spiegelbild erblickte. Louisa hatte sich selbst übertroffen. Sie hatte meine Augen mit einem Lidstrich und sanftem grünen Lidschatten betont. Meine Haare ergänzten das Bild und rahmten mein Gesicht ein.

»Wow«, hauchte ich. »Der absolute Wahnsinn! Kaum zu glauben, dass ich das bin.«

Louisa trat neben mich und lachte. Ich konnte ihr genau ansehen, dass sie sich sehr auf den gemeinsamen Abend freute. »Schön, dass es dir gefällt. Ich mache noch kurz meine Haare, dann können wir los.«

Ich nickte und Vorfreude durchflutete mich. Seitdem ich Teil der Welt der Elemente geworden war, waren sorglose Abende wie dieser selten geworden und irgendwie hatte ich auch das Gefühl, dass ich kein Recht hatte, ihn zu genießen.

»Bereit?«, durchbrach Louisas Stimme meine Gedanken.

Ich nickte. Zwang mich, abzuschalten. Einen Augenblick später verließen wir gemeinsam mein Zimmer und gingen nach unten in die Küche, um dort auf Chris zu warten. Sobald wir diese betraten, lächelte uns meine Mutter entgegen, die zusammen mit einem äußerst zerknirscht wirkenden Sirion am Küchentisch saß und versuchte ihm ein gesundes Abendessen in Form von Brokkoli einzuverleiben.

»Lea, Louisa! Ihr seht umwerfend aus!«

Louisa errötete. »Danke, Kerstin.«

»Chris ist bestimmt gleich fertig. Setzt euch doch noch etwas zu uns.«

Wir gingen zum Tisch und ließen uns auf zwei der freien Stühle fallen. Sirion sah mich erleichtert an, da der Fokus meiner Mutter jetzt nicht mehr ausschließlich auf ihm lag. Er tat mir schon ein bisschen leid, allerdings würden wir ihn weder als Drachen noch als Kind in irgendeine Bar kriegen, geschweige denn in einen Club.

»Ich kann kaum glauben, dass ihr mit der Schule fertig seid. Wie schnell auf einmal die Zeit vergangen ist.« Mir schwante, in welche Richtung das Gespräch verlaufen würde und ich hätte am liebsten sofort die Flucht ergriffen.

Louisa nickte nichtsahnend. »Es fühlt sich noch immer unwirklich an.«

»Das kann ich verstehen. Jetzt beginnt schließlich der Ernst des Lebens. Weißt du schon, was du machen möchtest? Ein Studium oder vielleicht doch eher eine Ausbildung?«

»Mama!« Ich hatte es geahnt … Auf meinen empörten Ausruf hin warf meine Mutter mir einen bösen Blick zu, der mir sagte, dass ich gleich auch noch dran wäre. Ich hasste dieses Thema. Meine Eltern drängten uns dazu, uns endlich festzulegen, doch ich wusste es einfach nicht. Wie denn auch? Derzeit hatte ich wirklich andere Probleme. Meine Gedanken wurden dauerhaft von der Welt der Elemente beherrscht.

Ich lebte von Tag zu Tag und versuchte, mich durchzukämpfen. Ein Element in sich zu tragen, bedeutete viel mehr, als nur irgendeinen magischen Hokuspokus. Es brachte so viel Verantwortung mit sich, dass die anfängliche Begeisterung längst gewichen war. Manchmal fühlten sich meine Fähigkeiten eher wie ein böser Fluch an, nicht wie der Segen, der sie unter anderen Umständen vielleicht hätten sein können.

Louisa indes blieb ganz ruhig, antwortete meiner Mutter auf ihre Frage, als wäre gar nichts dabei. »Es war immer mein Traum, Ärztin zu werden, deswegen will ich Medizin studieren. Da ich aber leider nicht den perfekten Schnitt habe, werde ich vorher eine Ausbildung machen müssen.«

»Das klingt gut. Wenigstens eine, die weiß, was sie werden möchte.« Bei ihren Worten warf meine Mutter mir einen scharfen Seitenblick zu. Wo zur Hölle blieb Chris denn nur? Er könnte sich ruhig mal beeilen.

»Vielleicht irre ich mich aber auch und mache am Ende etwas ganz Anderes mit meinem Leben«, sagte Louisa, wodurch ich ein wenig Zeit gewann.

»Aber wenn du es nicht ausprobierst, wirst du es nicht herausfinden, Louisa. Du kannst stolz sein, dass du deinen Weg gehst.« In der Stimme meiner Mutter lag so viel Wärme und Zuversicht, dass ich mich schämte, keine Ahnung zu haben, was ich mit meinem Abitur anstellen sollte.

»Danke, Kerstin.«

Jetzt wandte meine Mutter sich mir zu. »Hast du dir mittlerweile Gedanken über deine Zukunft gemacht?«

Ich hatte mit einem Vorwurf gerechnet, aber davon hörte ich keine Spur in dieser Frage.

»Vielleicht ein wenig«, log ich, weil ich nicht zugeben wollte, dass Ausbildung und Studium aktuell die letzten Themen waren, die mich interessierten.

Ich blickte auf den Tisch, die Hände im Schoß verschränkt. Mir fiel das Gespräch mit Simon und Sirion ein, die beide gemeint hatten, dass zu mir etwas Soziales passen würde. Gleichzeitig dachte ich an etwas, das ich heute Nachmittag auf der Heimfahrt im Autoradio aufgeschnappt hatte. Nicht weit von uns war ein ganzer Supermarkt abgebrannt. Das Feuer hatte sich unfassbar schnell ausgebreitet und wenn Feuerelementare vor Ort gewesen wären, dann … Da kam mir eine Idee. »Ich möchte Menschen helfen. Der medizinische Bereich gefällt mir nicht so, aber vielleicht wäre die Feuerwehr etwas für mich.«

Verwunderung und Stolz lagen im Blick meiner Mutter. »Meinst du das ernst?«

Wie ferngesteuert nickte ich, dieser Beruf fühlte sich richtig an. Mit meinem Element hätte ich bei dem Brand bestimmt helfen können. Immerhin gab es mir die Möglichkeit, das Feuer einzuschätzen und zu kontrollieren. »Ja, das möchte ich machen.«

Da strahlte meine Mutter. »Mein Mädchen geht zur Feuerwehr und mein Junge wird Polizist.«

In meiner Brust breitete sich eine angenehme Wärme aus. Ich liebte meine Mutter und ihr Stolz, machte mich glücklich.

Endlich kam Chris in die Küche. »Ihr seid ja schon fertig.«

Louisa lachte. »Natürlich, was denkst du denn?«

»Na ja, ihr seid Frauen …« Chris grinste verschmitzt und zuckte mit den Schultern.

»Benimm dich, mein Freund«, warf meine Mutter mit gespielter Strenge ein, bevor wir alle lachen mussten. »Ich wünsche euch einen wunderschönen Abend und ganz viel Spaß. Grüßt mir Nick ganz lieb. Er darf gerne bald wieder vorbeikommen.«

»Danke, ich richte es ihm aus.«

Louisa und ich standen auf und gemeinsam mit Chris verließen wir kurz darauf das Haus. Wir wollten die anderen in der Stadt treffen. Okay, das stimmte nicht ganz, Eigentlich wollten wir nach Ehrenfeld, in eine Disco, die nicht weit von der alten Hauptschule in der Borsigstraße entfernt lag, in der wir uns zum Training trafen. Wir hatten uns für diesen Laden entschieden, weil dort nicht nur Hardcore-Techno gespielt wurde, sondern auch gängige Lieder aus den aktuellen Charts. Letzteres war gerade für mich, als Anti-Discogängerin ein großer Pluspunkt.

»Lea! Warte kurz.« Sirions Stimme ließ uns innehalten als wir gerade unseren Vorgarten verlassen wollten und wir drehten uns noch einmal zur Haustür um. In seinen drachenförmigen Pantoffeln kam er auf uns zu. »Ich weiß, dass ich nicht mit euch kommen kann, aber das bedeutet nicht, dass ich dich einfach so gehen lasse. Ich bin trotzdem dein Schutzdrache.«

Ich lächelte. »Danke Sirion, aber heute sollte nichts passieren. Wir haben seit Wochen keinen Leeren mehr gesehen. Du kannst dir also ruhig eine Pause gönnen… Aber wenn du unbedingt magst, wird dein Schutz sicher nicht schaden.«

Eigentlich hatte ich strikt ablehnen wollen, da ich nicht wusste, warum uns ausgerechnet heute Abend irgendeine

204

Gefahr drohen sollte. Schließlich war Marah nicht mehr da und die Leeren ohne sie wahrscheinlich zu unkoordiniert und planlos, um größeres Unheil auszuhecken. Doch ich wollte Sirion nicht vor den Kopf stoßen oder ihm vorschreiben, was er tun sollte und was nicht. Er war ohnehin schon beleidigt, weil er nicht mitkommen durfte.

Entschlossen trat mein kleiner Freund auf mich zu und ich beugte mich zu ihm runter. Vorsichtig, ohne ein weiteres Wort legte er eine Hand auf meine Stirn und ich spürte, wie eine warme prickelnde Energie durch meinen Körper rauschte, mich gefühlt abheben ließ und leicht in meinen Adern nachhallte, als Sirion mich wieder losließ.

»*Jetzt können wir auch kommunizieren, wenn du unterwegs bist und ich nicht in deiner Nähe bin.*« Erschrocken japste ich nach Luft, als Sirions Stimme in meinem Kopf erklang. Wie sehr hatten mir unsere ungestörten Gespräche gefehlt.

»*Das ist super! Ich wusste gar nicht, dass das überhaupt noch möglich ist.*«

Sirion lachte. »*Hat mich da jemand vermisst?*«

»*Das hättest du wohl gerne!*«, neckte ich meinen kleinen Freund.

Er lächelte mir zu. Irgendwie war es merkwürdig, seine Stimme in meinem Kopf zu vernehmen, ihn dabei aber zugleich leibhaftig vor mir stehen zu sehen. »*Vei hat mir verraten, wie das geht.*«

»*Ach so …*«

»*Sie ist eine große Hilfe, Aileana. Und sie mag dich auf ihre Art und Weise, glaub mir.*«

Bevor ich darauf antworten konnte, mischte sich Louisa ein, die von unserem Gespräch natürlich nichts mitbekommen hatte. »Was ist los? Ist das schon wieder so ein Schutzdrachen-Ding zwischen euch? Möchtet ihr uns nicht vielleicht ebenfalls daran teilhaben lassen?«

Ich lachte. »Das ist es tatsächlich. Sirion kann mich jetzt wieder mental unterstützen.«

»Aha.« Sie klang enttäuscht, beinahe als hätte sie mehr erwartet.

»Lasst uns gehen, ich möchte die anderen ungern warten lassen«, warf Chris ein und rettete damit wahrscheinlich die Situation, die nur allzu leicht in einen handfesten Streit hätte münden können.

»Viel Spaß euch«, vernahm ich Sirions traurige Stimme, dann drehte er sich um und ging zurück ins Haus. Erst als sich die Tür hinter ihm geschlossen hatte, wandte ich mich ab.

KAPITEL 22

Aileana

An der Haltestelle in Ehrenfeld warteten die anderen bereits auf uns und winkten freudig, als sie uns in der Bahn entdeckten. Kaum, dass der Zug zum Stehen gekommen war, stiegen wir aus. Estelle löste sich aus der Gruppe und schloss zuerst mich, dann Louisa und Chris in die Arme.

»Schön, dass ihr da seid. Ich freue mich schon total auf diesen Abend.«

»Wir auch. Und genau deswegen ist alles, was mit der Welt der Elemente zu tun hat, ab jetzt verboten«, antwortete ich und klang dabei ein wenig ernster als eigentlich beabsichtigt.

Gemeinsam gingen wir zu den Anderen hinüber. Ich umarmte zuerst Vei, die seltsam abwesend wirkte, dann Simon und Thomas, um schließlich vor Nick stehen zu bleiben, der mich nah an sich zog. »Du siehst wunderschön aus«, hauchte er in mein Ohr und küsste mich sanft.

Dann legte ich meinen Kopf an seine Schulter, sog seinen Duft nach Erde und Wald ein. Ich hätte ewig so mit ihm hier stehen können, doch auf Veis ungeduldiges Räuspern hin trennten wir uns voneinander. Ich griff nach seiner Hand und sein Lächeln sagte mir, dass ich in ihm meinen Traummann gefunden hatte.

Von der Bahnhaltestelle bis zur Live Music Hall, der Disco, zu der wir wollten, brauchten wir bloß ein paar Minuten. Glücklicherweise war die Schlange vorm Eingang nur kurz, sodass wir nicht allzu lange warten mussten. Vorfreude durchflutete mich, als wir unsere Jacken an der Garderobe abgaben und uns unter die Leute mischten. Jetzt konnte der Abend endlich losgehen.

Hinter dem Eingangsbereich lag ein Hof, der etwas ruhiger war und in dem man es sich gemütlich machen konnte. Von hier aus kam man nicht nur zur Garderobe und zu den Toiletten, sondern auch in einen großen Raum mit Tanzfläche. Von dort drangen laute Bässe zu uns, denen mein Körper kaum widerstehen konnte.

Ich warf einen Blick über meine Schulter zu Nick, der diesen erwiderte. Er schenkte mir ein strahlendes Lächeln, kam auf mich zu und schlang seine Arme von hinten um meine Taille. Erneut umfing mich sein wunderbarer Geruch und ließ die Schmetterlinge in meinem Bauch flattern.

Ich unterdrückte ein Seufzen, legte meine Hand auf seine, während ich mich in die Umarmung sinken ließ. Für einen kurzen Augenblick gab es nur Nick und mich.

Keine Sorgen.

Keine Probleme.

»Wollen wir rein?«, fragte Louisa, deren Füße ebenfalls nicht stillhalten konnten.

Ich nickte grinsend. »Wäre sofort dabei.«

Die anderen stimmten auch zu und wir machten uns auf den Weg in Richtung Tanzfläche. Die laute Musik umfing uns, hüllte uns ein wie ein magisches Tuch aus Noten. Augenblicklich ließ ich mich fallen. Seit mehr als einem halben Jahr hatte ich es mir kaum mehr erlaubt, ein normales Mädchen zu sein.

Während die Jungs Getränke holten, begaben Estelle, Vei und ich uns auf die Tanzfläche, ließen uns vom Takt der Musik tragen. Wenig später stießen auch Chris, Simon, Thomas und Nick wieder zu uns und verteilten die Cocktails, die sie mitgebracht hatten.

Bei den langsameren Liedern kam Nick näher zu mir. Ich genoss diese kurzen Momente, in denen es immer nur uns beide gab. Bei den schnelleren Songs jedoch gönnte er mir Freiheit und gab mir so die Gelegenheit ihn zu beobachten. Nick besaß Taktgefühl und konnte wirklich gut tanzen, wie ich zugeben musste.

Irgendwann jedoch hatten wir genug und ließen uns von Louisa zu dem Fotoautomaten ziehen, der ein wenig abgelegen in einer Ecke des Foyers stand. Für den Bruchteil einer Sekunde hielt ich inne. Dort gemeinsam Fotos zu machen war immer eine Tradition von Louisa und mir gewesen. Jetzt versuchten wir es als ganze Gruppe, obwohl dafür eigentlich kein Platz in der engen Kabine war. Dementsprechend verrückt sahen die Bilder aus, da von manchen nur kleine Ecken zu sehen waren. Erst ganz zum Schluss fand ich mich allein mit Louisa in Innern des Automaten wieder.

»Damit du mich immer so in Erinnerung behältst, wie ich einmal war«, flüsterte sie mir wenige Augenblicke später zu, als sie mir einen der beiden ausgedruckten Streifen in die Hand drückte.

Ihre Worte versetzten mir einen Stich, ich wollte sie nicht hören, nicht wahrhaben. »Wir finden eine Lösung, Lou, also sag so etwas nicht!«

Sie lächelte matt. »Das weiß ich doch, Lea. Ich würde niemals an dir zweifeln. Komm, lass uns zurück zu den anderen gehen.«

Mechanisch nickte ich, steckte die Fotos in meine Tasche und schluckte die Bemerkung hinunter, die mir auf der Zunge lag, weil ich uns den Abend nicht vermiesen wollte. »Natürlich.« Louisa hatte sich unbeschwerte Stunden mit uns gewünscht und das konnte ich ihr unmöglich abschlagen.

Als wir wieder zusammen mit dem Rest der Gruppe auf der Tanzfläche waren, gelang es mir tatsächlich meine Gedanken und Zweifel in den Hintergrund zu drängen, mich frei zu fühlen.

»Lou und ich sind mal auf Toilette«, rief Estelle mir zu und ließ mich mit Vei allein, während Chris, Thomas, Nick und Simon noch einmal für ein paar Getränke an der Bar anstanden.

»Ein toller Abend?« Vei zuckte mit den Schultern und ich bemerkte den fragenden Unterton in ihrer Stimme.

Ich lachte. »Er ist nicht toll, sondern grandios.«

»Ist nicht so ganz meins.« Vei hatte schon den ganzen Abend abwesend gewirkt, nahezu fehl am Platz.

»Lass dich gehen, hör auf die Musik und nicht auf deine Gedanken.«

Kritisch musterte sie mich. »Warum sollte ich?«

»Wir wollen heute abschalten und uns über nichts Sorgen machen. Sei du selbst und denk nicht darüber nach, was richtig oder falsch ist. Hab einfach ein wenig Spaß.« Bei diesen Worten vernahm ich ein belustigtes Schnauben in meinem Kopf.

»*Weise Worte, Prinzessin. Du kannst ja richtig tiefsinnig werden*«, stichelte Sirion.

»*Welche Laus ist dir denn über die Leber gelaufen?*«

Er stöhnte. »*Dreimal darfst du raten.*«

Ich unterdrückte ein Lachen. »*Du bist der verlorene Sohn. Meine Mutter sorgt sich eben um ihre Babys, wie eine Löwin.*«

Das darauf folgende, genervte Grummeln meines kleinen Freundes nahm ich allerdings kaum wahr, weil mich genau in diesem Augenblick jemand anrempelte. Glücklicherweise fiel ich nicht hin, denn der Boden unter unseren Füßen war voll von den klebrigen Überresten verschütteter Getränke.

Wütend wandte ich mich um, wollte dem Idioten gewaltig die Meinung geigen, aber es war mir unmöglich, den Rüpel unter all den Leuten auszumachen. Ich erschrak jedoch, als mir inmitten der Menge ein blasses Gesicht ins Auge fiel. War dort ein Leerer? Oder spielten mir meine Sinne am Ende einen Streich?

Vei, die noch immer neben mir stand und meine Reaktion mitbekommen hatte, sah mich verwundert an. »Was hast du?«

»Siehst du die bleiche Gestalt da vorne? Ist das ein Leerer?«

Sie zuckte mit den Schultern, dann griff sie nach meinem Handgelenk und zerrte mich quer über die Tanzfläche direkt auf die fragliche Person zu. Unmittelbar hinter dem Kerl blieb sie stehen, ließ mich los und packte ihn an der Schulter. Der Typ drehte sich überrascht um.

Als ich sein Gesicht sah, war ich erleichtert. Kein Leerer, einfach nur ein Mann mit einem ziemlich ungesund wirkenden Hautton.

»Entschuldigung, war eine Verwechslung«, rief Vei dem Kerl entgegen und wandte sich prompt ab.

Ich unterdrückte ein Kichern, weil meiner neuen Drachenfreundin die Situation mehr als peinlich zu sein schien und Bleichgesicht auch nicht gerade gelassen aus der Wäsche guckte.

»Sie hat geglaubt, du wärst ihr Exfreund«, versuchte ich die Situation zu entschärfen, da der Typ ihr wütend hinterherstarrte. »Sie hat es nicht böse gemeint. War wirklich nicht schön.«

Er wandte sich mir zu und ich bemerkte, wie er sich entspannte. Zum Glück, denn eine Streiterei konnten wir definitiv nicht gebrauchen, wenn wir noch weiter feiern wollten. Der Fremde dachte einen Augenblick nach, dann nickte er mir wortlos zu und drehte sich weg. Komischer Kerl …

Vei, die bemerkt hatte, dass ich stehen geblieben war, kam zu mir zurück. »Jetzt komm schon. Vielleicht suchen uns die anderen schon.«

»Ich habe dir gerade deinen Hintern gerettet. Der Kerl wäre dir beinahe hinterhergelaufen und hätte Stress angezettelt.« Ich grinste, doch Vei schnaubte nur ungehalten.

Dann verdrehte sie die Augen und wir gingen die anderen suchen. Leider kamen wir nicht weit, weil Simon und Louisa uns abfingen. In ihren Gesichtern stand pures Entsetzen. »Kommt schnell, es geht um Estelle.«

»Steckt sie in Schwierigkeiten«, versuchte ich gegen die Musik anzubrüllen.

Simon nickte nur und griff nach meinem Handgelenk, um mich durch die Menge in Richtung der Toiletten zu zerren. Louisa folgte uns. Keiner der beiden sagte etwas. Das fachte meine Sorge umso mehr an, weil unser sonst so besonnener Geistelementar anscheinend keine Zeit verlieren wollte. Was war hier nur los?

Die lautstarke Auseinandersetzung drang bis hinaus in den Gang. »Was willst du von mir?«

»Du gehörst mir, hast du das vergessen?« Obwohl die tiefe Stimme erzürnt klang, hatte sie etwas charismatisches, unverwechselbares.

»Nein.« Dieses zittrige Wort gehörte Estelle.

Sie brauchte Hilfe. Diese Erkenntnis weckte in mir den tiefen inneren Drang, meine Freundin zu beschützen. Ich würde ihr zur Seite stehen, ganz gleich, was hier vor sich ging. Als ich in den Vorraum der Toiletten stürmte, fiel mein Blick sofort auf Estelle, die sich mit aller Kraft an die gegenüberliegende Wand presste. Der fremde Kerl hatte sich bedrohlich vor ihr aufgebaut. Er war groß, trug schwarze Jeans und ein blaues Shirt. Seine dunklen Haare waren militärisch kurz geschoren.

»Estelle, alles okay?« Entschlossen schob ich mich an dem Typen vorbei, stellte mich neben meine Freundin und berührte sie sanft am Arm.

Ihr Blick richtete sich auf mich und eine Art flüchtige Erleichterung breitete sich auf ihren Zügen aus. Doch dann zog der Hüne die Aufmerksamkeit wieder auf sich. Seine Miene war eiskalt, duldete keinen Widerspruch. »Selbstverständlich ist alles okay. Du kannst verschwinden. Estelle und ich wollten gerade gehen.«

Langsam richtete ich meinen Blick auf den Kerl. »Ach ja? Ich glaube nicht, dass sie mit dir mitgehen möchte.«

»Das geht dich einen Scheiß an, Miststück.«

Die Wut, die mich bei seiner Beleidigung durchfuhr, begrüßte ich freudig, schöpfte Kraft aus ihr. »Wer bist du überhaupt, dass du meinst, so mit mir reden zu dürfen?«

Seine Augen verengten sich zu schmalen Schlitzen und seine Hände ballten sich zu Fäusten. Auch Estelle schien das zu bemerken, denn ihre Augen weiteten sich. »Max, bitte nicht. Ich komme mit dir, aber lass Lea in Ruhe.«

Das schien ihn zu beruhigen, denn seine Züge wurden weicher, fast zärtlich. Meine Freundin trat vor und lächelte mir zaghaft zu, als wolle sie mir sagen, dass alles okay wäre. Doch in ihren Augen konnte ich nur zu deutlich erkennen, dass es das nicht war. »Spinnst du, Estelle? Du wirst sicher nicht mit dem Typen mitgehen. Der ist doch ein totaler Psycho.«

»Es ist okay, Lea. Er ist mein Ex, ich komme schon zurecht.«

»Siehst du, also verschwinde. Dich will hier keiner haben. Am besten kriechst du einfach in das hässliche Loch zurück, aus dem du gekommen bist.« Noch vor wenigen Monaten hätten mich seine Worte tief getroffen, doch jetzt prallten sie an mir ab.

Nie wieder würde ich so etwas an mich heranlassen, weil ich wusste, dass ich Freunde hatte, die mich mochten wie ich war. Genauso, wie Estelle. Abscheu und Hass, mehr hatte ich für diesen armseligen Typen nicht übrig. Doch diese Gefühle fachten meine Elementkraft nur weiter an. Wie die Wut hieß ich auch sie mehr als willkommen und zog aus ihnen den Mut den ich brauchte. »Ach, sei doch still! Es ist absolut erbärmlich, was du von dir gibst.«

Erstaunt musterte Estelle mich, doch dann veränderte sich ihre Mimik. Die ängstliche Fassade bröckelte und zeigte Entschlossenheit.

»Danke, Lea. Es reicht wirklich, ich werde nie wieder mit dir mitgehen. Ich bin nicht mehr wie damals, Max. Ich habe meine Gedanken und mein Leben geordnet. Da ist kein Platz mehr für dich.« Ihre Worte waren meiner Ansicht nach viel zu nett, aber immerhin ein Anfang.

»Du hast zu viel getrunken, Estelle. Komm, sei vernünftig.«

Doch meine Freundin schüttelte den Kopf und blieb standhaft. »Nein Max, wir sind durch. Du bist nicht gut für mich und bist es nie gewesen.«

»Ich habe so viel Zeit meines wertvollen Lebens mit dir verschwendet und so revanchierst du dich bei mir? Du bist sowas von undankbar!«

»Lass dich nicht von ihm runtermachen und manipulieren, Estelle.« Ich konnte sehen, wie ihre Zuversicht bröckelte, doch das würde ich nicht zulassen.

Nein, ich würde für meine Freundin kämpfen. Sie sollte ihre Vergangenheit nicht noch einmal durchleben müssen. Jemand wie dieser Max würde ihr neues Leben nicht kaputt machen.

»Du nennst sie undankbar? Weil sie sich nicht mehr von Typen wie dir ausnutzen und wie Dreck behandeln lässt? Sorry, Max, aber sie ist nicht mehr das dumme, naive Kind von damals. Es reicht, dass sie ihre Zeit früher mit *dir* verschwendet hat, also tu uns bitte einen Gefallen und hau ab!«

»Bitte was?!« Vor Wut verzog sich sein Gesicht zu einer hässlichen Fratze.

Am Rande nahm ich wahr, wie sich unsere Gruppe vervollständigte. Nick trat näher, legte seine Hand auf meine Schulter. Er schien das explosive Gemisch aus Sorge, Aufregung und Wut zu spüren, das sich in meinem Innern zusammenbraute. »Halt dich zurück, Lea. Starke Emotionen beeinflussen dein Element und Aufmerksamkeit können wir nicht gebrauchen.«

Verwundert musterte ich ihn, doch Max lachte spöttisch und lenkte mich ab, bevor ich mich beruhigen konnte. Heiß rauschte der zornige Gefühlscocktail schließlich durch meine Adern, verband sich noch einmal fester mit meinem Element.

»Du hast mich schon verstanden. Es ist mir wirklich ein Rätsel, wie Estelle sich mit einem so armseligen Typen wie dir überhaupt abgeben konnte.« Voller Hass spuckte ich meine Worte aus, fühlte wie sich etwas in mir löste.

Ich war stark, vielleicht nicht auf die gleiche, offensichtliche Weise wie mein Bruder, aber wenn es darauf ankam, konnte ich es sein. Vielleicht brauchte ich nur den richtigen Antrieb. Und da fiel sie mir wieder ein, die Feuerwand, die ich, vor einigen Monaten mit Sirions Unterstützung heraufbeschworen hatte. Ich war vielmehr Wächterin als Kriegerin. Ich neigte eher dazu zu beschützen, statt grundlos anzugreifen.

In diesem Moment der Erkenntnis durchdrang mich eine Macht, die ich kaum beschreiben konnte. Ich fühlte mich, als könnte ich alles schaffen, wenn ich es nur wollte, beinahe so, als wäre ich der Ursprung von allem. Ich genoss es, öffnete mich dieser Empfindung und verband sie mit meiner Energie. Es schien, als würde ein Gefäß in mir zerbrechen und etwas freisetzen. Ein stechender Schmerz fuhr durch meinen Körper, ich verspürte den Impuls zu schreien, doch ich unterdrückte ihn. Vor Estelles Psycho-Ex würde ich mir auf keinen Fall die Blöße geben und zusammenbrechen.

Gerade so nahm ich wahr, wie sich zwei starke Hände auf meine Schultern legten, an mir zerrten. Ich hatte keine Ahnung, was sie mit mir vorhatten, war willenlos, da mein innerer Schmerz mich zu zerreißen drohte. Während ich immer noch vorwärts geschoben wurde, hörte ich das unangenehme

Knacken von Knochen, die sich verdrehten und das Reißen von Haut. Ein Rausch durchfloss mich, trübte meinen Blick.

»Du hast es gleich geschafft«, vernahm ich eine sanfte Stimme von weit entfernt, konnte sie jedoch nicht zuordnen.

Der Schmerz nahm noch weiter zu, füllte mich aus und erst, als ich glaubte, innerlich zu explodieren, hörte er plötzlich auf. Mit einem Mal endete alles und ließ mich glückselig zurück.

Ich öffnete die Augen. Ich war in meiner Drachensicht, alles um mich herum schimmerte, ließ mich die wahre Magie erkennen. Doch etwas war anders, selbst wenn ich nicht so recht sagen konnte, was es war.

Mein Blick schweifte umher. Erst jetzt bemerkte ich, dass ich mich nicht mehr in der Live Music Hall befand, sondern von Vei und meinen Freunden in eine Seitenstraße gezogen worden war. Bis auf Louisa standen alle um mich herum, starrten mich unverhohlen an. Verwundert musterte ich sie ebenfalls, erkannte Ehrfurcht, Respekt und Anerkennung in ihren Augen. Jetzt trat auch Louisa zu uns, sie hielt einen Haufen Stoffreste in Händen und sah mich halb überrascht, halb entsetzt an. Was war nur los? Ich verstand die seltsame Reaktion meiner Freunde nicht.

Unsicher blickte ich an mir herab und stellte unvermittelt fest, dass ich nicht mehr ich selbst war. Ich stand auf allen Vieren, hatte einen schuppigen Körper und spürte kräftige Flügel auf meinem Rücken. Nichts mehr sah aus, wie es sollte. Da fiel der Groschen.

Ich hatte es geschafft.

Ich war ein Drache!

Vor lauter Aufregung jauchzte ich, doch es klang eher wie ein Donnergrollen. Vei lachte.

»Du kannst in dieser Gestalt noch nicht reden.« Sie trat auf mich zu, legte mir sanft eine Hand auf meinen Drachenkopf. »Aber du hast es geschafft, Aileana. Du hast deinen inneren Drachen entfesselt. Jetzt musst du allerdings genau meinen Anweisungen folgen, ansonsten wird dieser Abend in einer Katastrophe enden«.

Ich nickte bloß, abgelenkt von all den Gefühlen, die durch mich hindurchströmten.

Freude.

Angst.

Glückseligkeit.

Ehrfurcht.

Aber am meisten berauschte mich die Macht, alles schaffen zu können.

»Ihr anderen wendet euch bitte ab, ansonsten wird es für eure Freundin gleich sehr unangenehm…« Vei blickte die anderen streng an, die ihrer Aufforderung jedoch nur zögerlich Folge leisteten. Zu erstaunt waren sie vom Anblick eines Drachen in seiner wahrhaftigen Gestalt. Als endlich alle mit dem Rücken zu uns standen, wandte Vei sich mir zu. »Lea, du darfst dich dem Machtgefühl nicht hingeben, ehe du alles kontrollieren kannst. Das ist sehr wichtig, okay? Damit würdest du eine Kraft freisetzen, gegen die du nicht ankommst und die dich verzehren würde. Schieb sie weg und suche nach deinem menschlichen Kern. Zuallererst musst du lernen, deine Gestalten zu kontrollieren.«

Ich nickte noch einmal, diesmal bewusst und heftiger, wobei mir die Größe meines Drachenkörpers erst richtig bewusst wurde. Angestrengt konzentrierte ich mich auf mein Inneres, schob die unbändige Kraft von mir, obwohl alles in mir danach schrie, es nicht zu tun.

Nachdem ich diesen Impuls überwunden hatte, fiel es mir erstaunlich leicht, mich auf mein menschliches Ich zu konzentrieren. Ich öffnete mich dafür und spürte, wie die berauschende Energie meines Drachenkörpers entwich und sich alles in die richtige Richtung bewegte. Traurig seufzte ich. Wenigstens hatte ich dieses Mal keine Schmerzen.

Als ich meine Augen das nächste Mal öffnete, sah alles normal aus – dann stellte ich fest, dass ich splitterfasernackt vor Vei stand. Sie griff in ihre Tasche und zog ein einfaches, dunkelgrünes Kleid heraus. Sogar Unterwäsche hatte sie dabei. Hastig zog ich mich an.

»Wie gut, dass ich immer vorbereitet bin«, murmelte Vei.

»Danke für deine Hilfe.«

Sie lächelte mir zu. »Ich bin schon länger ein Drache als du und kenne mich aus. Zerrissene Kleidung ist mein kleinstes Problem. Ihr anderen könnt euch jetzt übrigens wieder umdrehen.«

Das ließen sich meine Freunde natürlich nicht zweimal sagen. Louisa fiel mir um den Hals und auch die anderen freuten sich mit mir. Bevor wir unseren kleinen Sieg jedoch genießen konnten, räusperte sich jemand hinter uns. Erschrocken fuhren wir herum, mit unserer Euphorie war es schlagartig vorbei …

KAPITEL 23

Aileana

»Du?«, fragte ich und griff direkt auf mein Feuer zu, bereit mich zu verteidigen, wenn es sein musste. Mein Element gehorchte auf der Stelle, überrollte mich beinahe wie ein tosender Tsunami und setzte meine Drachensicht frei. Mit der Entfesselung meines inneren Drachen musste sich meine Kraft verstärkt haben.

Nick dagegen stürmte auf den Mann zu, schubste ihn zurück. So wütend hatte ich ihn selten erlebt. »Wo warst du, als wir dich gesucht haben? Du hättest uns helfen können.«

Nicks Vater lachte. »Ich habe euch lieber erst einmal beobachtet. Ihr hättet mich auf dem Drachenfelsen getötet, wenn ich nicht geflohen wäre. Als würde ich mich euch einfach so zeigen, nur weil ihr mich darum bittet.«

Entsetzt blickte ich ihm entgegen. »Das ist doch Schwachsinn! Wir würden niemanden einfach so töten.«

»Und was ist mit Marah? Die hast du bei lebendigem Leib verbrannt.«

Ich schüttelte den Kopf. »Das war keine Absicht. Ich wollte das nicht.«

»*Rechtfertige dich nicht, Aileana!*«, hörte ich Sirions Stimme in meinem Kopf.

Ich holte tief Luft, versuchte ruhig zu bleiben. »Was willst du jetzt hier?«

Der Mann grinste. »Ich möchte euer Versprechen, dass ihr uns heilt. Dann verrate ich euch, wie ihr einem Leeren sein Element zurückgeben könnt.«

»Warum jetzt? Wir brauchen deine Hilfe nicht mehr.«

»Meinst du, ein Drache zu sein bedeutet, alles zu können? Deiner Freundin geht es schlecht. Du bist ja nicht einmal fähig, deine Gestalt zu kontrollieren. Glaubst du wirklich, dass du von heute auf morgen in der Lage sein wirst, irgendjemanden zu retten?«

Angespannt zog ich die Schultern hoch. Er hatte recht und uns lief die Zeit davon, obwohl wir dem Ziel einen großen Schritt nähergekommen waren. Aber durfte ich mich deshalb auf die Leeren einlassen? Konnten wir ihnen vertrauen, nachdem sie unser Ultimatum in den Wind geschlagen hatten?

Ich wandte mich meinen Freunden zu, suchte in ihren Gesichtern nach Antworten, doch ich fand sie nicht. Selbst Nick wusste allem Anschein nach nicht weiter, gab mir stumm die Erlaubnis, für uns alle zu entscheiden. Er vertraute mir, dass ich die Situation und meine Fähigkeiten richtig einschätzte.

Zum Schluss sah ich noch einmal zu Louisa, die fast unmerklich den Kopf schüttelte. Sie vertraute mir blind, setzte alle Hoffnungen in meine Drachengestalt und das gab mir Mut. Ich würde es schaffen. Nein, wir alle würden es schaffen, weil wir ein Team waren und zusammenhielten.

»Tut mir leid, aber wir lehnen deine Hilfe ab. Wir sind allein schon so weit gekommen und brauchen dich nicht.«

Die Augen des Leeren verengten sich zu Schlitzen, sein Mund hatte sich vor Wut in eine schmale Linie verwandelt. »Das werdet ihr noch bereuen! Ihr Elementaren seid so egoistisch und werdet eines Tages an eurer Arroganz ersticken!«

Ich rollte mit den Augen. War das sein Ernst? »Wenn du das so siehst, steht es dir frei zu gehen.«

Er gab einen Laut von sich, der mich an etwas zwischen einem wütenden Fauchen und einem Schrei erinnerte. Dann wandte er sich tatsächlich ab und schlurfte davon.

»Hätten wir seine Hilfe vielleicht doch annehmen sollen?«, fragte Thomas, der seinen Arm beschützend um Louisa gelegt hatte. »Er hätte uns helfen können, Lou zu heilen.«

Meine Freundin protestierte. »Wir brauchen ihn nicht. Außerdem hat Vei gesagt, dass meine Blockade anders ist, als die eines gewöhnlichen Leeren.«

Auch Nick stimmte meiner Entscheidung zu. »Es war richtig, abzulehnen, Thommy. Erinnerst du dich noch daran, wie mein Vater zu einem Leeren wurde? Er hat Leere gerettet. Was bringt es uns, Louisa auf seine Art und Weise zu helfen, nur um dann selbst so zu enden. Wir müssen unseren eigenen Weg finden, ohne dabei gegen die Regeln zu verstoßen – Silvia ist ohnehin schon misstrauisch.« Nick war zu seinem besten Freund gegangen und hatte eine Hand auf seine Schulter gelegt. »Wir werden Louisa retten. Vertrau uns.«

Thomas nickte widerwillig. »Ich vertraue euch ja. Wir sind ein starkes Team. Aber versetz dich mal in meine Lage. Stell dir vor, es wäre Lea, die in der Klemme steckt. Wie würdest du dich verhalten?«

Nick dachte einen Moment nach, bevor er antwortete. »Nicht anders als du.«

»Wie war es, ein Drache zu sein?«, fragte Simon mich neugierig, wahrscheinlich auch, um das Thema wieder in weniger prekäre Gefilde zu lenken.

»Aufregend. Es lässt sich kaum in Worte fassen, wie ich mich gefühlt habe. Die Kräfte, die ich hatte schienen keine Grenzen zu kennen. Ich habe geglaubt, alles schaffen zu können, wenn ich es nur wollte.«

Er nickte begeistert. »Das klingt faszinierend.«

Estelle lachte, auch wenn es ihre Augen nicht erreichte. Wahrscheinlich hatte sie an der Begegnung mit ihrem Ex noch zu knabbern. »So würden wir uns wahrscheinlich alle gern einmal fühlen.«

Vei hingegen schnaubte. »Ihr habt doch keine Ahnung, was es bedeutet, ein Drache zu sein. Das ist nicht aufregend. Macht zu haben ist toll, aber sie verzehrt einen. Seid froh, dass ihr lediglich einfache Elementare seid.«

Keiner wagte es, etwas zu sagen. Ich wusste, dass sie Recht hatte und die anderen schienen es wenigstens zu spüren, denn mit einem Mal herrschte absolute Stille zwischen uns.

»Was machen wir jetzt mit dem Rest des Abends?«, fragte Simon schließlich und brach damit dankbarerweise das unangenehme Schweigen, das sich für den Moment zwischen uns gelegt hatte.

»Mir egal, solange ich nicht wieder in diese Disco muss. Wenn ich diesen Max noch einmal sehe, röste ich ihm den Hintern.«

Die anderen lachten, glaubten, dass ich einen Scherz gemacht hatte, doch eigentlich hatte ich es todernst gemeint. Dieser Kerl hatte Estelle tief verletzt und das konnte ich nicht ausstehen.

Trotzdem zwang ich mich, durchzuatmen. Wut beeinflusste mein Element und ich musste sie um jeden Preis beherrschen. Niemand wusste, was geschehen würde, wenn ich erneut die Kontrolle verlor.

Louisa, die vermutlich genau wusste, was in mir vorging, streckte eine Hand nach mir aus. »Er wird uns in Ruhe lassen, Lea. Ich habe sein Gesicht gesehen, nachdem wir dich von ihm weggezogen haben. Er hätte beinahe geheult vor Angst. Keine Ahnung, was mit dem Kerl nicht stimmt.«

Ich schnaubte. »Das ist eine gute Frage, aber die Antwort will ich lieber gar nicht wissen.«

»Am besten, wir ziehen weiter. Es gibt noch genügend andere Lokalitäten, die wir unsicher machen können«, warf mein Bruder ein, nachdem er einen flüchtigen Blick mit Estelle getauscht hatte.

Nachdem wir eine Weile durch die Straßen geschlendert waren, waren wir im Bahnhof Ehrenfeld, einer anderen Diskothek in der Gegend gelandet. Als ich mich verschwitzt, müde vom Tanzen und ein wenig beschwipst vom Alkohol aus der Menge zurückzog, gesellte sich Vei zu mir. »Können wir kurz an die frische Luft?«, fragte sie, wahrscheinlich, weil es ihr in diesem Augenblick kaum anders ging als mir.

Ich nickte und deutete mit einem Handzeichen zum Ausgang. Dann griff ich nach ihrem Arm, damit wir uns zwischen all den Leuten nicht verloren. Draußen angekommen atmete ich tief durch und genoss die kühle Luft. Der Alkohol und der Gedanke an diesen ganzen, absolut verrückten Abend brachten mich zum Kichern. Ich versuchte, aufzuhören, doch es klappte nicht.

»'Tschuldige.« Vei schüttelte den Kopf, grinste aber.

»Anfangs mochte ich dich nicht und habe dich für schwach gehalten. Ich habe nicht einmal verstanden, warum Sirion ausgerechnet dich ausgesucht hatte, obwohl dein Bruder auch zur Wahl gestanden hatte. Aber ich hätte es besser wissen müssen. Der kleine Schlaumeier hat schon immer die Gabe besessen hinter die Fassade zu blicken. Du trägst eine innere Stärke in dir, die man dir gar nicht zutraut. Nenn es sentimental, aber ich schätze dich. Ich kenne niemanden, der so aufopferungsvoll ist, wie du. Was du für Louisa zu tun bereit bist, ist alles andere als selbstverständlich. Da sieht man mal wieder, wie sehr der erste Eindruck täuschen kann. Aber letztlich hat Leana all das vorhergesehen und ich hätte wissen müssen, dass sie damit richtig lag, so wie immer. Übrigens war es gut, dass du die Hilfe des Leeren abgelehnt hast. Wir werden deine Drachengestalt morgen testen und sobald du dich ein wenig daran gewöhnt hast, werden wir das Ritual durchführen. Dafür habe ich schon soweit alles organisiert. Wir werden Louisa retten. Ich glaube an uns, Pippi.«

Ich lächelte, zu viel mehr war ich nicht imstande. Nicht einmal dieser bescheuerte Spitzname störte mich. Im Gegenteil, ich war kurz davor, loszuheulen, wie eine sentimentale Dramaqueen. Soweit kam es ja noch, dass ich betrunken und gerührt vor der ach so perfekten Vei anfing zu weinen. Nein, das war ausgeschlossen. Zumal sie es mir bis in alle Ewigkeit vorhalten und mich damit aufziehen würde.

»Wenn ich ehrlich bin, würde ich die Leeren schon gerne retten. Silvia verbreitet Angst und Schrecken mit ihren Regeln und ihren unangemessenen Strafen. Ich will gar nicht wissen, wie vielen Unschuldigen sie ihre Elemente genommen hat, nur um sich dann zu wundern, dass sie ihr feindlich gesinnt sind.«

Vei sah mich an, in ihrem Blick lag eine Wärme, die sie mir vorher noch nie entgegengebracht hatte. »Langsam verstehe ich, warum Sirion sich für dich entschieden hat. Er hatte schon immer diesen Drang, Ungerechtigkeiten aus der Welt zu schaffen. Du bist eine Kämpferin, deshalb hat er dich ausgesucht und deshalb wirst du nicht nur uns helfen unsere Artgenossen zu befreien, sondern auch die Leeren von ihrem Schicksal erlösen, davon bin ich überzeugt.«

»Danke, Vei«, presste ich hervor und schluckte, um die Tränen, die noch immer in meinen Augen brannten zurückzuhalten.

»Dann lass uns gemeinsam die Welt retten.« Auffordernd hob sie ihre Hand. Ohne zu zögern schlug ich ein und wir besiegelten unseren Pakt.

»Lass uns die Welt retten«, wiederholte ich. »Ich freue mich drauf.«

Wenig später traten Louisa und Simon zu uns. »Da seid ihr ja.« Simon musterte uns aufmerksam. »Genießt ihr den Abend?«

Ich nickte. »Er hätte kaum besser sein können. Wo sind Nick und die anderen?«

»Die sind drinnen und halten die Stellung. Sie vermissen euch schon.« Simon zog wissend die Augenbrauen nach oben.

»Dann lasst uns mal wieder reingehen«, antwortete ich fröhlich.

KAPITEL 24

Louisa

Der nächste Morgen kam viel zu schnell. Er war hart und begrüßte mich mit einem fiesen Kater. Vor Schmerz stöhnend zog ich mir die Decke über den Kopf, woraufhin mein Freund laut lachte. Ich protestierte murrend, als er sie zurückschlug und funkelte ihn böse an.

»Stell dich nicht so an, mein kleiner Engel. Du bist mit einem Wasserelementaren zusammen. Ich bin die Lösung für dein Problem, also sieh mich nicht so an.« Noch einmal ließ Thomas sein brummendes Lachen hören, das meine Kopfschmerzen nur weiter anfachte.

Stöhnend bedeckte ich meine Augen mit einem Ellbogen, ich fühlte mich total gerädert, hatte keine Ahnung, wie Thommy es fertigbrachte, so gute Laune zu haben. Meine Mutter würde jetzt sagen, wer feiern kann, der sollte auch den Kater danach mit Stolz tragen, aber darin war ich noch nie gut gewesen.

Ich spürte, wie Thommy seine Hand auf meine Stirn legte. Kurz darauf breitete sich ein leichtes Prickeln in meinem Kopf aus, welches schließlich in zarten Wogen durch meinen ganzen Körper floss und den Schmerz davonspülte.

»Besser?« auf seine Frage hin nickte ich, dann kuschelte ich mich an ihn.

»Danke«, hauchte ich und küsste ihn flüchtig.

Doch Thommy gab sich damit nicht zufrieden, zog mich näher an sich und vertiefte den Kuss. Dann legte er seine Hand an mein Kinn und fuhr die Konturen nach. Eine leichte Berührung, die sich unfassbar gut anfühlte, einen wohligen Schauer durch meinen Körper sandte. Langsam fuhr er schließlich mit seinen Fingern an meinem Hals entlang, über mein Schlüsselbein bis zu meiner Brust.

Ein schöner Augenblick, der allerdings jäh von einem Klopfen an der Tür unterbrochen wurde. »Louisa! Frühstück ist fertig!«

Ich seufzte. Das konnte doch nicht wahr sein! Gutes Timing zählte definitiv nicht zu den Stärken meiner Mutter. »Wir kommen gleich!«

Thomas lachte, gab mir noch einen zärtlichen Kuss, der viel zu schnell endete, dann ließ er mich los und stand auf. Grummelnd erhob ich mich ebenfalls und zog mich an. »Wir müssen so oder so demnächst los, kleiner Engel. Heute ist Unterricht und wir sind schon verdammt spät dran. Die Rettung der Welt nimmt leider keine Rücksicht auf feierwütige Menschen.«

Ich schnaubte. »Erzähl keinen Mist. Ihr heilt eure Kopfschmerzen mit euren Elementen und dann ist alles wieder gut. Für euch wird der Tag spannend, aber ich sitze nur blöd daneben und warte, dass Lea endlich vorwärtskommt. Da kann ich genauso gut in meinem Bett liegen bleiben. Versteh mich nicht falsch, ich gönne es ihr, nur ist es furchtbar langweilig, immer bloß zusehen zu können.«

Mitleidig betrachtete er mich. »Ich weiß, aber es wird nicht mehr lange dauern, dann wirst du selbst Elementarkräfte haben und musst dich nicht mehr langweilen.«

»Ja, das stimmt.« Ich wusste, dass ich nicht so optimistisch klang, wie ich sollte, doch die Euphorie von gestern war längst in dem großen schwarzen Loch verschwunden, dass mehr und mehr die Überhand über mich zu gewinnen drohte. Genervt fuhr ich mir mit der Hand durch die Haare.

Ich sollte mich wirklich freuen, weil Lea alles tat, um mir zu helfen. Selbst mit Nick traf sie sich kaum noch. Doch alles was ich spürte war Ungeduld, die beständig an mir nagte, mich jähzornig und undankbar werden ließ. »Louisa?« Thommy war zu mir getreten und blickte mich voller Sorge an.

Ich rang mir ein Lächeln ab. »Es ist alles gut. Lass uns frühstücken.«

Er musterte mich kritisch, sagte aber nichts. Gemeinsam verließen wir mein Zimmer und gingen in die Küche. Meine Mutter wartete schon auf uns und nahm Thomas direkt in Beschlag. Sie vergötterte ihn und seine charmante Art. Das war schön, denn mir war es wichtig, dass die beiden sich gut verstanden.

»Rose, geht es dir gut?«, fragte er mit einem Strahlen im Gesicht.

»Natürlich, wie könnte es nicht?« Sie lachte. »Was habt ihr heute vor?«

Mein Freund legte sein liebenswürdigstes Lächeln auf. »Wir sind mit Lea und Nick verabredet.«

»Wie hätte es auch anders sein können?« Sie klang ein wenig enttäuscht.

»Mom, was ist los?«

Sie seufzte. »Nichts. Ich würde nur gerne mal wieder einen Tag mit meiner Tochter verbringen, aber du bist ständig auf Achse.«

»Ach, Mom. Bald habe ich bestimmt wieder mehr Zeit. Dann halte ich mir gerne einen ganzen Tag frei, nur für dich. Ist das ein Deal?«

Meine Mutter blickte mich zufrieden an. »Das klingt hervorragend.«

Da wir schon spät dran waren, beeilten wir uns mit dem Frühstück und verabschiedeten uns hastig. Schließlich wollten wir die anderen nicht warten lassen. Als ich mich auf den Beifahrersitz von Thommys Auto setzte, ahnte ich schon, dass mich eine wilde Achterbahnfahrt durch den morgendlichen Kölner Straßenverkehr erwartete. Wenn mein Freund hinterm Steuer saß, konnte man sich grundsätzlich auf einen Höllentrip einstellen, unter Zeitdruck jedoch konnte es ein solcher durchaus mit Dantes Inferno aufnehmen. Ich atmete noch einmal tief durch, als Thommy den Motor startete, redete mir ein, dass schon alles gut gehen würde.

Mit quietschenden Reifen fuhren wir los. Ich klammerte mich am Türgriff fest und sandte ein Stoßgebet zum Himmel. Glücklicherweise wurde es erhört und keine zwanzig Minuten später parkten wir vor der Hauptschule. Mit wackligen Beinen stieg ich aus und schnappte erst einmal nach Luft, bevor ich mich traute, zu den anderen zu gehen, die bereits am Tor auf uns warteten.

Freudig, wenn auch leicht angeschlagen, begrüßten sie uns, dann teilten wir uns auf. Thomas, Nick, Estelle und Simon gingen zu ihrem Elementartraining, während Chris, Vei, Sirion, Lea und ich uns zur Sporthalle aufmachten.

Auf halbem Weg hielt meine beste Freundin mich zurück. »Du musst mit Chris zu den Dracheneiern. Er muss sie alle berühren. Wenn er einen Drachen findet, der sich mit ihm verbinden möchte, kann auch er ein richtiger Teil der Welt der Elemente werden und uns helfen.«

Erstaunt blickte ich meine Freundin an. »Wirklich? Das wäre toll. Ich werde mir etwas einfallen lassen. Aber bist du dir sicher, dass du ihn nicht für dein Training brauchst?«

Lea schüttelte den Kopf. »Nein, meine Drachengestalt muss ich allein beherrschen lernen. Außerdem habe ich Vei und Sirion an meiner Seite, die auf mich achten.«

Wenn das so war … Anscheinend zählten Menschen für Lea nur noch, wenn sie Elementare waren oder sich gleich in Drachen verwandeln konnten. Schade bloß, dass auf mich nichts von beidem zutraf.

Stopp …

Was dachte ich da schon wieder? Ich musste an das Positive denken! Ich wollte kein Monster werden, ich musste stark bleiben und vor allem durfte ich so kurz vor unserem Ziel nicht aufgeben. Immerhin würde ich wahrscheinlich selbst ein Element haben, wenn es uns gelang meine Blockade zu lösen. Da brauchte ich Chris seine Chance nicht missgönnen. Allerdings musste ich mir zuerst von Vei helfen lassen, damit mir die garstige Louisa nicht in die Quere kam.

Vor der Turnhalle ging ich auf sie zu. »Kannst du mich noch einmal reinigen?«

»Ich kann es probieren, weiß aber nicht, ob es dir helfen wird.« Sie musterte mich traurig, legte dann jedoch bereitwillig ihre Hand auf meine Stirn.

Ich spürte, wie sich ihre Energie mit meiner verknüpfte und ein kurzer, warmer Schauer durch meine Adern rauschte. Das befreiende Gefühl, das ich erwartet hatte, blieb jedoch aus. Wäre ja auch zu schön gewesen. »Es tut mir leid, Louisa.«

Ich schüttelte den Kopf. »Nein, du brauchst dich nicht zu entschuldigen. Ich weiß, dass du alles getan hast, was in deiner Macht steht. Danke.«

Für einen Augenblick sahen wir uns stumm an, ich konnte in Veis Gesicht lesen, dass sie gern mehr für mich getan hätte. Schließlich lächelte ich matt und nickte in Richtung Sporthalle. »Ich lasse euch dann mal trainieren. Wenn ihr uns nicht braucht, würde ich Chris gerne die Dracheneier zeigen. Er hat sie ja noch nicht gesehen.«

Wissend zog Vei eine Augenbraue hoch und zwinkerte mir kurz zu, bevor sie sich abwandte. Ich deutete ihr Verhalten als Einverständnis. Also sammelte ich Chris ein, bevor er hinter den anderen die Halle betreten konnte. Ich zog ihn ein wenig zur Seite und musterte dann unsere Umgebung, um sicher zu gehen, dass uns niemand belauschte.

»Chris, wir werden heute nicht beim Training zuschauen. Lea hat mir gerade erzählt, dass deine Elementkraft nur dann erwachen kann, wenn sich ein Drache mit dir verbindet. So wie Sirion es mit Lea getan hat. Zufälligerweise gibt es in dem Haus dort drüben ganz viele Eier, bei denen wir es probieren können.«

Verwundert sah Chris mich an. »Nicht dein Ernst, oder?«

Ich grinste. »Mit so etwas würde ich niemals scherzen.«

Vorfreude stahl sich in sein Gesicht. »Dann lass uns gehen. Das will ich unbedingt versuchen.«

»Es gibt da nur einen Haken …«

»Wann hat mal etwas keinen Haken? Was ist das Problem?« Er grinste, doch in seinen Augen funkelte eine wilde Entschlossenheit.

Ich biss mir nachdenklich auf die Unterlippe. »Der Archivar. Wir brauchen eine geeignete Ausrede, um überhaupt zu den Eiern gelassen zu werden.«

Grübelnd legte Chris seine Hand ans Kinn. »Wie wäre es damit: In mir fließt ebenfalls Drachenblut, so viel Wahrheit können wir riskieren, denke ich. Lea braucht meine Hilfe und ich soll versuchen, ein Ei für sie zu befreien? Quasi als Teil ihres Trainings…«

Ich zuckte mit den Schultern. »Klingt fragwürdig, aber mir fällt auch nichts Besseres ein. Probieren wir es einfach.«

Gemeinsam gingen wir die Stufen zur Eingangstür hoch und klingelten. Es dauerte einige Zeit und wir wollten uns schon abwenden, als Jeff uns öffnete.

Er musterte uns neugierig, lächelte uns dann aber aufmunternd zu. »Was kann ich für euch tun?«

»Wir müssen zu den Dracheneiern.« Am liebsten hätte ich mir die Hand vor den Kopf geschlagen, weil meine Aussage mehr als nur dämlich gewesen war. Stattdessen presste ich die Lippen fest aufeinander.

»So, so, und warum?«

Ich wechselte einen fragenden Blick mit Chris. Würde er uns helfen? Würde er uns überhaupt glauben? Oder würde er uns ohne Umschweife an Silvia verraten?

Nach einigem Zögern fasste ich mir ein Herz und die ganze Wahrheit purzelte Wort für Wort aus meinem Mund. Ich war wirklich eine schlechte Lügnerin. »Das ist Chris, Leas Zwillingsbruder, in seinen Adern fließt ebenfalls Drachenblut und seine Kraft kann sich nur entfalten, wenn er einen Drachen findet, der sich an ihn binden möchte. Deswegen wollen wir die Eier sehen. Vielleicht können wir dadurch sogar einen weiteren Drachen retten.«

»Habt ihr Silvias Genehmigung?«, fragte Jeff unsicher.

»Nein, die haben wir nicht. Sie weiß nichts davon.«

Er grinste schief und blickte uns ein wenig entschuldigend an. »Ich darf euch zwar eigentlich nicht reinlassen, doch was haltet ihr von einem Kaffee?«

Chris zuckte mit den Schultern. »Ist zwar nicht das, was wir hören wollten, klingt aber trotzdem gut.«

Gemeinsam betraten wir das Haus und wurden in ein gemütliches Wohnzimmer geführt. Darin befanden sich ein riesiges, braunes Sofa, auf dem die gesamte Gruppe Platz gefunden hätte, eine TV-Bank aus dunklem Eichenholz, auf der ein altmodischer Röhrenfernseher stand und einige Regale die mit lauter seltsamen Nippes vollgestellt waren. In jeder freien Ecke des Raumes standen blühende Pflanzen, die für eine angenehme Atmosphäre sorgten. Ich fühlte mich sofort wohl und hätte zu gern ein wenig Zeit hier verbracht. Doch heute hatten wir eine Mission.

»Was kann ich euch zu trinken bringen? Kaffee oder Tee?«, fragte der Archivar uns gutmütig, nachdem wir uns gesetzt hatten.

»Tee klingt gut.« Jeff grinste breit und verschwand in der Küche, nachdem Chris sich für einen Kaffee entschieden hatte.

»Hätten wir vielleicht doch nicht die Wahrheit sagen sollen? Was, wenn er jetzt zu Silvia geht und ihr steckt, was wir vorhatten?« Chris sah zerknirscht aus.

Ich schüttelte den Kopf. »Nein, es war richtig. Außerdem haben wir ja noch gar nichts angestellt, oder? Also erstmal abwarten, dann bekommen wir vielleicht unsere Chance. Wir dürfen uns nur nicht erwischen lassen. Silvia ist eiskalt, wenn es um Regelverstöße geht.«

»Richtig, das ist sie«, vernahm ich mit einem Mal die Stimme des Archivars hinter uns.

Erschrocken fuhren wir herum. »Wir ... ähm ...«, begann ich, doch ich wusste nicht, was ich sagen sollte.

Jeff lächelte verständnisvoll, ging um das Sofa herum und stellte unsere Getränke vor uns auf dem antik wirkenden Glastisch ab. »Ihr habt alles richtig gemacht. Ich danke euch für eure Ehrlichkeit. Nicht viele hätten so gehandelt – die meisten hätten es mit einer Lüge versucht... Also, ich muss jetzt noch ein wenig arbeiten, aber ihr dürft gern noch etwas bleiben und euch umsehen.« Er zwinkerte uns zu, dann verließ er den Raum, ohne die Tür zu schließen.

Verwundert tauschten Chris und ich Blicke. »Bedeutet das jetzt, dass wir uns den ganzen Krimskrams hier ansehen sollen?«

Ich zuckte mit den Schultern, stand auf und ging zur Tür. Vorsichtig linste ich durch den Spalt, nahm wahr, wie Jeff am anderen Ende des Flurs stehen blieb und sich noch einmal umwandte. Er schien meinen unsicheren Blick zu spüren, denn er nickte auffordernd in Richtung Treppe, zwinkerte mir noch einmal zu und verschwand dann in seinem Büro.

Vollkommen verdutzt blieb ich stehen, unfähig mich zu rühren. Sollten wir tatsächlich einmal Glück haben?

»Was ist los, Lou?«, wollte Chris wissen, der inzwischen ebenfalls aufgestanden und hinter mich getreten war.

»Er möchte anscheinend, dass wir allein zu den Eiern gehen.«

Chris Augen weiteten sich vor Unglauben. »Wirklich?«

»Er hat auf die Treppe gedeutet und mir zugezwinkert. Ich glaube, er erlaubt es uns, auch wenn wir es heimlich machen sollen, damit er keinen Ärger bekommt.«

»Unfassbar«, murmelte Chris vor sich hin, dann schob er mich sanft zur Seite und trat auf den Flur. »Wo müssen wir hin, Lou?«

Ich atmete noch einmal tief durch, dann führte ich Chris nach oben. Ich hörte, wie er beim Anblick all der Schätze, die über das ganze Obergeschoss verteilt in zahllosen Vitrinen standen, scharf einatmete. Staunend blickte er sich um, war vollkommen fasziniert und auch mir ging es nicht anders, obwohl ich schon einmal hier gewesen war. Ehrfürchtig durchschritt er den Raum, betrachtete jedes einzelne Stück und blieb schließlich vor der roten Drachenstatue stehen.

»War die nicht im Dom, in der Schatzkammer?«

Grinsend nickte ich. »Sie war mit Absicht dort platziert, weil gesehen wurde, dass das Feuerelement dort vorbeikommen würde. Soweit ich weiß helfen diese Statuen den Elementaren irgendwie ihre Kräfte zu wecken. Unser Ausflug zum Kölner Dom mit Herrn Buchmann war also eigentlich nur eine ein Vorwand, um das neu erwachte Element zu finden.«

»Du meinst, wenn Lea diese Statue nie gesehen hätte, wäre ihr Element nicht erwacht?«

Ich zuckte mit den Schultern. »Möglich, aber ganz genau weiß ich es nicht. Schließlich bin ich hier, genauso wie du, nur geduldet.«

Chris rollte mit den Augen, dann ging er zu den anderen Statuen, betrachtete sie in Ruhe. Sanft strich er über den Rücken der blauen Statue, um danach in die goldenen Augen der grünen Figur zu schauen. Vor der Weißen blieb er ehrfürchtig stehen. »Sie sind alle wunderschön.«

»Ja, das sind sie. Aber lass uns jetzt nach den Eiern schauen. Ich möchte so schnell wie möglich hier weg.«

Chris seufzte, wandte sich dann mit einem wehmütigen Blick ab und ließ sich widerstandslos zu den Brutkästen im hinteren Bereich führen, in denen die Dracheneier liebevoll aufgebettet waren.

Als wir davorstanden, sah mein bester Freund mich fragend an. »Und was soll ich jetzt machen? Das hat Lea dir wahrscheinlich nicht verraten, oder?«

Belustigt schnaubte ich. »Ich habe keine Ahnung. Spürst du etwas?«

Er schüttelte den Kopf, blickte noch einmal zurück zur Treppe und zuckte mit den Schultern. Schließlich ging er auf einen der Kästen zu, legte eine Hand auf den Deckel. »Meinst du, es geht ein Alarm los, wenn wir die Dinger öffnen?«

»Keine Ahnung, woher soll ich das wissen?«

Er grinste. »Dann mach dich mal bereit, zu flüchten.«

Langsam hob er den Deckel des Kastens an, nahezu ängstlich, stets in der Erwartung, einen Alarm auszulösen. Wir hielten die Luft an, jederzeit bereit zu wegzulaufen.

Doch es geschah nichts.

Chris lehnte den Glasdeckel an die Wand und griff nach dem ersten Drachenei. Ehrfürchtig nahm er es heraus und betrachtete es in seinen Händen. Kurz schloss er die Augen, dann legte er es vorsichtig zurück auf seinen Platz und schüttelte den Kopf. »Nichts. Ich habe echt keine Ahnung, was wir hier überhaupt machen.«

Ich doch auch nicht. »Wir probieren es einfach. Geh zum nächsten Ei, fass sie alle an. Mehr fällt mir auch nicht ein. Lea sagte nur, dass du einen Drachen finden musst, der sich mit dir verbinden möchte, um deine Elementkraft zu erwecken. Wie das geht, hat sie nicht gesagt.«

Chris warf erneut einen wachsamen Blick über seine Schulter, dann machte er sich daran, ein Ei nach dem anderen hochzunehmen. Ich spürte, wie seine Frustration zunahm, weil nichts passierte und er keine Ahnung hatte, was er machen sollte.

Als wir beim letzten Ei angekommen waren und er dieses ebenfalls zurückgelegt hatte, seufzte er. »Nichts. Vielleicht soll es einfach nicht sein. Lass uns gehen, bevor der arme Archivar wegen uns noch Ärger bekommt.«

So konnte das doch nicht enden. Chris sollte ebenfalls ein Teil dieser besonderen Welt sein. Warum also wollte sich kein Drache mit ihm verbinden? Er war ein wundervoller, Mensch. Man musste ihn einfach mögen. Plötzlich fiel mir Vei ein. Soweit ich wusste, war sie keinem Menschen verpflichtet. Sie und Chris würden sicherlich ein gutes Team abgeben. Vielleicht sollte ich sie bei Gelegenheit danach fragen.

Niedergeschlagen gingen wir zur Treppe zurück, als Chris sich noch einmal umwandte. »Du sagtest doch, dass die Statuen helfen, die Elementkraft zu erwecken. Vielleicht muss ich erst eine von ihnen berühren, bevor ich etwas spüre …«, überlegte er laut.

»Einen Versuch ist es wert«, gab ich zurück, wohl wissend, dass wir damit wahrscheinlich nach dem letzten Strohhalm griffen.

Während Chris zurück zu den funkelnden Drachen ging, blieb ich an der Treppe stehen und passte auf, dass niemand kam. Vor Jeff hatte ich keine Angst, doch was wäre, wenn das Öffnen der Brutkästen einen stummen Alarm ausgelöst hätte und Silvia gleich vor uns auftauchen würde? Es schüttelte mich. Diese Frau war furchtbar und ich fand die Vorstellung, dass sie Nicks Großmutter war noch immer absolut grotesk.

Chris war mittlerweile bei den Statuen angekommen und berührte jede einzelne von ihnen ehrfürchtig. Welches Element wohl zu ihm passen würde? Feuer schloss ich aus. Er war kein impulsiver Mensch und dachte erst nach, bevor er handelte. Er war loyal und dennoch ein Freigeist, der sich nicht viel sagen ließ. Und obwohl er meist entspannt war, ließ er sich für ein Erdelement zu schnell aus der Ruhe bringen. Luft mochte für mich genauso wenig zu ihm passen, denn er hatte nichts von Estelles gutmütiger Leichtigkeit. Über das Geistelement wollte ich gar nicht erst nachdenken. Nein, in meinen Augen musste es das Wasser sein. Immerhin waren er und Thommy sich in ihrem Temperament durchaus ähnlich, selbst wenn ich hoffte, dass Chris davon absah, sich dessen Fahrstil anzueignen.

Als mein bester Freund bei der letzten Figur angekommen war, warf ich einen aufgeregten Blick die Treppe hinunter. Wir sollten wirklich von hier verschwinden. Langsam wurde ich nervös, meine Angst, erwischt zu werden stieg mit jeder Sekunde. Ich wollte endlich hier weg.

»Komm schon, Chris«, drängelte ich.

Er nickte, kam dann auf mich zu. »Bringt eh nichts. Vielleicht klappt es zu einem anderen Zeitpunkt.«

Mitfühlend sah ich ihn an. »Tut mir leid, dass es nicht funktioniert hat. Aber ich bin sicher, wir finden noch einen Drachen für dich.«

Er nickte abwesend und folgte mir mit hängenden Schultern nach unten.

»Kein Problem. Das Wichtigste ist jetzt erst einmal, dich zu retten. Danach können wir noch immer einen Drachen für mich suchen.«

Mir wurde schwer ums Herz. Wie mitfühlend konnte ein Mensch sein? Er stellte seine eigenen Wünsche hintenan, weil meine Rettung für ihn wichtiger war. Nur war ich das überhaupt wert?

Nein, so durfte ich nicht denken – bald würde Lea die Lösung für mein Problem kennen und bis dahin durfte ich nicht aufgeben.

Wenig später saßen wir wieder in Jeffs Wohnzimmer und klammerten uns enttäuscht an unseren Tassen fest. Sowohl mein Tee als auch Chris' Kaffee waren inzwischen kalt geworden. Plötzlich hörten wir, wie jemand hart gegen die verschlossene Haustür hämmerte. Keine halbe Sekunde später drehte sich ein Schlüssel im Schloss und die Tür wurde aufgestoßen.

»Was ist hier los? Ein Alarm wurde ausgelöst.« Silvias Stimme überschlug sich nahezu, als sie allem Anschein nach ohne Umschweife in Jeffs Büro polterte.

»Beruhige dich. Ich habe schon lange nachgesehen, es ist nichts passiert. Wie du weißt, wohne ich hier und bekomme jede noch so kleine Ungereimtheit mit.«

Wir hörten, wie Silvia und Jeff die Treppe nach oben nahmen. Chris nickte zur Tür. »Wir sollten schleunigst verschwinden.«

Das brauchte er mir nicht zweimal sagen und ich sprang auf. Wir ließen das Wohnzimmer hinter uns und steuerten gerade auf den Ausgang an, als die Stimmen von Jeff und Silvia wieder näherkamen und Schritte auf dem oberen Teil der Treppe erklangen. Wir waren zu langsam gewesen! Panisch sah ich mich um, ob wir eventuell in einen anderen Raum flüchten konnten, doch das würden wir nicht schaffen, denn an der Wand machte ich bereits die Schatten zweier Gestalten aus, die sich hastig nach unten bewegten. Verdammter Mist!

»Wen haben wir denn da?«, tönte auch schon Silvias eisige Stimme durch den Flur, der mit einem Mal immer kleiner zu werden schien.

Langsam und schuldbewusst blickten wir auf. Während Silvia uns mit ihren Blicken erdolchte, lächelte Jeff sanft.

»Louisa und Christof, was macht ihr hier?«

»Sie sind meine Gäste«, sagte der Archivar, wohl wissend, dass Silvias Wut sich nun auf ihn richten würde.

»Wenn sie deine Gäste sind, warum schleichen sie dann durch dein Haus?«

Er presste kurz seine Lippen aufeinander, schien zu überlegen, was er sagen sollte. Mir war es mehr als unangenehm, dass er nun wegen uns Ärger bekam, zumal ich wusste, welche Konsequenzen die kleinste Regelverletzung in Silvias Welt haben konnte.

»Wir wollten nicht dabei erwischt werden, wie wir uns vor dem Unterricht mit Lea und den Drachen drücken«, warf Chris ein und verschaffte uns eine kurze Verschnaufpause. »Die meditieren ständig und das ist so furchtbar langweilig. Sirion behauptet zwar immer, dass wir uns dadurch auf unsere Energie fokussieren können, aber da Lou und ich beide keine Elementaren sind, spüren wir das wahrscheinlich nicht.«

Silvias Wut schien zu schwinden, der eisige Blick blieb jedoch. »Warum lauft ihr dann davon und schleicht hier herum, wie zwei Diebe?«

Jeff seufzte resigniert. »Weil sie Angst haben, Silvia. Sie wollten nicht bestraft werden und du hast die Einheit und alle, die mit ihr zu tun haben, mit der Warnstufe rot markiert.«

Mit schmalen Augen musterte sie ihn, schien unsere Lüge nicht zu glauben, konnte sie uns allerdings auch nicht so einfach nachweisen. »Ich behalte euch im Auge.«

Hoch erhobenen Hauptes schritt sie schließlich an uns vorbei und knallte die Tür laut scheppernd ins Schloss. Ich zuckte zusammen, dann wandte ich mich wieder dem alten Archivar zu. »Es tut uns leid, dass wir Schwierigkeiten verursacht haben.«

Er lachte brummend. »Ich hätte euch ja auch vorwarnen können, dass die Kästen gesichert sind. Hattet ihr wenigstens Erfolg?«

Chris schüttelte den Kopf. »Nein, aber trotzdem vielen Dank für die Hilfe.«

Mitfühlend sah er Chris an. »Das tut mir leid. Ich wünsche euch ganz viel Erfolg bei dem, was ihr jetzt vorhabt.«

»Vielen Dank, für alles.« Er brachte uns noch zur Tür, dann verabschiedeten wir uns, um uns auf den Weg zu Lea und den beiden Drachen zu machen.

KAPITEL 25

Aileana

Mit geschlossenen Augen saß ich auf dem warmen Boden und fokussierte mich auf mein Inneres. Mittlerweile brauchte ich mir das Wellenrauschen nicht mehr vorstellen, um meine Kräfte zu spüren, doch ich tat es trotzdem. Es entspannte mich und das Bild eines rauschenden Meeres gefiel mir.

Langsam bahnte sich die magische Energie ihren Weg durch meine Adern und spendete mir Kraft. Seitdem mein innerer Drache erwacht war, hatte sich alles verändert. Meine Magie war einfach da, ohne dass ich mich überhaupt auf sie konzentrieren musste. Sie umgab mich ständig, war berauschend und beängstigend zugleich.

Eigentlich hatte ich mich darauf gefreut, weiter mit meiner Drachengestalt zu experimentieren, doch bislang hatten Vei und Sirion mich nur meditieren lassen. Langsam zweifelte ich daran, dass wir in der heutigen Einheit überhaupt noch zum spannenden Teil übergehen würden. »Dann lasst uns anfangen«, vernahm ich endlich Sirions Stimme und war froh, heute vielleicht doch noch einen kleinen Schritt voranzukommen.

Träge öffnete ich meine Augen. Alles sah normal aus. Nach meiner ersten Verwandlung gestern hatte ich das Gefühl beständig von einer Wolke aus starker Magie umgeben zu sein, fürchtete stets, dass ich in meine Drachensicht fiel, sobald ich meine Augen schloss oder auch nur blinzelte. Zwar barg diese Perspektive ihren ganz eigenen Reiz, allerdings war sie mit ihren grellen, schimmernden Tönen zu viel für meinen menschlichen Körper, verursachte Schwindel und Kopfschmerzen, wenn ich sie zu lang aufrechterhielt.

»Was fühlst du? Hat sich seit gestern etwas verändert?«, wollte Vei wissen.

»Meine Elementkräfte sind präsenter und stärker. Ich brauche mich kaum noch darauf konzentrieren, sie sind einfach da.«

»Das klingt hervorragend und bedeutet vor allem, dass du jetzt soweit bist.«

»Soweit für was?«, wollte ich wissen.

»Um deine Drachenkräfte zu kontrollieren. Es sind ungeheure Energien, für die der menschliche Körper eigentlich nicht geschaffen ist. Aber da in dir zur Hälfte echtes Drachenblut fließt, trifft das auf dich nicht ganz zu. Es wird Zeit, dass du dich wieder in einen Drachen verwandelst.«

Hilfesuchend wandte ich mich Sirion zu, der mich jedoch nur auffordernd ansah. Ich spürte, wie sich mein Puls beschleunigte und Panik durch meine Adern rauschte. Meine Verwandlung in der Seitenstraße neben der Live Music Hall war unfassbar schmerzhaft gewesen und alles in mir wehrte sich dagegen, den Prozess noch einmal zu vollziehen. »Wird es wieder so wehtun?« Meine Stimme glich einem dünnen Flüstern, war kaum wahrnehmbar.

Vei schüttelte den Kopf. »Nein, gestern haben mehrere Faktoren eine Rolle gespielt, die zu diesen extremen Schmerzen geführt haben. Deine Wut, der Alkohol und das Erwachen dieser ungeheuren Macht. Das erste Mal ist immer schmerzhaft, aber heute wird es kein Problem mehr für dich sein.«

Erleichtert seufzte ich. »Was muss ich denn machen?«

»Schließe deine Augen und suche nach der Quelle deiner Energie. Es wird etwas dauern, aber wenn du tief genug gräbst, wirst du den Ursprung finden. Öffne dich dafür.«

Ich nickte, doch zuerst holte ich ein Handtuch aus meiner Tasche. Wenn ich bei jedem zukünftigen Wechsel in meine Drachengestalt meine Klamotten ruinierte, würde das auf Dauer ins Geld gehen. Deshalb zog ich mich dieses Mal vorher aus und schlang das Handtuch um meinen Körper bevor ich mich daran machte, Veis Anweisungen zu folgen. Ein letztes Mal atmete ich tief durch, dann schloss ich die Augen und blendete alles um mich herum aus. Ich fokussierte mich wieder auf das Meeresrauschen, stellte mir vor, wie die Wellen vor mir brachen und sanft um meine Beine schwappten. Ich wusste, wer ich war, konnte mich darauf berufen.

Unbändige Energie pulsierte durch meine Adern, berauschte mich und gab mir das Gefühl, alles zu können, wenn ich es nur wollte. Ich folgte dieser Spur, um ihre Quelle zu finden. Atmete tief ein und aus und ließ es zu, dass die Kräfte meinen Körper erwärmten. Als ich auf eine Art Barriere stieß, die sich direkt bei meinem Herzen befand, stutzte ich.

War sie gestern auch schon dort gewesen? Hatte ich sie in meinem Zorn vielleicht gar nicht bemerkt? Sollte ich sie durchbrechen? Konnte das richtig sein? Ich wusste es nicht, doch ich musste es versuchen. In mir floss Drachenblut und Drachen waren mutig. Also ließ ich alle Energie, die ich aufbringen konnte dagegen prallen, immer und immer wieder, bis sie einbrach.

Unbeschreibliche Macht durchfuhr mich, schärfte meine Sinne und zerrte an meinem Körper. Meine Welt fühlte sich mit einem Mal leicht an, wie aus den Angeln gehoben. Ich schwebte. Dann nahm ich wahr, wie sich mein Körper veränderte, meine Haut zerriss und Knochen brachen, um wenig später neu zusammenzuwachsen. Doch dieses Mal spürte ich es kaum, war geblendet und berauscht von meinen eigenen Kräften.

Dann, plötzlich stoppte dieses Gefühl, zog sich langsam zurück. Vorsichtig öffnete ich die Augen und wurde von den schillernden Farben meiner Drachensicht umfangen. Ich konnte erkennen, wie Sirion und Vei, die nicht mehr als zwei helle Farbpunkte waren, sich ansahen.

»*Sehr gut, Aileana*«, vernahm ich Sirions Stimme in meinem Kopf, die vor lauter Stolz beinahe übersprudelte.

Euphorie durchfuhr mich. »*Ich habe es geschafft!*«

Mein kleiner Freund nickte. »*Ja, das hast du. Versuche jetzt, deine Energie zurück in die Quelle fließen zu lassen, um dich zurück zu verwandeln. In zwei oder drei Tagen wirst du das alles im Schlaf beherrschen und dann können wir Louisa retten.*«

Kaum zu fassen! Ich war ein richtiger Drache. Anstatt auf Sirion zu hören, begann ich, meinen neuen Körper zu erkunden, tat mehrere Schritte vor und zurück. Ich hatte geglaubt, dass es sich ungewohnt anfühlen würde, auf allen vieren zu gehen, aber das tat es nicht. Beinahe schien es, als hätte ich nie etwas Anderes getan.

»*Sirion, ich möchte eine Runde fliegen. Was muss ich machen?*«, fragte ich ihn in meinem Kopf.

»*Du kannst hier nicht fliegen, Aileana!*«

»*Warum?*« Ich verstand nicht, wieso es nicht klappen sollte. Ich hatte Flügel, die sollten mich doch in der Luft halten?

Mein Schutzdrache schnaubte und stieß einen leisen Fluch aus. »*Warum bist du so schwer von Begriff? Sonst muss man dir doch auch nicht alles erklären!*«

»*Was soll das jetzt wieder bedeuten?*«, fauchte ich Sirion an.

»*Die Menschen wissen nichts von uns Drachen. Was meinst du, was geschieht, wenn sie einen in der Luft entdecken? Denkst du nicht, dass es sie überfordert? Außerdem befindest du dich in einer Sporthalle und selbst wenn diese hier recht großzügig ist, sind geschlossene Räume eher ungeeignet für Flugübungen.*«

Kleiner Klugscheißer, aber wie immer hatte er Recht. Deswegen verzichtete ich widerwillig auf meinen kleinen Rundflug und konzentrierte mich auf meine Energie, versuchte, sie wieder in ihre Quelle zurückzudrängen. Das war jedoch schwieriger, als gedacht. Sie an einer Stelle zu fokussieren, klappte zwar, aber sie von mir zu schieben schien unmöglich.

Was sollte ich nur machen?

»*Denk an deine menschliche Seite, Aileana*«, half Sirion mir.

Doch egal, wie sehr ich es versuchte, es klappte nicht …

Vei trat auf mich zu. »Ich weiß zwar nicht, was hier los ist, da ihr ja netterweise private Gespräche führt, aber vielleicht kann ich helfen?«

Sirion wandte sich ihr zu. »Sie soll sich zurück in einen Menschen verwandeln, schafft es aber nicht, die Macht wieder zu verschließen.«

Sie nickte, sah dann zu mir. »Um wieder ein Mensch zu werden, musst du das, was den Drachen in dir ausmacht, in einen Käfig sperren. Lass deine Menschlichkeit überhandnehmen und kreise deine Kräfte damit ein. Konzentriere dich auf das, was dich ausmacht, dann stößt du die Magie von dir.«

Okay, was machte mich aus? Ich hatte zwei Beine, zwei Arme, eine weiche Haut, keine Schuppen. Ich trug Kleidung, ich hatte ein Leben, Freunde, eine Familie. Da waren starke Gefühle und Bedürfnisse nach Nähe und Liebe. Ich spürte, wie meine Drachenmacht sich ballte, bevor sie sich langsam zurückzog. Wenig später merkte ich, wie mein Körper sich erneut veränderte. Kaum dass meine Rückverwandlung in einen Menschen abgeschlossen war, sank ich erschöpft auf die Knie, schaffte es nicht einmal das Handtuch um mich zu wickeln, das unmittelbar neben mir auf dem Boden lag.

Am Rande nahm ich wahr, wie Sirion auf mich zulief und sich neben mich kniete. »Wie fühlst du dich?«

Kraftlos zuckte ich mit den Schultern. »Ausgelaugt und kaputt.«

»Dein Körper muss sich erst einmal an deine Drachengestalt gewöhnen. Gib ihm etwas Zeit.«

»Wir haben aber keine Zeit.« Ich hob meinen Blick und sah Vei an. Neben ihr standen Chris und Louisa, deren Auftauchen ich gar nicht bemerkt hatte. Beide musterten mich staunend und sorgenvoll zugleich.

Schließlich trat Louisa zu mir, griff nach dem Handtuch und legte es mir um die Schultern. »Mach dir keine Gedanken um mich, Lea. Es bringt doch niemandem etwas, wenn du zu viel willst und dich umbringst.«

Müde nickte ich. Ich war vollkommen fertig und die Augen fielen mir immer wieder zu. »Ich glaube, ich muss schlafen…«, murmelte ich gedankenverloren.

Chris lachte, holte mir dann aber eine Matte aus dem Geräteraum.

KAPITEL 26

Aileana

Zwei Wochen waren vergangen, seit ich mich zum ersten Mal in einen Drachen verwandelt hatte. Zwei Wochen, in der wir meine Macht immer wieder heraufbeschworen und anschließend eingesperrt hatten. Tage, voller Schmerzen, Müdigkeit und Frust. Letztendlich aber hatte ich es geschafft, den Wechsel zwischen den Gestalten sicher zu kontrollieren. Ich hatte länger gebraucht, als Vei vermutet hatte, womit sie mich regelmäßig aufzog. Doch das nahm ich hin, weil ich inzwischen wusste, dass es ihre Art war und sie es nicht böse meinte.

Silvia und Herr Buchmann kamen nun häufiger vorbei und beobachteten unser Training, weil sie kaum glauben konnten, was ich inzwischen fertigbrachte. Immerhin gab es damit jetzt offiziell drei freie Drachen, obwohl sie bis vor kurzem gedacht hatten, dass es nicht einmal einen einzigen gäbe. Auf jeden Fall hatte Silvia damit den Erfolg, den sie gefordert hatte und konnte uns nicht mehr vorwerfen, unsere Zeit zu verschwenden. Selbst auf das zusätzliche, klassische Elementartraining hatte sie schließlich zähneknirschend verzichtet.

Die Stärke und die Erhabenheit meiner Drachengestalt waren wunderbar, schenkten mir ein tiefes Vertrauen in mich selbst, doch sie kosteten Kraft. Kraft, die in meinem Fall endlich war, weil es in mir eben auch eine menschliche Hälfte gab. Wie sich die stetigen Verwandlungen auf mich auswirken würden, ob sie mir am Ende sogar schadeten, konnte niemand sagen. Aber für Louisa war ich bereit, jedes Risiko einzugehen.

Heute Morgen hatten wir uns wie immer am Schultor versammelt, um uns gemeinsam diesen hoffentlich letzten Unterrichtstagen zu stellen. Wie sehr wünschte ich mir, dass wir all die strengen Trainingseinheiten in nicht allzu ferner Zukunft hinter uns lassen und auf Missionen gehen konnten. Dann hatten der Drill und diese ständige Kontrolle durch die Organisation vielleicht endlich ein Ende.

»Es ist alles vorbereitet und auch Lea ist endlich so weit. Heute Abend können wir das Ritual durchführen. Wenn es dunkel wird, treffen wir uns am Weiher«, verkündete Vei, kaum dass wir alle vollständig waren und riss mich damit im Bruchteil einer Sekunde aus meinen Gedanken.
Vorfreude und Angst durchfluteten mich. Heute Abend würde es so weit sein.

»Ich bin stolz auf dich, Sonnenschein«, flüsterte Nick mir zu. Er stand neben mir und hatte seinen Arm um meine Taille gelegt.

Lächelnd lehnte ich meinen Kopf an seine Schulter. Endlich würde es einen Schritt weiter gehen. Er hauchte mir einen leichten Kuss auf die Stirn, dann gingen wir als Gruppe hinüber zum Schulgebäude. In den Gesichtern meiner Freunde erkannte ich, dass sie ebenso aufgeregt waren wie ich und den Abend kaum erwarten konnten.

»Sag mal, Sirion, was machen wir heute?«

Mein kleiner Freund zuckte mit den Schultern. »Die nächsten Tage werden wir dir noch mehr über deine Drachengestalt erzählen, aber fürs erste weißt du alles Wichtige. Heute machen wir einen ruhigen Tag, immerhin brauchst du all deine Kräfte für später.«

»Das klingt gut.« Breit grinsend folgte ich Sirion und Vei, nachdem wir uns von den anderen verabschiedet hatten.

Ich bedauerte meine Freunde ein wenig, da sie an ihren Elementen arbeiten mussten, während Louisa, Chris und ich uns zusammen mit unseren beiden Drachenfreunden einen faulen Tag machen würden. Dafür aber hatten wir in unseren letzten Trainings unfassbar viel erreicht und uns eine kleine Auszeit redlich verdient.

Erst meditierten wir ausgiebig, dann machten wir mit leichten Übungen weiter. Louisa und Chris liefen einige Runden, während ich mit Feuerbällen jonglierte. Immerhin wollten wir den Schein waren, falls nicht eingeladene Gäste in der Sporthalle auftauchten. Obwohl ich die Zeit mit meinen Freunden durchaus genoss, zogen sich die Stunden wie Kaugummi in die Länge. Der Tag wollte nicht umgehen.

»Entspann dich endlich!«, fuhr Vei mich an. »Wir alle wollen Louisa helfen, aber mit Ungeduld kommen wir nicht weiter.«

»Ich versuche es ja. Wir haben so lange darauf hingearbeitet und jetzt soll es heute Abend endlich so weit sein. Nur bis dahin dauert es noch ewig, jede Minute kommt mir vor, wie eine verdammte Ewigkeit. Ich darf nicht wirklich trainieren oder mich sonst irgendwie ablenken, um meine Kräfte zu schonen, also was erwartest du von mir? Das ich ganz ruhig hier herumsitze, Däumchen drehe und Löcher in die Luft starre?«

Entschlossen stellte sich Sirion zwischen uns, da er anscheinend eine Eskalation unserer Auseinandersetzung fürchtete. »Euch gehen die Nerven durch. Vei, was hältst du davon, wenn du schon einmal zum Weiher gehst und alles vorbereitest? Wir kommen dann später nach.«

Vei musterte meinen kleinen Schutzdrachen mit schmalen Augen, zuckte dann aber nachlässig mit der Schulter. »Ich wollte eh gerade gehen.«

»Zicke«, zischte ich, nachdem sie sich abgewendet hatte und außer Hörweite war.

»Nimm es ihr nicht übel. Sie sorgt sich genauso um Louisa.«

»Mag ja sein, aber sie verhält sich unmöglich!«

Sirion warf mir einen resignierten Blick zu. »Das ist eben ihre Art. Außerdem wären wir ohne sie niemals so weit gekommen.«

Natürlich, mir war klar, dass mein kleiner Schutzdrache Recht hatte, aber ich wollte Vei nicht so einfach alles durchgehen lassen. Wenn ich mich ständig zusammenreißen musste, dann konnte sie das gefälligst auch.

Okay, tief durchatmen … Ich musste ruhig bleiben und mich auf unser Vorhaben konzentrieren, statt meine Energie mit Nichtigkeiten zu verschwenden.

Nick hatte mich nach Hause gebracht und das Angebot meiner Mutter, mit uns zu Abend zu essen, angenommen. Er tat das in erster Linie für mich, weil er meine Unruhe spürte und mich nicht allein lassen wollte. Dafür war ich ihm unendlich dankbar, denn es bedeutete, dass er sich erneut meinen Eltern und ihren Fragen stellen musste. Da meine Gedanken allerdings immer wieder zu unserem Vorhaben abdrifteten, bekam ich von dem Gespräch zwischen meinem Freund und meiner Familie kaum etwas mit. Ich hatte ein schlechtes Gewissen, doch meine Aufregung sorgte dafür, dass ich nicht vielmehr fertigbrachte als sinnlos in meinem Essen herumzustochern.

»Frau Baumgarten … «, setzte Nick schließlich an, wurde aber von meiner Mutter unterbrochen.

»Nicht doch, Niklas. Nenn mich Kerstin.«

»Kerstin, vielen Dank für das tolle Essen. Es war köstlich.«

Meine Mutter winkte ab. »Nicht doch, du bist immer herzlich willkommen. Fühl dich wie zu Hause.«

»Vielen Dank. Lea und ich müssen jetzt aber los. Wir sind noch verabredet.«

Kritisch warf sie einen Blick nach draußen. »Aber es dämmert schon und es ist spät. Macht nicht zu lange, okay? Ich möchte nicht, dass euch etwas passiert.«

Ich verdrehte die Augen. »Mama! Wir sind groß und können auf uns selbst aufpassen.«

Sie lächelte sanft. »Warte mal ab, bis du selbst Kinder hast. Dann wirst du mich verstehen. Viel Spaß euch.«

Kaum dass wir aufgestanden waren, griff Nick nach meiner Hand, die ich sofort nahm. Ich brauchte seine natürliche Ruhe mehr denn je, weil ich inzwischen so angespannt war, dass ich das Gefühl hatte jeden Moment innerlich zu explodieren. Erst im Flur ließ er mich los, damit wir unsere Schuhe anziehen konnten. Chris, der den Großteil der letzten Stunde damit verbracht hatte, meine Eltern von allzu neugierigen Fragen an meinen Freund abzuhalten, schüttelte nur den Kopf. »Ihr seid verrückt und so kitschig, dass es fast schon widerlich ist.«

Pah! Ich schlug nach meinem Bruder, der geschickt auswich. Gleich würden wir hoffentlich erfahren, wie wir Louisa retten und damit wahrscheinlich auch ihr Element erwecken konnten.

Dann würden wir nur noch einen Drachen für Chris finden und Silvia zu Fall bringen müssen.

Ich atmete tief durch. »Wollen wir los?«

Gemeinsam verließen wir das Haus, um uns auf den Weg zum Weiher zu machen, wo die anderen wahrscheinlich bereits auf uns warteten. Heute würden wir einen Weg finden Louisa zu retten, vorausgesetzt, ich vermasselte es nicht.

Mit jedem Schritt wurde ich nervöser, griff nach Nicks Hand und klammerte mich an ihm fest. Was uns wohl erwarten würde? Vei hatte ein riesiges Geheimnis daraus gemacht, wahrscheinlich um sich aufzuspielen. Diese Dramaqueen von einem Drachen ließ wirklich keine Gelegenheit aus, mich auf die Palme zu bringen.

»Du schaffst das, Lea. Wir sind alle bei dir«, munterte Nick mich auf. »Konzentriere dich auf dein Erdelement, es wird dir Ruhe und Kraft spenden.«

Ich nickte, dann schloss ich meine Augen, ließ meine Energie fließen. Das Feuer in mir, das meine Nervosität nur anfachte, schob ich beiseite und fokussierte mich auf die Erde, die meine Angst sofort ausglich und die Ungewissheit, die beständig an meinem Nervenkostüm nagte, erträglich machte.

Als wir den Weiher endlich erreichten, war ich dennoch so angespannt, dass ich mich kaum noch auf den Beinen halten konnte. Mir war schlecht und ich hielt mich an der Hand meines Freundes fest, als wäre sie der letzte Anker, der mich vor dem Ertrinken rettete. Nick lächelte mir sanft zu, führte mich zu den anderen. In seinem Blick lagen Sorge und blindes Vertrauen zugleich. Auch der Rest der Gruppe, der sich bereits vollständig an meinem Lieblingsplatz versammelt hatte, sah mich voller Hoffnung an. Niemand von ihnen zweifelte an mir und genau deshalb durfte auch ich mich heute nicht in Frage stellen.

»Schön, dass ihr endlich da seid. Ich dachte schon, ihr kommt gar nicht mehr«, vernahm ich Veis herablassende Stimme.

»Vei!«, schimpfte Sirion, der sich nach unserem Training ebenfalls gleich auf den Weg hierher gemacht hatte, um bei den Vorbereitungen für das Ritual zu helfen. Chris hatte es im Gegensatz zu mir glücklicherweise nicht versäumt meinen Eltern eine Ausrede aufzutischen, warum wir unseren kleinen Bruder vorhin nicht mit Nachhause gebracht hatten.

»Was denn? Wir warten alle nur auf sie«, empörte sich Vei, da ihr anscheinend niemand in ihrer Verärgerung zustimmen wollte.

»Na und? Wir sind alle aufgeregt, das brauchst du nicht an ihr auszulassen. Es ist ja nicht so, als wärst du die Königin von England und würdest es nicht überleben, wenn Lea dich mal ein paar Minuten warten lässt.«

Ein Lächeln stahl sich auf meine Lippen, weil mein kleiner Freund mich verteidigte. Es war schön, ihn bedingungslos an meiner Seite zu wissen. Ich atmete noch einmal tief ein und aus, konzentrierte mich ein letztes Mal fest auf das Erdelement, um so viel Kraft wie möglich zu tanken. Dann ließ ich Nicks Hand los und machte einen Schritt auf Vei zu.

»Ich bin bereit, was müssen wir machen?«

Zufrieden nickte meine spezielle Drachenfreundin. »Wir führen ein Ritual durch. Louisa bildet das Zentrum, ihr anderen sortiert euch außen herum. Das Ganze muss einen Kreis ergeben.

Simon, du stellst dich in den Norden. Rechts von ihm Estelle, dann Thomas, Niklas und du. Chris geht hinter dich, er wird dein Element übernehmen müssen, wenn das Ritual begonnen hat. Sirion wird ihm dabei helfen. Ich werde euch von außen Kraft geben und euch anleiten. Aber jetzt begebt euch erst einmal auf eure Plätze, dann erkläre ich alles Weitere.«

Wir stellten uns an die von ihr vorgegebenen Positionen und achteten darauf, einen Kreis zu bilden. Nachdem Vei endlich mit uns zufrieden war, griff sie in ihre Tasche und zog eine Flasche heraus, die sie ohne viel Aufhebens entkorkte. »Ihr dürft euch jetzt nicht mehr vom Fleck bewegen. Das ist äußerst wichtig!«

Wir nickten kurz, verharrten dann aber stocksteif an unseren Plätzen. Vei begann indes die Flüssigkeit zwischen uns ins Gras zu tröpfeln. Sie konzentrierte sich voll und ganz auf ihr Tun, verband uns durch eine Spur, die mich an eine Art Pentagramm erinnerte. Sobald wir alle auf diese Weise miteinander verknüpft waren, spürte ich, wie unsere Elemente miteinander kommunizierten und sich bei Louisa sammelten, die in unserer Mitte stand. Sie schien sich in ihrer Position äußerst unwohl zu fühlen, im Zentrum der Aufmerksamkeit zu stehen war noch nie ihr Ding gewesen.

Vei griff erneut in ihre Tasche, holte getrocknete, rote Blüten einer Pflanze heraus, die ich vorher noch nie gesehen hatte. Diese verteilte sie um Louisa. Als nächstes kramte sie fünf Kerzen in den jeweiligen Farben unserer Elemente hervor, die sie Simon, Estelle, Nick, Thomas und mir in die Hand drückte.

»Damit sind die Vorbereitungen so gut wie abgeschlossen. Ihr müsst euch gleich mit eurer Kerze verbinden. Sobald das passiert ist, wird sie zu brennen anfangen. Das Ritual selbst beginnt, sobald Aileana und Christof sich mit ihrer Kerze verknüpft haben. Dann kommt der kritische Part des Ganzen, denn Christof muss ihre Position übernehmen, während sie in den Kreis tritt. Wenn das vollzogen ist, musst du, Aileana folgendes sagen: Maiores, me exaudite et mihi intrare praebete! Übersetzt bedeutet das so viel wie: Ihr Ahnen, erhört mich und gewährt mir Einlass. Sofern alles gut läuft, wirst du eintreten und Leana um Hilfe bitten können.« Vei blickte uns nacheinander an, als würde sie um Bestätigung bitten.

»Das klingt ziemlich leicht«, murmelte ich, während die Nervosität durch meine Adern rauschte. Irgendwie glaubte ich nicht, dass es tatsächlich so einfach sein würde, wie es sich anhörte.

»Bedenke, dass wir dich dort nicht unterstützen können und jede Sekunde, die du dort verbringst, deine Freunde schwächt. Schon dein Eintritt in das Ahnenreich wird ihnen viel abverlangen und jede Minute, die sie an dieser Grenze zwischen den Lebenden und den Toten verbringen wird ihren Tribut fordern. Innerhalb dieses Raumes wirst du selbst nur durch deine Drachenmacht überleben können… Ach, am besten beeilst du dich einfach und bringst die Sache so schnell wie möglich hinter dich.« Vei rollte mit den Augen, sie wirkte nervös, fast so, als zweifelte sie am Erfolg unseres Vorhabens.

Zugegeben, ich war ebenfalls misstrauisch, doch diese ganze Sache klang in meinen Ohren definitiv ein bisschen zu simpel, um wahr zu sein. »Und du bist dir sicher, dass das funktioniert? Ein bisschen Flüssigkeit auf dem Boden und ein paar Kerzen, wie man sie wahrscheinlich in jedem Supermarkt bekommt. Ist das dein Ernst?«

Vei schüttelte genervt den Kopf. »Du törichtes Kind. Das sind besondere Kerzen, erschaffen aus der Flamme eines Drachen. Ich habe sie selbst angefertigt. Hast du sonst noch sinnlose Fragen, oder möchtest du endlich beginnen?«

Sirion, der hinter mir, direkt neben Chris stand, tippte mir auf die Schulter. »Es wird klappen, Aileana. Wir alle glauben an dich.«

Ich wandte mich meinem Schutzdrachen zu und nickte. Sein Vertrauen gab mir Kraft. Ich warf einen letzten Blick in die Augen meiner Freunde, die mich fragend ansahen. Sie waren bereit, wenn ich es war.

»Wir sind soweit. Lasst uns beginnen.«

»Sehr gut, Simon fängt an und erst, wenn seine Kerze brennt, geht es weiter.« Auffordernd sah sie unseren Geistelementaren an, der voller Zuversicht auf seine Kerze blickte.

Er schloss seine Augen. Um ihn herum erschien ein Schimmer aus weißlichem Licht, dann begann seine Kerze zu brennen. Als er seine Lider wieder hob, blickte er mit schneeweißen Augen auf Louisa. Ein Ruck ging durch unseren Kreis, nachdem er seine Macht entfesselt hatte.

»Estelle, du bist dran.«

Die Angesprochene nickte, dann schloss sie ebenfalls die Augen, fokussierte sich auf ihre Kerze. Um sie bildete sich ein leichter, goldener Schein. Wieder gab es eine Erschütterung, als ihr Licht aufleuchtete. Sie erinnerte mich ein wenig an einen heftigen Windstoß, der sich seinen Weg durch unseren Kreis bahnte.

Dieses Mal musste Vei nichts sagen und Thomas entzündete seine Kerze, begleitet von einem heftigen Rauschen, dass uns beinahe umwarf als es wie eine Welle über uns brach.

»Bleibt standhaft! Wenn ihr euch jetzt bewegt, scheitert ihr.« Veis Stimme drang nur gedämpft zu uns vor.

Dann setzte Nick das Ritual fort. Als seine Kerze aufflackerte, wurde der Boden unter unseren Füßen durch ein Beben erschüttert. Doch wir gaben nicht auf, blieben stehen.

Für Louisa.

Schließlich trat Chris neben mich, legte seine Hände nun ebenfalls um die Kerze. Er lächelte mir aufmunternd zu, gab mir den Mut den ich brauchte, um den entscheidenden Schritt zu wagen und das Ritual endgültig einzuläuten. Was würde als Nächstes mit uns geschehen? Mein Element war das Feuer und ich betete, dass es niemandem Schmerzen zufügte.

»Wir schaffen das«, flüsterte mein Bruder mir zu.

Ich nickte, warf einen Blick über meine Schulter zu Sirion, der nun auch einen Schritt näherkam und seine Hand auf Chris' Schulter legte. Ich schloss meine Augen, griff nach meiner Energie und dem Zwillingsband. Ich verband Sirion, Chris und mich mit der Kerze, dann flackerte sie auf. Ein brennender Schmerz fuhr durch uns hindurch, dann schubste Sirion mich in den Kreis, zwang mich loszulassen und meinem Bruder mein Feuer anzuvertrauen.

Die Augen meiner Freunde leuchteten in den Farben ihrer Elemente, während die Verbindungen, die Vei zwischen uns getröpfelt hatte, wie winzige Regenbogen schimmerten. Die Blüten um Louisa brannten indes lichterloh, sperrten sie in einen flammenden Käfig. Ein letztes Mal atmete ich tief durch.

Ich würde es schaffen.

Ich würde Louisa retten.

»Maiores, me exaudite et mihi intrare praebete!«

KAPITEL 27

Aileana

Farbige Nebel umgaben mich, während die Gesichter meiner Freunde zusammen mit meiner Umgebung langsam verblassten. Die bunten Schleier wirbelten um mich herum, erinnerten mich an die Anfänge meiner Visionen. Von ihrem wilden Rauschen, ihren schnellen Bewegungen wurde mir schwindlig.

»Wer wagt es, unser Reich zu betreten?«, donnerte eine tiefe Stimme durch den Nebel und ließ mich erschrocken zusammenzucken.

Darauf hatte Vei mich nicht vorbereitet. Warum auch? »Mein Name ist Aileana Baumgarten und ich suche den Rat meiner Ahnin Leana.«

Ich hoffte, dass ich mich freundlich genug ausgedrückt hatte, auf keinen Fall wollte ich den Besitzer der Stimme verärgern. Die Farben tanzten noch immer wild um mich herum, zwangen mich in die Knie. Verzweifelt wartete ich darauf, dass, wer immer es war, erneut zu mir sprach. Doch nichts passierte.

Was hatte Vei noch gesagt? Ach ja, meine Drachenmacht, ohne sie würde ich in diesem Reich nicht bestehen können. Also konzentrierte ich mich darauf, hoffte, dass mein Drachenkörper besser mit diesen Umständen zurechtkam als meine menschliche Hälfte. Ich schloss meine Augen, doch die Farbwirbel verfolgten mich bis auf die andere Seite meiner Lider, brachten mich immer wieder aus dem Konzept. Angestrengt dachte ich an Wellenrauschen und beschwor das Bild eines endlosen, kraftvollen Meeres vor meinem inneren Auge herauf.

Langsam schaffte ich es, die wabernden Nebel zur Seite zu schieben und auf meine Energie zuzugreifen. Entschlossen ließ ich den Drachen in mir frei, allerdings verwandelte ich mich nicht. Verwundert öffnete ich die Augen, sah an mir hinab, erkannte jedoch nicht die kleinste äußerliche Veränderung, während meine Drachenmacht unaufhörlich durch meine Adern rauschte und den Nebel vertrieb.

»Deine Bitte wurde erhört. Willkommen im Reich der Ahnen.«

Ehrfürchtig sah ich auf und mein Blick fiel auf eine steinerne Treppe, die in den Farben der Elemente schimmerte. Dann musterte ich meine Umgebung genauer und bemerkte, dass ich noch immer inmitten meiner Freunde am Ufer des Weihers stand, mit dem einzigen Unterschied, dass alles blasser wirkte, so als läge ein feiner Schleier darauf. Wieder sah ich zu der Treppe, die von hier unten endlos in den Himmel zu führen schien.

Ob das der Eingang in das Reich der Ahnen war? Ich wusste es nicht, doch mir blieb auch nur diese eine Chance, es herauszufinden. Zügig ging ich auf die Stufen zu und nahm eine nach der anderen. Ich wusste nicht, wie viele es waren oder wie lange ich nach oben lief. Letztendlich war es auch nicht wichtig, weil ich wusste, warum ich es auf mich nahm.

Nach einer gefühlten Ewigkeit trat ich endlich auf eine kleine, schimmernde Lichtung, die von hohen Tannen umgeben war. In der Mitte stand eine Frau mit langen, roten Haaren, die mir freundlich zulächelte. Um ihren zierlichen Körper war eine einfache Toga gewickelt.

»Aileana, es freut mich, dich endlich kennenzulernen. Wie geht es dir?« Sie trat auf mich zu, dann schloss sie mich fest in ihre Arme. »Ach herrje, du bist ja ganz außer Atem. Ich bedauere, dass du so weit in dieses Reich vordringen musstest aber leider wird der Weg für die Lebenden mit jedem Jahr, das für die Toten vergeht länger und beschwerlicher.«

»Klingt logisch. Du bist Leana, oder?« Mittlerweile war ich wieder zu Atem gekommen, bemerkte aber, wie die Drachenmacht an meinen Energiereserven zehrte.

»Richtig, ich bin Leana.« Sie lächelte noch immer sanft, als ein flüchtiger Schatten über ihr Gesicht huschte. »Ich spüre deutlich, dass deine Zeit hier in diesem Reich begrenzt ist, deswegen sollten wir direkt zum Wesentlichen kommen, so gerne ich auch ein wenig plaudern und mehr über die Welt, in der du lebst erfahren würde. Also was ist dein Begehr?«

»Tut mir sehr leid, dass wir uns beeilen müssen. Zusammenfassend kann ich sagen, die Technologie ist inzwischen sehr weit fortgeschritten, und die Menschen nutzen sie, um die Umwelt mehr und mehr zu zerstören. Kurzum unsere Erde ist dem Untergang geweiht, nur durch die Rückkehr der Drachen haben wir überhaupt die Chance, sie zu retten. Aber das weißt du bereits, richtig?«

Leanas hübsches Gesicht verdüsterte sich merklich. »Ich habe es kommen sehen, ja. Auch wenn ich immer gehofft hatte, dass es nie geschehen würde. Ich verachte die Drachen, weil sie meine Eltern ermordet haben. Ich kann einfach nicht anders. Doch du musst natürlich trotzdem tun, was für dich und die Erde am besten ist.«

»Genau das weiß ich eben nicht. Es überfordert mich, dass mir diese Aufgabe zuteilwird. Vor allem habe ich keine Ahnung, wie ich die Drachen befreien und die Erde retten soll. Es gibt so viel Zerstörung, so viele Ungerechtigkeiten, dass ich keine Ahnung habe, wo ich anfangen soll.«

Mitfühlend sah Leana mich an. »Ich verstehe nicht viel von deiner Welt und doch höre ich aus deinen Worten heraus, in welch erbärmlichem Zustand sie sich befindet. Hör auf dein Herz und deine Freunde. Gemeinsam werdet ihr sicher eine Lösung finden.«

»Danke für den Rat, ich werde ihn mir zu Herzen nehmen. Aber deswegen bin ich eigentlich gar nicht hier. Im Grunde bin ich wegen Louisa, meiner besten Freundin, zu dir gekommen. Sie war bereits gestorben und Sirion hat sie mit einem Kuss zurückgeholt. Dabei wurde ein Element auf sie übertragen. Es ist jedoch blockiert, weshalb sie sich mehr und mehr in eine Leere verwandelt. Das hat sie nicht verdient, weil sie unschuldig und überhaupt nur wegen mir in diese Welt gerutscht ist. Bitte, sie soll nicht für meine Fehler büßen.«

Leana lächelte gedankenverloren. »Ich verstehe… Du erinnerst mich an meine Schwester, Hildi. Sie wollte auch immer allen helfen.«

Meine Vorfahrin legte eine Hand auf meine Stirn und schloss die Augen. Ich spürte, wie eine leichte Brise durch meine Adern rauschte, die mich mit Kraft erfüllte. Leana verschaffte mir zusätzliche Zeit, während sie zugleich meine Fähigkeiten zu erforschen schien.

»Dieses Mädchen ist nicht einfach nur deine beste Freundin. Sie war deine Seelenschwester. Euer Band ist jedoch zerrissen. Erneuert es und ihr werdet ihr Element befreien können. Aber hab Acht, Drachenmacht und Zwillingsband allein sind schon eine gefährliche Kombination. Mit dem Seelenband trägst du eine weitere starke Kraft in dir. Alle werden deine Freunde sein wollen, doch nicht jeder wird es ehrlich meinen. Du musst dir gut überlegen, wem du vertrauen kannst und wem nicht, wer Freund und wer Feind ist.«

Verwirrt schüttelte ich den Kopf. »Was hat das zu bedeuten?«

Leana lächelte. »Das, meine Liebe, musst du selbst herausfinden. Du bist stark, mutig und trägst dein Herz am richtigen Fleck. Glaub an dich selbst und du wirst die Welt ins Licht zurückführen. Scheiterst du, tauchst du sie in ewige Dunkelheit.«

»Ich verstehe nicht. Wie kann ich sicher sein, die richtigen Entscheidungen zu treffen? Aber vor allem, wie kann ich Louisa retten?« Mehr als das wollte ich für den Moment eigentlich gar nicht wissen. Erst Louisa, dann alles andere. Diese vagen Aussagen meiner Ahnin allerdings machten mich ratlos und hinterließen nichts als ein mulmiges Gefühl in meiner Magengrube. Ich konnte nicht einordnen, was das alles zu bedeuten hatte. Nur die Verantwortung, die auf meinen Schultern lastete hörte ich allzu deutlich heraus. Und genau die jagte mir einen enormen Schrecken ein.

»Hab keine Angst, Aileana. Du wirst es schaffen. Glaub an dich selbst. Doch um zu deiner Freundin zurückzukommen. Das Seelenband lässt sich mit einem Blutritual heilen. Vei weiß, wie es funktioniert, auch wenn sie keine Ahnung hatte, dass darin die Lösung eures Problems liegt. Vertrau ihr, sie ist zwar manchmal etwas ruppig, aber im Grunde herzensgut.«

Mit diesen Worten durchbrach sie meine wirren Gedanken und gab mir etwas, an dem ich mich festhalten konnte. Ein Blutritual und Vei, die genau wusste, was dazu nötig war.

»Danke! Jetzt kann ich erst einmal meiner Freundin helfen. Wie ich die Drachen und mit ihnen die Erde retten kann, werde ich dann schon herausfinden. Du warst mir eine sehr große Hilfe.«

»Aileana, bevor du gehst, hör dir zuerst meine Geschichte an. Ich möchte, dass du verstehst, warum ich die Drachen damals verbannt habe.« Verwundert blickte ich meine Vorfahrin an. »Ich bin nicht herzlos, Aileana. Ich war verzweifelt und habe eine falsche Entscheidung getroffen, die du wieder gut machen musst. Die Ironie daran ist, dass es ohne diese Entscheidung weder dich noch deine Familie geben würde.«

KAPITEL 28

Leanas Geschichte

Einst gab es eine Zeit, in der die Drachen friedlich neben den Menschen lebten. Sie achteten einander, ließen sich aber in Ruhe. Irgendwann begannen die Drachen jedoch sich mit den Menschen zu verbinden und ihnen durch einen Kuss magische Fähigkeiten zu übertragen. Sie schlossen diesen Pakt, um die Erde zu schützen. Dies funktionierte für viele Jahre.

Doch dann band sich ein Drache nicht nur mit seiner Kraft, sondern auch mit seinem Herzen an eine Menschenfrau. Aus dieser Liebe wurden zwei Kinder geboren. Eine Zeit lang lebten sie glücklich zusammen, bis die Drachen herausfanden, was geschehen war. Sie verurteilten die Familie zum Tode, da sie in ihren Augen widernatürlich war und eine Gefahr darstellte. Verzweifelt versteckte die Mutter ihre Mädchen, bevor der Drache und sie selbst hingerichtet wurden.

Um ihre eigene, grausame Schuld hinter dieser Geschichte zu vertuschen, erfanden die Drachen und die durch ihre Elementmagie an sie gebundenen Menschen die Geschichte von Siegfried.

Die Mädchen wuchsen derweil bei einer fremden Frau auf, die ihre eigenen Kinder verloren hatte. Lange Zeit ahnten sie nicht, was geschehen war, bis zu dem einen, verhängnisvollen Tag, der alles veränderte …

»Hildi! Hildi, du musst aufwachen!«, rief Leana ihrer Schwester zu und rüttelte sie wach.

Grimmig und verschlafen sah Hilde ihre Schwester an, drehte sich dann aber auf die andere Seite. Sie wollte weiterschlafen und verstand die Aufregung nicht. Erneut versuchte Leana ihre Schwester zum Aufstehen zu bewegen.

»Lea, ich bin müde! Lass mich schlafen«, brummte sie und schlug nach ihrer Schwester.

»Hildi, bitte«, quengelte diese, doch Hilde ließ sich nicht erweichen. »Ich habe herausgefunden, was mit unseren Eltern passiert ist und brauche deine Hilfe.«

Plötzlich wandte Hilde sich um, hellwach nach dieser Nachricht. Seit die beiden Schwestern denken konnten, hatten sie unbedingt wissen wollen, was mit ihren Eltern passiert war. Sie hatten von Anfang an gespürt, dass die Frau, die sie großzog, nicht ihre Mutter war. Sie verstanden nicht, warum man sie abgegeben hatte. Leana hatte immer schon wie eine Besessene nach Hinweisen gesucht, jedoch nie etwas herausgefunden.

»Du lügst mich doch an!«, sagte Hilde ernst, die für einen Moment geglaubt hatte, dass Leana sie bloß mit einer List hatte aufwecken wollen. Doch tief in sich spürte sie die Wahrheit hinter den Worten ihrer Schwester, ahnte, dass sie nun, nach rund zwanzig Sonnwenden, endlich erfahren würde, was geschehen war.

»Nein! Ich weiß es wirklich und ich brauche deine Hilfe.« Leana klang nahezu verzweifelt. Wie sollte sie ihrer Schwester beweisen, dass sie nicht log?

Aber da sah Hilde sie schon nachgiebig an. »Ich weiß, Lea. Ich spüre es durch unsere Verbindung, wenn du lügst. Schon vergessen?«

Ein Strahlen legte sich auf Leanas Gesicht und auch ihre Schwester lächelte. Wie könnte sie Lea nur eine Bitte abschlagen? Mühsam erhob sich Hilde von ihrer Schlafstätte und zog sich ihr warmes Wollkleid über das dünne Leinenhemd. Dann schlüpfte sie in ihre ausgetretenen Lederschuhe und fuhr sich mit den Fingern durch die langen Haare, um sie wenigstens einigermaßen in Ordnung zu bringen.

Leana, die bereits fertig eingekleidet war, beobachtete ihre Zwillingsschwester. Sie war ungeduldig und hätte am liebsten Luftsprünge gemacht, so sehr freute sie sich, ihrer Schwester gleich etwas Tolles zeigen zu können. In Momenten wie diesen liebte Leana ihre Hilde dafür, dass sie ihr immer blindlings folgte, obwohl sie oftmals impulsiv und unüberlegt handelte. Hilde war die Vernünftige der beiden, dachte nach, bevor sie etwas in die Tat umsetzte. Und obwohl sie so unterschiedlich waren, waren sie trotzdem unzertrennlich.

Leise schlichen die beiden Mädchen zur Vordertür und zogen ihre Umhänge über, bevor sie sich so lautlos wie möglich nach draußen flüchteten, um nicht entdeckt zu werden.

Vorsichtig sahen sie sich um, doch es war stockdunkel und sie konnten nichts erkennen. Nur der sichelförmige Halbmond am Himmel schimmerte sanft, erhellte die Umgebung aber kaum. Zielstrebig führte Leana ihre Schwester aus dem Dorf. Sie kannten die Wege in und auswendig, brauchten kein Licht, um sich zu orientieren. Erst als sie die winzige Ortschaft hinter sich gelassen hatten, beschwor Leana auf ihrer Handfläche eine kleine Feuerkugel. Erschrocken blickte Hilde ihre Schwester an.

»Lea, du bist eine Magierin!«, rief sie aus und schlug sich schnell die Hände vor den Mund, als ihr klar wurde, dass sie diese Worte laut in die Stille hineingerufen hatte.

»Veiahanai sagte, dass ich das geheim halten solle, weil wir sonst Probleme bekommen. Ich wollte dich schützen, denn auch Mitwisser werden gehängt, wenn sie an keinen Drachen gebunden sind. Tut mir leid, Hildi. Sei mir bitte nicht böse«, bettelte Leana, als sie den beleidigten Ausdruck im Gesicht ihrer Schwester bemerkte.

Hilde wusste, dass Magiebegabte gesucht und verbrannt wurden, wenn sie nicht mit einem Drachen verbunden waren, weil die Menschen fürchteten, was sie nicht kannten. Magie sollte es nämlich eigentlich nicht geben. Lediglich die Drachen mit all ihrer Macht akzeptierten sie, wenn auch nur gezwungenermaßen, weil ihnen gegen diese Wesen jegliche Handhabe fehlte.

Hilde konnte ihrer Schwester ihr Geheimnis nicht wirklich übelnehmen und lächelte sie dankbar an. »Wie könnte ich dir je böse sein, Lea? Sag mir lieber, was du vorhast und wo wir hingehen. Was hast du herausgefunden?« Eigentlich wollte Hilde nicht neugierig sein, schließlich vertraute sie Leana, doch umso näher sie dem Drachenfelsen kamen, desto größer wurde ihre Neugier.

»Ich dachte schon, du fragst nie«, lachte Leana und stupste ihre Schwester sanft mit dem Ellenbogen an. Sie zeigte zur Burg, die majestätisch auf dem Gipfel des Berges thronte. »Unser Ziel liegt dort oben. Von dort kommt unser Vater.«

»Wir gehen zu den Drachen? Das ist unmöglich, Lea! Wir sind Menschen und haben mit diesen allmächtigen Wesen nichts zu tun. Wer hat dir diese Hirngespinste eingepflanzt?«

Verärgert schnalzte Leana mit der Zunge, schüttelte ihren Kopf und verdrehte die Augen. »Hilde, hast du nie von der Frau gehört, die man gehängt hat, weil sie einen Drachen geliebt und ihn geheiratet hat? Diese Frau war unsere Mutter. Und unser Vater war der ehemalige Anführer der Drachen. Verstehst du das, Hilde? Wir sind Drachenblüter. Wir sind wider die Natur und würden bis an unser Lebensende gejagt werden, wenn das rauskäme. Deswegen hat unsere Mutter uns weggegeben. Sie wollte uns beschützen.«

Erstaunt und ungläubig sah Hilde ihre Schwester an. Konnte das die Antwort auf all ihre Fragen sein? Sie schüttelte den Kopf. Nein! Man hatte ihrer Schwester wieder irgendetwas eingeredet. Manchmal war sie so naiv.

»Lea, so etwas ist unmöglich. Hat die alte Nanni dir etwa wieder Flausen in den Kopf gesetzt? Du weißt doch, dass sie gerne Geschichten erfindet.«

»Nein, das war Vei und ich glaube ihr!«, fuhr Leana ihre Schwester an und stampfte an ihr vorbei. »Wenn du nicht mitkommen möchtest, kannst du ja wieder ins Dorf gehen. Ich werde die Drachen finden und sie zur Rechenschaft ziehen!«

Erschrocken über die Worte ihrer Schwester, folgte Hilde ihr. Das alles konnte doch nicht gut gehen, wenn Lea sich so trotzig verhielt. Hilde traute Vei nicht und bezweifelte, dass ihre Schwester und auch sie selbst von Drachen abstammten. Aber Leana einfach in ihr Verderben rennen lassen, konnte sie auch nicht. Hilde war die ältere, wenn auch nur um wenige Minuten. Sie trug stets die Verantwortung und würde ihre Schwester auch dieses Mal beschützen.

Als die beiden Mädchen oben bei der Burg ankamen, wurden sie bereits von den Drachen erwartet. Sie mussten ihre Ankunft vorhergesehen haben. Die majestätischen Geschöpfe saßen nebeneinander in einer Reihe, ihre langen Schwänze elegant um ihre Beine geschwungen, während ihre Schuppen im spärlichen Mondlicht sanft schimmerten. Aus ihren Nasen quoll Dampf und wenn sie ausatmeten setzten sie einen leichten Schwefelgeruch frei, den Hilde kaum ertragen konnte.

»Was wollen zwei Menschenmädchen hier oben«, schnarrte der größte der Drachen, der mit erhobenem Haupt vor den anderen stand. Seine Schuppen schimmerten dunkel und geheimnisvoll.

»Wir wollen Rache für den Tod unserer Eltern!«, schrie Leana den Drachen an, der nur belustigt schnaubte.

»Warum tretet ihr dann vor uns? Wir mischen uns nicht in die Belange der Menschen ein.«

Leana ballte ihre Hände zu Fäusten, während Wut heiß durch ihre Adern rauschte. »Weil ihr uns unsere Eltern genommen habt! Wir sind die Nachfahren von Brunhilde und Aeron!«

Ein dumpfes Raunen ging von den Drachen aus.

»Dann seid ihr Narren! Wir haben euch die ganze Zeit über gesucht, weil es euch nicht geben darf. Es freut mich, dass ihr uns diese leidige Arbeit nun erspart und freiwillig zu uns kommt, damit wir euch vernichten können«, sagte der Anführer der Drachen und sog die Luft ein, um zu seinem tödlichen Feueratem anzusetzen.

Dann, wenige Sekunden später, schoss ein heller Strahl aus seinem Maul, der die Nacht wie den Tag erstrahlen ließ. Als das grelle Licht wieder erlosch, musste der Drache jedoch feststellen, dass die Mädchen noch immer vor ihm standen, inmitten einer Schneise der Verwüstung, die sein Feuer hinterlassen hatte. Leanas Augen schimmerten diabolisch, als sie dem Drachen mutig entgegentrat. Hilde folgte ihr widerwillig, aber entschlossen. In den Augen des Drachen dagegen spiegelte sich Unglauben, er konnte es nicht fassen, dass diese Mädchen sein Feuer überlebt haben sollten.

»Wie ist das möglich?«, flüsterte er nun voller Angst.

»Wir sind Zwillinge und Drachenblüter!«, brüllte Lea ihm hasserfüllt entgegen.

»Wie ist das möglich?«, wiederholte der Drache und erneut ging ein Raunen durch die Menge.

Leana lachte spöttisch auf. »Unterschätze niemals die Bande innerhalb einer Familie und vor allem nicht das zwischen Zwillingen. Wir sind gekommen, um unsere Eltern zu rächen. Und deswegen verbannen wir euch von dieser Erde! Eure Zeit ist vorüber!«

Leana wandte sich ihrer Schwester zu und fasste sie an beiden Händen, verschmolz mit ihr zu einer Einheit. Sie senkten ihre Lider, konzentrierten sich auf ihre innere Stärke. Hilde spürte, wie die Welt um sie herum zu flimmern begann, bevor Leana laut und deutlich sprach. »Wir sind Drachenblüter und hiermit verbannen wir euch von dieser Erde. Ihr habt der Welt ihr Leben geschenkt und es wird Zeit, dass ihr sie nun uns Menschen überlasst! Das Wissen über die Drachen soll in Vergessenheit geraten und die Magie als Ammenmärchen abgetan werden. Wir Magiebegabten werden die Welt für euch hüten. Geht hinfort, verschließt euch in euren Eiern und wagt es nicht, noch einmal einem Menschen zu schaden! Abite et nunquam redite!«

Hilde wiederholte die lateinischen Worte ihrer Schwester und gemeinsam erklangen sie wie ein Singsang, der sich von der Spitze des Drachenfelsens bis hinunter in die tiefen Täler des Rheins ergoss. Sein Echo prallte wieder und wieder von den steilen Hängen zurück, trug die Botschaft immer weiter hinaus in die Welt. Als die beiden Schwestern ihre Augen schließlich wieder öffneten, waren die Drachen verschwunden.

Seit diesem Tag wurde nie wieder ein Drache gesehen und mit ihnen gerieten auch ihre Taten in Vergessenheit. Sie verkamen zu einem Mythos, zu Fabelwesen und Märchenfiguren. Die Magie selbst wurde von den Menschen weiterhin gefürchtet. Magiebegabte wurden gejagt, der Hexerei bezichtigt. Unzählige von ihnen verloren ihr Leben, bis der Glaube an Zauberei schließlich vom Zeitalter der Moderne überschattet wurde.

Mit der fortschreitenden Industrialisierung allerdings drohte die Erde mehr und mehr unterzugehen. In diesen Tagen schloss sich eine Gruppe magiebegabter Menschen heimlich zu einer Organisation zusammen und bewahrte das Wissen um die Welt der Elemente.

Ihr Ziel war es, die Drachen auf die Erde zurückzuholen, selbst wenn sie nicht wussten, wie sie das anstellen sollten. Bis sie auf eine Prophezeiung stießen, deren Erfüllung sie sich verschrieben. Sie würden das Gleichgewicht bewahren, bis die Nachfahrin kam, um die Drachen zurückzubringen.

KAPITEL 29

Aileana

»Es tut mir so leid, was du erleben musstest. Ich kann dich verstehen, nur glaube ich, dass ich keine andere Wahl haben werde und die Drachen befreien muss, um mein Schicksal zu erfüllen. Weißt du, ich glaube fest daran, dass man aus seinen Fehlern lernen kann. Vielleicht sind sie nicht mehr so schlimm, wie sie einst waren?«

Leana sah mich mitfühlend an. »Folge deinem Herzen und du wirst die richtige Entscheidung treffen. Du bist mit deinen jungen Jahren schon so viel reifer, als ich es damals war. Verliere nicht den Mut. Ich würde gerne weiter mit dir reden, aber du musst jetzt gehen. Deine Freunde werden schwächer und jede weitere Minute, die du hier verbringst, kostet sie wertvolle Kraft.«

Unschlüssig blickte ich zwischen Leana und der Treppe, über die ich gekommen war, hin und her. Ich hatte meine Ahnin sofort in mein Herz geschlossen und hätte zu gern noch ein wenig Zeit mit ihr verbracht, doch ich wusste, dass sie Recht hatte. Trotzdem umarmte ich sie noch einmal fest. »Danke für dein Vertrauen und deine Version der Geschichte. Beides wird mir sicherlich helfen, die richtigen Entscheidungen zu treffen. Ich werde mein Bestes geben, das verspreche ich dir.«

Stolz blickte meine Vorfahrin mich an. »Viel Erfolg, meine Liebe. Es freut mich sehr, dass ich dich kennenlernen durfte. Lebe wohl, kleine Aileana.«

Ich winkte Leana zum Abschied, dann lief ich in Windeseile die schillernde Treppe hinab und schon bald stand ich wieder auf der Wiese am Weiher, unmittelbar neben meinen Freunden. Sie sahen mitgenommen aus, hielten sich nur mit Mühe aufrecht. Also beeilte ich mich und ging schnellen Schrittes auf meinen leblosen Körper zu, der noch immer in ihrer Mitte stand. Das ich ihn dort zurückgelassen hatte, hatte ich gar nicht bemerkt. Vorsichtig berührte ich seine Stirn und schloss die Augen, bevor ich all meine Energie in ihn hineinfließen ließ.

Etwas Anderes fiel mir nämlich nicht ein und da Vei natürlich mit keinem Sterbenswörtchen erwähnt hatte, wie ich wieder ins Hier und Jetzt zurückkommen sollte, blieb mir auch nichts Anderes übrig, als auf mein Gefühl zu hören und zu improvisieren. Zum Glück schien meine Methode zu funktionieren und langsam glitt ich zurück in meine eigene, menschliche Hülle.

Als ich meine Augen wieder öffnete, sah meine Umgebung vollkommen normal aus. Kein Schimmern, keine Drachensicht. Eine Welle der Erleichterung durchfuhr mich - ich hatte es geschafft. Doch mein Hochgefühl ließ nur allzu schnell nach als Estelles Kerze erlosch, ihre Beine nachgaben und sie auf dem feuchten Gras zusammenbrach. Meine Freunde keuchten erschrocken auf, blickten erst sorgenvoll zu Estelle, die den Kreis mit ihrem Sturz unterbrochen hatte und dann zu mir.

»Ich bin hier und es geht mir gut«, rief ich hastig und wie aufs Stichwort, erloschen auch die anderen Kerzen. Meine Freunde sahen vollkommen fertig aus, taumelten, verloren aber dennoch keine Zeit und wendeten sich, Estelle zu.

Vei kniete bereits neben ihr und hatte eine Hand auf ihre Stirn gelegt. »Sie ist erschöpft, aber es geht ihr gut.«

Erleichtert atmeten wir auf. Als nächstes fielen unsere Blicke auf Louisa, die sich noch immer an ihrer Position befand, jedoch auf die Knie gesunken war und wie versteinert wirkte. Tränen schimmerten in ihren Augen und sie zog an ihren Haaren. Entsetzt stolperte ich zu meiner besten Freundin. »Louisa!«

Traurig hob sie den Kopf. »Es hat sich nichts geändert, im Gegenteil, es ist alles schlimmer geworden. Ich fühle nichts. Rein gar nichts. Deine dumme Ahnin hat mir auch nicht helfen könne. Du hast mich im Stich gelassen, Lea! Wie konntest du nur?«

Da erst richtete sich alle Aufmerksamkeit auf mich. »Vei, Leana hat von einem Blutritual gesprochen und mir gesagt, dass du weißt, wie man es durchführt. Sie meinte, dass Lou und ich auf diese Weise unser Seelenband erneuern und sie dadurch geheilt werden kann.«

Ein weicher Ausdruck legte sich auf Veis Gesicht. »Du hast sie also getroffen. Das ist gut.«

»Ja, das habe ich und sie sagte mir, dass du weißt, wie dieses beschissene Blutritual funktioniert. Wir haben keine Zeit mehr! Louisa braucht Hilfe.«

Vei nickte. »Ja, ich weiß, was du meinst. Bei diesem Ritual müsst ihr eure Energien miteinander verbinden, einen Pakt schließen und ihn mit Blut besiegeln. Aber dafür werden zwei Schnitte und ein einfacher Händedruck kaum reichen. Wir werden ein neues Pentagramm herstellen müssen und wir brauchen einen Kelch aus echtem Gold, in dem ihr euer Blut auffangen und vermischen könnt, bevor ihr beide davon trinkt.

Erst mit dieser Geste des absoluten Vertrauens kann euer Seelenband erneuert werden.«

Bei Veis Erklärung verzog ich das Gesicht. »Klingt zwar eklig, aber was sein muss, muss sein. Wie lange dauert es, alles vorzubereiten?«

Vei zuckte mit den Schultern. »Vielleicht ein bis zwei Stunden? Ihr müsst Estelle und euch einen Moment Ruhe gönnen und Kraft tanken. In der Zeit organisiere ich einen goldenen Kelch.«

»Nimm mich mit, ich weiß genau, wo wir einen herbekommen.« Ich wollte nicht schon wieder sinnlos herumsitzen. Das hatte mir heute Vormittag schon gereicht. Nein, ich musste etwas tun und war erleichtert, als Vei mir bedeutete ihr zu folgen.

»Gut, lass uns aufbrechen.«

Als wir bei der Hauptschule in der Borsigstraße ankamen, lotste ich Vei direkt zum Haus des Archivars. Ich klingelte Sturm und nach einer gefühlten Ewigkeit öffnete Jeff uns schlaftrunken die Tür.

»Aileana, welch Überraschung. Wie kann ich dir helfen?«

»Wir brauchen einen goldenen Kelch. Ich habe welche gesehen, dürfen wir uns für heute Nacht einen ausleihen?«

Er seufzte. »Ihr bringt mich in Teufels Küche!«

»Es wird niemand mitbekommen. Morgen früh hast du ihn wieder«, beschwichtigte Vei.

Ehrfürchtig nickte er ihr zu, dann trat er zur Seite. Ohne noch mehr wertvolle Zeit zu verlieren, stürmte ich die Treppe hinauf in den großen Raum. Suchend blickte ich mich um, musterte jede einzelne Vitrine. Wieder zog die kleine Figur, die aussah wie ein Elefant mit Flügeln, meine Aufmerksamkeit auf sich. Warum faszinierte sie mich so? Wie in Trance griff ich danach, musste sie einfach berühren. Bei näherem Hinsehen erkannte ich, dass es kein zotteliger Elefant, sondern vielmehr ein Mammut zu sein schien.

Deutlich nahm ich die Kraft war, die von diesem kleinen Dings ausging. Sie durchfuhr mich und bekämpfte die schwere Müdigkeit, die ich seit meinem Ausflug ins Ahnenreich verspürte. Vei, die mein Zurückbleiben bemerkt hatte, kam auf mich zu.

»Was tust du hier?«, fuhr sie mich an.

Ich hielt ihr die Figur entgegen. »Ich konnte nicht daran vorbeigehen. Es fühlt sich an, als würde das Teil mich stärken. Weißt du, was das ist?«

Interessiert sah sie mich an, griff dann nach dem Objekt in meiner Hand. »Was sie darstellt, kann ich dir nicht sagen, aber sie ist ein Energiespeicher. Deswegen kann sie dir Kraft geben. Wir sollten sie uns ebenfalls ausborgen, vor der nächsten Runde könnten die anderen eine Stärkung sicher auch gut gebrauchen.«

Ich nickte und steckte die Figur in meine Tasche. Wir würden sie morgen zusammen mit dem Kelch zurückbringen, das schwor ich mir. Dann kam mir, wie aus dem Nichts ein Begriff in den Sinn, der mich zum Kichern brachte, wahrscheinlich weil ich vor lauter Anspannung langsam durchdrehte. Ich holte die

Figur erneut hervor und sah sie noch einmal genau an. »Vei, kann es sein, dass es sich bei dieser Figur um ein Drachenmammut handelt?«

Sie wandte sich mir zu und sah mich halb ungläubig, halb spöttisch an. »Ein Drachenmammut? Absoluter Schwachsinn! So etwas gab es nie. Außerdem haben wir jetzt keine Zeit für diese Spielereien oder hast du Louisa schon vergessen?«

Pflichtbewusst steckte ich die Figur wieder weg, dann führte ich meine Drachenfreundin zu der Vitrine mit den Kelchen. Sie hatte Recht, ich musste mich auf unsere Mission konzentrieren. Ich wollte Louisa nicht verlieren, vor allem nicht jetzt, da wir so nah dran waren, ihr helfen zu können. Ungeduldig beobachtete ich Vei, die die gesammelten Trinkgefäße vor uns konzentriert musterte. Sie zögerte kurz, bevor sie zielsicher nach einem der Becher griff.

So schnell uns unsere Füße trugen stürmten wir wenige Sekunden später an einem noch immer ein wenig verdutzt wirkenden Jeff vorbei ins Freie. Wir rannten, bis wir das Schulgelände ein gutes Stück hinter uns gelassen hatten. Dann erst verlangsamten wir unsere Schritte und suchten nach der nächsten Haltestelle, von der aus wir zurück zum Park fahren konnten.

Als wir am Weiher ankamen, hatte Louisa sich keinen Meter bewegt, saß noch immer regungslos inmitten der verbrannten

Blütenblätter. Auch die anderen wirkten blass um die Nasen und ich spürte, dass meine Reise ins Ahnenreich ihnen alles abverlangt hatte. Schnell holte ich die kleine Figur hervor, die Vei als Energiespeicher identifiziert hatte und hielt sie meinen Freunden hin, die sie verwundert musterten, sich jedoch nicht trauten sie zu berühren. »Das ist ein Drachenmammut, ein Energiespeicher. Nehmt es, es wird euch ein wenig Kraft geben, damit wir Louisa retten können.«

Estelle griff zuerst nach der Figur, dann reichten wir sie reihum, bis sich alle wieder einigermaßen fit fühlten. »Es tut mir so leid. Habt ihr überhaupt genug Kraft, um Veis Pentagramm noch einmal heraufzubeschwören?« Ich blickte zu Boden, weil ich mich schämte, meinen Freunden noch einmal so ein Leid zufügen zu müssen.

»Wie haben geschworen, immer zusammenzuhalten, weißt du nicht mehr? Wir sind füreinander da und jetzt ist es unsere Aufgabe, Louisa zu retten. Danach haben wir noch ewig Zeit uns auszuruhen und zu schlafen.« Nick war zu mir getreten, hatte seine Hand an mein Kinn gelegt und mich gezwungen, ihn anzusehen. Die anderen standen direkt hinter ihm. In ihren Augen brannte wilde Entschlossenheit. Sie würden erst aufhören, wenn sie tot umfielen oder Louisa geheilt war.

»Danke«, hauchte ich und war den Tränen nahe. »Ihr seid die Besten.«

»Sehr gut, dann stellt euch auf. Dieses Mal wird es nicht so anstrengend.«

Meine Freunde und ich begaben uns wieder auf unsere Plätze und Vei begann erneut ein Pentagramm um uns herum zu träufeln. Dann entfernte sie die verkohlten Überreste des Blütenkreises, den sie vorhin so achtsam um Louisa herumgezogen hatte. Stattdessen legte sie den Kelch und ein Messer neben sie, das sie mit geübtem Griff aus der Tasche ihrer Jeans gezogen hatte.

»Wir machen alles genau wie vorhin. Christof, du übernimmst wieder Aileanas Platz, wenn es soweit ist. Sobald der Kreis leuchtet, müsst ihr euer Blut am Boden des Kelchs vermischen und anschließend trinken. Ihr dürft keinen Tropfen verschwenden. Wenn das gelungen ist, sollte das Seelenband vollständig erneuert und Louisa eine vollwertige Elementare sein.«

Ohne noch eine weitere Minute zu verschwenden, verteilte Vei erneut die Kerzen und gab uns das Zeichen loszulegen. Bei jeder Flamme, die aufflackerte verstärkte sich die Reaktion des jeweiligen Elements, doch die Hoffnung, Louisa zu retten, festigte uns. Außerdem waren wir dieses Mal auf die Erschütterungen vorbereitet, sodass unser Kreis kein einziges Mal ins Wanken geriet. Sobald meine Kerze brannte, reichte ich sie an Chris weiter und trat zu meiner Seelenschwester ins Innere des Zirkels. Ich setzte mich vor sie. »Bist du bereit, gerettet zu werden, Lou?«

Hass und Trauer kämpften in ihren Augen, dann nickte sie, wehrte sich tapfer gegen das schwarze Loch, das an diesem Abend so kurz davor war, die Oberhand über sie zu gewinnen. Sie war so unfassbar stark.

Ich nahm den Kelch und das Messer an mich. Dann atmete ich tief durch, verband meine Energie mit der meiner besten Freundin. Vorsichtig setzte ich die Klinge an meiner Hand an. Mein Puls beschleunigte sich. Angestrengt biss ich auf meine Lippe, spürte, wie mir kalter Schweiß den Rücken hinab rann.

Ich hasste Blut, konnte Verletzungen nicht einmal ansehen, ohne dass mir übel wurde. Und ausgerechnet ich sollte mir mit einem Messer die Handfläche aufschneiden. Verfluchter Mist!

»Gib mir das verdammte Messer«, forderte Louisa mich harsch auf.

Ich kam ihrer Bitte nach und reichte es ihr mit gesenktem Blick. Es war beschämend, dass ich diese lächerliche Angst nicht einmal ablegen konnte, wenn es um das Leben meiner besten Freundin ging. Ruppig griff sie nach meiner Hand, drehte die Innenseite nach oben. Dann setzte sie die Klinge an und schnitt mir ins Fleisch. Ich schrie auf, ein scharfer Schmerz durchfuhr mich, als mein heißes Blut aus der Wunde quoll. Schnell hielt ich meine Hand über den Kelch, der zwischen uns im Gras stand, versuchte dem flauen Gefühl in meiner Magengegend nicht nachzugeben. Währenddessen wiederholte Louisa die Prozedur bei sich selbst. Ich zog meinen Arm zurück und beobachtete, wie sich unser Blut im Innern des Bechers vermischte.

»Du zuerst«, sagte ich mit einem schwachen Lächeln.

Sie griff nach dem Trinkgefäß und wollte es gerade ansetzen, als ich mit meiner verletzten Hand nach ihrer griff. Warum, konnte ich nicht sagen, doch es fühlte sich richtig an, diesem Impuls nachzugeben. Vielleicht reichte ein blutiger Händedruck nicht, um das Band zu erneuern, aber möglicherweise konnte er unsere Bindung ja dennoch stärken. Ein schwaches Lächeln trat auf Louisas Lippen, dann setzte sie den Kelch an und trank.

Kurz darauf reichte sie ihn mir. Beim Anblick der roten Flüssigkeit musste ich würgen. Ich schloss meine Augen, sog die kühle Abendluft ein und setzte den Becher mit zitternden Fingern an meine Lippen. Der eisenhaltige Geruch von Blut stieg daraus empor und sorgte dafür, dass mir schwindelig wurde.

Aber ich überwand mich und stürzte den verbliebenen Inhalt des Bechers hinunter. Kurz darauf glitt eine Welle scharfen Schmerzes durch meinen Körper und ich sah, dass auch Louisa zusammenzuckte.

Dann, mit einem Mal war es vorbei.

Ich horchte in mich hinein, suchte nach etwas, das sich verändert hatte. Erst spürte ich nichts, doch dann fühlte ich eine zaghafte Verbindung zu meiner besten Freundin. Sofort suchte ich ihren Blick, sah in ihre strahlenden blauen Augen. Ein echtes Lächeln umspielte ihre Lippen und in ihren Augen standen Tränen, als sie mir schließlich um den Hals fiel.

»Wir haben es geschafft«, rief sie zwischen mehreren Schluchzern.

»Wirklich?«, fragte ich ungläubig, weil ich dieser plötzlichen Euphorie noch nicht so recht trauen wollte.

Am Rande nahm ich wahr, wie die Kraft des Pentagramms langsam nachließ und die anderen freudestrahlend auf uns zustürmten. Vor allem für Thomas gab es kein Halten mehr. Sobald ich mich von ihr gelöst hatte, zog er Louisa in seine Arme, hielt sie fest und wollte sie anscheinend nie wieder loslassen. Wie lange hatte ich mich schon nicht mehr so glücklich gefühlt, wie in diesem Augenblick.

»Du, Thommy, ich möchte euch ungern trennen, aber könntest du eventuell unsere Schnitte heilen?«, bat ich unser Wasserelementar.

Ein breites Grinsen stahl sich auf sein Gesicht. »Sieh es als erledigt.«

Kaum dass uns Thomas uns verarztet hatte, und wir unseren Sieg genießen konnten, durchbrach ein abfälliges Klatschen unser fröhliches Lachen. Als wir aufblickten, sahen wir in die hasserfüllten Augen eines alten Bekannten und er war nicht allein.

KAPITEL 30

Louisa

Auch wenn das Ritual selbst wahrscheinlich direkt aus der Hölle stammte, es hatte mich gerettet. Ich war erfüllt von purer Energie und das schwarze Loch in meinem Innern war verschwunden. Ich war keine Leere, sondern wurde endlich von meinem Element durchströmt. Instinktiv hatte ich sofort gewusst, welches es war.

Doch jetzt hatte ich keine Zeit, dieses wunderbare Gefühl zu genießen oder meine neuen Fähigkeiten in Ruhe zu erforschen, denn Nicks Vater hatte uns mitsamt einer Armee aus Leeren umstellt. Dieser Kerl war so hinterhältig! Er hatte auf der Lauer gelegen und abgewartet, bis er uns nun endlich in einem schwachen Moment erwischt hatte. Wir würden keine Chance gegen sie haben.

»Was wollt ihr?«, schrie Lea ihnen entgegen.

Nick trat an ihre Seite, legte beruhigend seine Hand auf ihre Schulter. Sie warf ihm einen zornfunkelnden Blick zu, hielt sich dann aber zurück. Auch wenn meine beste Freundin gern einmal vorpreschte, so war Nick immer noch der Anführer dieser Einheit und das respektierte sie normalerweise auch.

»Wir möchten, dass du uns heilst«, forderte Nicks Vater entschlossen.

Lea schnaubte. »Wie soll ich euch heilen? Ich habe keine Ahnung, wie das gehen soll! Louisa war ein Sonderfall, bei ihr war es nicht wie bei euch.«

»Dann finde einen Weg. Wir haben euch beobachtet und wenn uns jemand helfen kann, dann du.«

Lea schüttelte den Kopf, hob hilflos die Arme.

»Du weißt doch selbst am besten, wie man euch heilen kann«, warf Nick ein und ich meinte einen ungewohnten Anflug von Wut in seiner Stimme zu erkennen.

Sein Vater lachte, ein eiskalter Ton, der einem durch Mark und Bein ging. »Du glaubst auch jeden Scheiß, den die ach so tolle Silvia erzählt, oder?«

Nick zuckte merklich zusammen. Die spöttischen Worte seines Vaters schienen Zorn in ihm zu entfachen. »Aber dir soll ich glauben? Du hast noch vor kurzem erzählt, dass du weißt, wie man Leere rettet.«

»Das war eine kleine Notlüge, weil wir wollten, dass ihr uns helft. Damals habe ich nichts Unrechtes gemacht. Wir haben versucht deiner Mutter zu helfen, ihr Element zu erwecken. Dafür haben wir auch mit Leeren experimentiert, ja. Aber es lag nicht an uns, dass ihr Element freigesetzt wurde, sie hat es aus eigenem Willen geschafft. Silvia hat uns natürlich nicht geglaubt, ihre Macht demonstriert und an ihrer eigenen Familie ein Exempel statuiert.«

Konnte das wirklich sein? Vielleicht glaubte ein Teil von Nick noch immer an das Gute in seiner Großmutter, doch ich war mir sicher, dass sie ein Herz aus Eis besaß und ohne zu zögern über Leichen gehen würde.

»Warum sollte sie das machen?« In Nicks Stimme schwangen Unglaube und Verzweiflung mit, aber er spürte, genauso wie wir anderen auch, dass die Worte seines Vaters ehrlich waren. Was er uns hier entgegenschleuderte, war nichts als die Wahrheit.

»Weil auch die ach so tolle Silvia nur ein Mensch ist. Sie macht ebenso Fehler, wie alle anderen auch. Und sie weiß das. Sie ist nicht umsonst eine verbitterte alte Hexe.«

»Wieso hast du nie versucht, es richtig zu stellen?«

Sein Vater schnaubte. »Wie denn? Ich bin nur ein Leerer, wer würde mir schon glauben?«

»Aber wir sollen es tun oder wie?«, mischte sich nun Lea ein.

»Das ist relativ und tut in diesem Fall nichts zur Sache. Wir haben euch umstellt und ihr seid geschwächt. Ihr habt keine Chance gegen uns, wir sind zu viele. Also helft uns, dann wird niemandem ein Haar gekrümmt.«

Lea schüttelte den Kopf, wandte sich uns zu. In ihren Augen konnte ich Verzweiflung und Ratlosigkeit erkennen. Sie wusste nicht, was sie machen sollte. Durch unsere erneuerte Seelenbindung konnte ich fühlen, wie meine beste Freundin innerlich zerriss. Sie wollte den armen Kreaturen helfen, aber dass Nicks Vater sie erpresste, passte ihr überhaupt nicht in den Kram.

»Du hättest ja auch mal nett fragen können«, warf ich ein, wusste nicht, woher ich den Mut nahm. »Außerdem haben wir zwei Drachen. Wie wollt ihr gegen sie ankommen?«

Belustigt hob er seine Augenbraue. »Was willst du von mir? Du kannst ja nicht einmal dein Element beherrschen. Mal abgesehen davon, dass die Drachen hier keinen Platz haben, um sich zu verwandeln, geschweige denn zu kämpfen. Es sei denn, ihr wollt den ganzen Park in Schutt und Asche legen. Wir sind umgeben von Bäumen. Sie wären nutzlos.«

Egal wie aussichtslos es sein mochte, als Team würden wir diese Situation schon irgendwie meistern. Einer für alle und alle für einen. Rücken an Rücken nahmen wir unsere Kampfpositionen ein und meine Freunde ließen ihre Elemente aufflammen. Aber obwohl ich die Energien um mich herum zum ersten Mal so bewusst wahrnahm, merkte ich doch, dass sie schwächer waren als sonst. Diese beiden verfluchten Rituale hatten sie zu viel Kraft gekostet. Verdammt, sie hatten alles investiert, um mich vor meinem Schicksal zu bewahren und würden in dieser Nacht wohl keine Schlacht mehr gewinnen können.

Langsam kamen unsere Feinde näher, zogen den Kreis, den sie um uns gebildet hatten enger. Im spärlichen Licht des Mondes meinte ich die scharfen Messer der Leeren aufblitzen zu sehen. Adrenalin rauschte durch meine Adern und spülte die Angst weit fort von mir. Ich sah zu meinen Freunden.

Anfangs schafften sie es noch, die Leeren mit ihren Elementen auf Abstand zu halten, aber das würden sie nicht lange durchhalten, dessen war ich mir sicher. In der Erde unter den Füßen der Leeren taten sich immer wieder Spalte auf, in die sie hineinfielen, nachdem ein heftiger Luftstoß sie aus dem Gleichgewicht gebracht hatte. Das war zweifellos das Werk von Nick und Estelle.

Lea schoss währenddessen Feuerbälle auf unsere Gegner, die Thomas, wie ein Puppenspieler gegeneinander kämpfen ließ. Offenbar hatte er sich des Wassers in ihren Körpern ermächtigt. Simon, Chris, und ich dagegen stürzten uns zusammen mit unseren Drachenfreunden direkt ins Getümmel. Jetzt machte sich das harte Training bei Christian einmal mehr bezahlt, denn ich wich den ersten Angriffen mühelos aus. Mit gezielten Stößen gegen die Arme brachte ich sie dazu, ihre Waffen fallen zu lassen. Durch kräftige Tritte hielt ich sie auf Abstand.

Allerdings war mir klar, wie aussichtslos dieser Kampf war. Immer wenn ein Leerer fiel, tauchte sogleich ein weiterer auf, um seinen Platz einzunehmen. Dennoch, ich wollte nicht aufgeben, nicht nach allem, was wir in den letzten Wochen durchgemacht hatten.

Doch obwohl wir noch einige Gegner besiegen konnten, wurde immer offensichtlicher, dass unsere Gruppe nicht mehr lange durchhalten würde. Die Leeren kamen immer näher und die Elementarkräfte meiner Freunde waren inzwischen so schwach, dass sie kaum noch etwas ausrichteten.

»Hört auf!«, schrie Lea verzweifelt, hielt sich die Hände an die Ohren. Beinahe augenblicklich verstummte der Kampflärm. »Ich will kein weiteres Blutvergießen. Hört bitte auf.«

Der Anführer der Leeren hob die Hand und seine Schergen zogen sich zurück, spuckten vor uns auf den Boden. »Warum nicht gleich so?«

Wir stellten uns indes zu Lea, atmeten schwer vor Anstrengung. Niemand sagte etwas. Wahrscheinlich hätte man eine Stecknadel fallen hören können, so still war es, während alle, wie gebannt auf meine beste Freundin schauten.

Sie griff nach Nicks Hand, wandte sich ihm zu. »Ich kann das nicht mehr. Ich habe die Bilder vom Drachenfels noch immer vor Augen, die Schreie und der Gestank nach verbranntem Fleisch verfolgen mich bis in meine Träume. Es reicht jetzt. Das hier ist kein Krieg, den ich führen möchte.«

»Hör auf dein Herz, Lea. Du bist die Nachfahrin, es ist deine Entscheidung und wir bauen auf dich.« Nick legte ihr sanft eine Hand auf die Wange, sah sie voller Vertrauen an.

Lea schloss ihre Augen, in denen Tränen glitzerten und atmete tief durch. »Es soll aufhören. Seit ich das erste Mal vom Schicksal der Leeren gehört habe, möchte ich sie heilen und ich will alles versuchen, um einen Weg zu finden. Ihr werdet mir doch helfen, oder?«

»Das werden wir, wenn du das möchtest«, antwortete Nick und legte dabei sicherlich alle Zuversicht in seine Worte, die er in diesem Moment aufbringen konnte.

Dann wandte Lea sich dem Anführer der Leeren zu. »Wir werden euch helfen, aber es wird nach unseren Regeln ablaufen.«

Misstrauisch beäugte er meine beste Freundin. »Das bedeutet?«

»Wir werden eng zusammenarbeiten. Ich möchte alles erfahren, was du damals bei deinen Forschungen herausgefunden hast, um keine Zeit mit unnötigen Versuchen zu verschwenden. Vor allem aber darf Silvia nichts von diesem Bündnis erfahren. Wenn sie es auch nur ahnt, wird sie uns ebenfalls zu Leeren machen und wir haben keine Chance mehr, euch zu retten. Wir müssen uns also so unauffällig wie möglich verhalten.«

Der Leere musterte uns nachdenklich, dann nickte er. »Damit kann ich leben. Doch wer garantiert mir, dass du das nicht nur sagst, um eure Leben zu retten?«

Lea zuckte mit den Schultern. »Dafür gibt es keine Garantie. Mehr als mein aufrichtiges Wort kann ich dir nicht geben.«

Wieder überlegte er einen Moment, dann streckte er seine Hand aus. »Damit haben wir eine Übereinkunft.«

Lea schlug ein und besiegelte damit unseren Verrat an Silvia und ihrer Organisation.

KAPITEL 31

Aileana

Leana hatte mir geraten, auf mein Herz zu hören und das tat ich in diesem Augenblick. Wenn wir weitergekämpft hätten, dann wäre das mit Sicherheit unser Ende gewesen. In unserem geschwächten Zustand hätten wir keine Chance gegen die Leeren gehabt. Dass Nicks Vater schlau war, hatten wir bereits gewusst, doch dieser Schachzug war geradezu gerissen gewesen.

Die Organisation zu verraten war mir nicht schwergefallen. Im Gegenteil. Den Leeren zu helfen lag mir so viel näher, als sie in Silvias Namen zu bekämpfen.

Noch immer hielt Nicks Vater meine Hand, ließ sie nicht los. Seine Augen versuchten in mir zu lesen, ob ich ihn nicht doch verraten würde, ihn mit unserem Pakt betrog. Ich verstand sein Misstrauen, obgleich ich wusste, dass es unbegründet war. Nach endlosen Sekunden nickte der Leere schließlich und ich konnte mich aus seinem Griff befreien.

»Wir gehen!«, rief er den anderen zu, dann zogen sie sich zurück.

Erst als wir uns sicher waren wieder allein zu sein, atmeten wir auf. »Na ob das so eine gute Idee war?«, fragte Vei vorsichtig, während sie die Utensilien unseres Rituals einsammelte.

Ich zuckte mit den Schultern. »Ich weiß es nicht, aber es hat sich richtig angefühlt.«

Meine Drachenfreundin schnaubte. »Wenn du da mal nicht den Pakt mit dem Teufel höchstpersönlich eingegangen bist. Diese Menschen sind von Wahnsinn zerfressen.«

»Ja, das sind sie, aber warum? Weil diese beschissene Organisation ihnen ihre Magie genommen und sie damit zu dem gemacht hat, was sie jetzt sind.« Ich stemmte meine Hände in die Hüften, bereit mich Vei zu stellen.

»Jetzt ist es sowieso zu spät«, mischte sich Simon ein und versuchte uns zu beruhigen. »Wir haben Nicks Vater ein Versprechen gegeben, das lässt sich nicht mehr ändern. Und mir gefällt der Gedanke, den Leeren zu helfen.«

Seine Worte rührten mich und auch die anderen nickten zustimmend. Meine Freunde standen hinter mir, zweifelten keine Sekunde an meiner Entscheidung.

»Genau, wir können es nicht mehr ändern. Was haltet ihr davon, wenn wir auf Louisas Genesung anstoßen? Wir werden uns morgen noch genug Fragen stellen müssen.« Zusammen mit meiner besten Freundin schien auch Thomas wieder zu seinem alten Ich zurückgefunden zu haben. Er grinste breit, während er den Arm um sie legte.

»Das klingt nach einem hervorragenden Plan«, stimmte Estelle zu und hakte sich bei meinem Bruder unter, der ihr zulächelte. Ich kannte ihn gut genug, um zu wissen, dass er sich bis über beide Ohren verknallt hatte.

»Wir können zu mir gehen, meine Mutter ist heute nicht zu Hause«, schlug Louisa vor und wir nahmen ihr Angebot nur zu gern an.

Kurz bevor wir das Parkgelände verließen, griff ich nach Nicks Hand. Er zog mich näher zu sich, bevor er mir einen sanften Kuss auf die Stirn drückte. Gemeinsam ließen wir uns ein Stück zurückfallen.

»Meinst du, dass ich die richtige Entscheidung getroffen habe?« Zweifel überkamen mich.

Nick zuckte mit den Schultern. »Ich weiß es nicht, Lea.«

Bedrückt senkte ich meinen Blick. »Ich habe es einfach nicht mehr ertragen. Wieso endet bei uns immer alles in einem Kampf?«

Nick hielt inne, zwang mich dazu, ebenfalls stehen zu bleiben. Unsicher sah ich ihn an. Sanft legte er eine Hand an mein Kinn, fuhr meine Züge nach.

»Ich hätte mich genauso entschieden, wie du, Sonnenschein. Wenn ich anderer Meinung gewesen wäre, dann hätte ich widersprochen und das hätten die anderen auch getan, wenn sie nicht bereit gewesen wären, dir zu vertrauen und deine Entscheidung mitzutragen. Wichtig ist nur, was dein Herz dir sagt.«

»Mein Herz sagt, dass es die richtige Entscheidung war, aber mir will nicht aus dem Kopf gehen, was Vei gesagt hat. Was wenn die Leeren schon so zerfressen von ihrem Wahnsinn sind, dass jede Hilfe zu spät kommt?«

Er zog mich näher zu sich, schlang seine Arme um mich. »Dein Herz hat sich richtig entschieden, Lea. Vielleicht gibt es keine Garantie, dass wir ihnen helfen können, aber wir sollten es wenigstens versuchen. Oder findest du nicht mehr, dass sie eine zweite Chance verdient haben?«

Ein Lächeln schlich sich auf meine Lippen. »Doch, das haben sie.« Genau wie die Drachen.

Nick lächelte und zog mich näher an sich. »Siehst du. Also lass dich von Vei nicht verunsichern. Wir stehen alle hinter dir und glauben an dich. Vergiss das nicht.«

»Danke, Nick. Du hast mir sehr geholfen«, hauchte ich, dann senkten sich seine Lippen sanft auf meine.

Er war mein Ruhepol, das Gegenstück zu meinem ungezügelten Temperament.

Viel zu schnell ließ er mich wieder los. »Komm, wir sollten die anderen nicht warten lassen. Jetzt haben wir erstmal etwas zu feiern. Um alles andere können wir uns morgen immer noch kümmern«.«

»Alles gut bei dir?«, fragte Louisa mich, als Nick und ich die Gruppe kurz vor ihrem Wohnhaus einholten.

Ich nickte. »Mehr als das.«

Immerhin hatten wir es endlich geschafft, meine beste Freundin zu retten. »Sag mal, Lou. Welches Element ist eigentlich heute in dir erwacht?«, fragte Estelle neugierig.

Louisa lächelte geheimnisvoll. »Das wollt ihr wissen, oder?« Meine beste Freundin machte eine Kunstpause, wartete darauf, bis sie die Aufmerksamkeit der ganzen Gruppe hatte. »Dann möchte ich mal nicht so sein. Es ist die Luft.«

Estelle quietschte freudig auf. »Das ist so cool. Dann können wir zusammen üben!«

Louisa lachte. »Ja, das können wir und ich bitte sogar darum.«

Dann wandte sich meine beste Freundin an Vei. »Du, sag mal, Vei. Kannst du dich nicht mit Chris verbinden und ihm damit ebenfalls sein Element schenken?«

Nachdenklich strich sie sich eine ihrer violetten Strähnen aus dem Gesicht, während der Rest der Gruppe ein wenig überrascht zwischen ihr und Louisa hin und her sah. »Ich weiß nicht, ob das klappt. Wisst ihr, ich war immer für Leana bestimmt, aber sie ist vor sehr langer Zeit verstorben. Vielleicht wäre es einen Versuch wert. Wäre das okay für dich, Chris?«

Chris lächelte matt, trat unsicher von einem Fuß auf den anderen und druckste herum. »Chris? Was ist los?«, fragte ich.

Er seufzte. »Ich muss euch etwas gestehen. Ihr braucht euch um mich keine Gedanken machen. Ich habe bereits einen Drachen gefunden, der sich mit mir verbunden hat. Aber er hat mich gebeten, es so lange wie möglich geheim zu halten.«

»Aber warum? Wer ist es?«, fragte Sirion verwirrt.

»Er hat Angst, dass es Probleme geben könnte, wenn er seine Identität preisgibt.« Schon wieder versuchte mein Bruder uns auszuweichen.

Ich trat auf ihn zu, baute mich vor ihm auf. »Chris! Jetzt hör endlich auf und erzähl uns, was los ist! Warum sollte es Probleme geben? Nenne uns seinen Namen. Wie sollen wir euch sonst helfen? Du weißt doch, dass wir ein Team sind.«

Er presste seine Lippen fest aufeinander, atmete tief durch. »Sein Volk hat ihn damals verraten. Sie haben versucht, ihn zu töten, aber er hat geschafft, seine Seele vorher an sein Ei zu binden. Sein Name ist Aeron.«

Vei, Sirion und ich sogen erschrocken die Luft ein, während die anderen uns fragend ansahen, nicht verstanden, warum wir so reagierten. Woher hätten sie es auch wissen sollen? Auch ich kannte diesen Namen nur, weil Leana ihn in ihrer Erzählung vorhin genannt hatte. Er war der Ursprung meiner Familie, des Drachenblutes, das in Chris' und meinen Adern floss.

»Das … das ist unmöglich«, hauchte Vei fassungslos.

Sirion dagegen schüttelte immer wieder seinen Kopf. So sprachlos hatte ich ihn selten erlebt.

Eigentlich hätte ich einen solchen Moment ausgekostet, doch in diesem Augenblick war ich wütend. Auf mich, weil ich die Veränderung meines Bruders nicht bemerkt hatte. Hätte ich sie durch unser Zwillingsband nicht mitbekommen müssen, genauso wie die Tatsache, dass es Aeron in seinem Kopf gab? Wahrscheinlich war ich in den letzten Tagen so sehr auf mich, Louisa und die Drachengestalt fixiert gewesen, dass ich ihn darüber völlig vergessen hatte.

Aber ein Teil von mir war auch sauer auf Chris, der mir so etwas Wichtiges nicht erzählt hatte. Dabei hatte ich gedacht, dass wir uns alles sagten. Dass keine Geheimnisse mehr zwischen uns existierten.

»Was ist hier los?«, fragte Louisa, die, wie der Rest der Einheit, unsere Fassungslosigkeit nicht ganz begreifen konnte und irritiert zwischen uns hin und her sah.

»Natürlich, das heißt dann wohl auch Chris' Element ist bereits erwacht«, murmelte Simon.

»Aber das ist doch toll. Dann sind wir jetzt alle vollwertige Mitglieder, oder?« Louisa lächelte träumerisch.

»Ja und nein. Er ist ein Elementarer, doch ein vollwertiger Teil der Organisation und damit der Welt der Elemente, wird er nur durch Silvias offizielle Anerkennung. Um diese zu erreichen, würde er ihr wohl oder übel die Wahrheit sagen müssen. Nur Chris' Schutzdrache ist Aeron, der anscheinend nicht will, dass jemand etwas von seiner Existenz erfährt«, philosophierte Sirion, schüttelte noch immer den Kopf, weil er die ganze Geschichte nach wie vor nicht fassen konnte.

Ein wenig ratlos hob meine beste Freundin die Hände. »Aber was erschreckt euch daran so?«

»Aeron ist nicht einfach nur ein Drache, Louisa. Damals war er unser Anführer, der mächtigste, den man sich vorstellen konnte, bis er sich in eine Menschenfrau verliebte. Dafür hat er sogar seine eigentliche Partnerin, Veis Mutter, verraten. Die anderen Drachen verurteilten sein Verhalten und verfolgten ihn und seine Menschenfrau. Für sie war diese Verbindung widernatürlich und für so etwas gab es nur eine Lösung: Den Tod. Er ist der Ursprung von Leas Familie. Mit ihm hat alles begonnen.« In Sirions Stimme schwang Ehrfurcht mit.

»Aber das sind doch wunderbare Nachrichten. Ich verstehe nicht viel von euren Angelegenheiten, Sir. Was ich aber sehe, ist, dass Chris nun offiziell bei uns sein kann. Das finde ich super.« Ganz gleich, wie die Vergangenheit aussah, ich gönnte meinem Bruder seinen Drachen von ganzem Herzen.

Sirion wollte schon aufbegehren, doch Vei schüttelte den Kopf. »Ja, das sind in der Tat tolle Neuigkeiten. Auch wenn du es vielleicht nicht ganz begreifen kannst, aber mit Aeron haben wir jetzt einen mächtigen Verbündeten auf unserer Seite, der uns helfen kann. Wir werden alles geben, um auch ihn zu retten, genau wie die anderen, oder?« Ein wenig unsicher biss sich Vei auf die Unterlippe.

»Klar, das ist doch immerhin unsere Aufgabe«, sagte ich voller Zuversicht und grinste.

Freudig umarmte Vei mich, gluckste dabei wie ein kleines Mädchen. Ein wenig verwunderte mich diese aufgeschlossene, fröhliche Version meiner Drachenfreundin, da sie mir bisher, bis auf wenige Ausnahmen, immer ihre zynische und eher reservierte Seite gezeigt hatte. Nun jedoch wirkte sie einfach überglücklich.

»Ich kann es noch immer nicht fassen, dass er damals überlebt hat. Das ist so unglaublich.«

Ich lächelte und freute mich für Vei. Wie sollte ich auch nicht? Immerhin war Aeron nicht nur der Urahn von Chris und mir, sondern vor allem ihr Vater.

»Das ist es in der Tat«, stimmte ich ihr nach einem kurzen Moment des Schweigens zu. Dann schluckte ich, denn mir wurde noch einmal bewusst, dass ich auf gar keinen Fall scheitern, keines meiner Ziele verfehlen durfte. Dafür hatten wir bereits zu viel gewonnen.

»Gemeinsam werden wir alles schaffen, das weißt du, oder? Wir sind eine Einheit und zusammen sind wir stark«, vernahm ich die sanfte Stimme meines Freundes, der einen Arm um meine Taille legte.

Ein warmer Schauer durchlief meinen Körper, prickelte in meinem Bauch. Ich wandte mich Nick zu, einfach nur, um mich zu versichern, dass ich das alles nicht träumte. Die anderen lächelten mir aufmunternd zu, als würden sie spüren, wie es mir ging. Dass ich den Halt meiner Einheit in diesem Augenblick mehr brauchte, als jemals zuvor.

Tränen der Erleichterung brannten in meinen Augen. »Danke, ihr seid einfach die Besten. Was würde ich nur ohne euch machen?«

»In Selbstmitleid baden«, feixte Thomas, woraufhin Louisa ihm in die Seite boxte. Er schrie theatralisch auf und lockerte die angespannte Stimmung damit ein wenig.

»Dann haben wir jetzt nicht nur Louisas Rettung zu feiern, sondern auch die Rückkehr dieses besonderen Drachens.« Verträumt sah Estelle in die Runde. »Ich hätte auch gern einen Schutzdrachen. Das klingt irgendwie aufregend.«

»Ich hätte da einen abzugeben«, meinte ich kichernd, woraufhin ich einen finsteren Blick von Sirion erntete. »Ich kann dich auch alleine lassen, Aileana, sollte das dein Wunsch sein«, knurrte er und verschränkte die Arme vor der schmalen Brust.

Ich legte den Kopf schief, bedachte meinen eingeschnappten kleinen Freund mit meinem liebenswürdigsten Lächeln. »Ach Siri, jetzt sei doch nicht gleich beleidigt.«

Sirion rang sichtlich nach Fassung. »Ich. Heiße. Sirion!«

Auf seinen trotzigen Ausruf hin konnte ich mir ein spöttisches Grinsen nicht verkneifen. Warum konnte er seinen Spitznamen nicht einfach akzeptieren? Er sollte lieber froh sein, dass Vei noch nicht auf die Idee gekommen war ihn *Kleiner Onkel* oder *Herr Nielson* zu rufen.

Sirion hatte indes die Hände in die Seiten gestemmt und funkelte mich böse an. Ich kannte ihn zwar und wusste, dass er mir niemals etwas tun würde, dennoch hob ich entschuldigend die Hände. »Schon okay, ich habe es verstanden, Sirion.«

»Beruhigt euch, es ist jetzt nicht die Zeit, um zu streiten«, versuchte Simon zu intervenieren.

Mein kleiner Freund und ich tauschten noch einen düsteren Blick, dann lachten wir, ließen die Spannungen zwischen uns verpuffen. Gegen Nichts und Niemanden würde ich Sirion eintauschen und das wusste er auch. Obwohl ich ihn manchmal am liebsten erschießen würde, mochte ich ihn nämlich im Grunde unheimlich gern.

»Ihr seid seltsam.« Kopfschüttelnd musterte Chris uns.

»Warte mal ab, bis wir Aeron gerettet haben, danach wirst du es verstehen.« Verschwörerisch zwinkerte ich ihm zu.

»Ich weiß nicht, ob ich das möchte. Also dieses komische Ding zwischen euch beiden. Retten will ich Aeron natürlich.« Er seufzte und zuckte mit den Schultern.

»Früher oder später werdet ihr euch ganz genauso merkwürdig verhalten, wie Lea und Siri - freu dich drauf«, mischte sich Vei ein. »Das ist halt so eine Sache, die passiert, wenn du in dem Kopf eines anderen gehaust hast.«

Die anderen hatten uns stumm gelauscht und brachen auf Veis Prophezeiung hin in lautes Gelächter aus.

»Ich möchte ja nicht unhöflich sein, aber es wird langsam frisch. Wollen wir rein?« Estelle rieb sich fröstelnd über die Arme, um ihren Einwurf zu unterstreichen. Verübeln konnte ich es ihr nicht.

Danksagung

Als erstes möchte ich euch Lesern danken. Dafür, dass ihr meine Geschichte gelesen und Lea und ihre Freunde ein weiteres Mal begleitet habt. Danke für eure Geduld, schließlich musstet ihr ziemlich lange auf die Fortsetzung warten.

Mein größter Dank gilt Sabine, die von Anfang an an mich geglaubt hat. Noch immer steht sie mir mit Rat und Tat zur Seite und wird immer meine Mentorin bleiben. Wenn ich einen Tiefpunkt habe, dann weiß ich, dass ich mich immer an sie wenden kann.

Dann möchte ich Julia danken, dass sie immer an meiner Seite ist und ohne die es diese Geschichte niemals gegeben hätte.

Meiner Mutter möchte ich danken, die immer wieder nach meinen Geschichten fragt und mich damit anspornt.

Ich möchte auch meinen Testleserinnen Claudia, Charleen und Meike danken, die mir beim Feinschliff geholfen haben. Ebenso meiner Lektorin Melanie, die das Äußerste aus der Geschichte geholt hat und sich durch eine ganz furchtbare Version kämpfen musste. Ohne euch wären die Elemente niemals so geworden, wie sie jetzt sind.

Ich möchte Jessi und Bea danken, die mir Kraft und Mut gegeben haben.

Katha, die mir einige Sätze ins Lateinische übersetzt hat. Debby, auf die ich immer zählen kann. Ich danke euch von Herzen.

Die Autorin

Alexis Snow lebt mit ihrem Freund und zwei Katzen in einer gemütlichen Wohnung im Norden von Köln. Sie ist geborene Kölnerin und liebt diese Stadt, weswegen diese zum Schauplatz ihres Debüt ausgewählt wurde. Nach ihrer Schulzeit entschied sie sich gegen ein Studium und absolvierte eine Lehre als Bauzeichnerin und arbeitet noch immer in diesem Beruf.

Seit sie Lesen konnte, träumte sie davon, irgendwann eine eigene Geschichte zu schreiben und Menschen in fremde Welten zu entführen. Schon als kleines Kind schrieb sie eigene Geschichten, die sie niemandem zeigte. Neben dem Lesen und Schreiben ist sie leidenschaftliche Kampfsportlerin und Tänzerin.

Weitere Bücher der Autorin

Schon ihr ganzes Leben lang ist Lea anders als ihre Mitmenschen.

Von ihren Mitschülern wird sie gemobbt und Zuhause steht sie stets im Schatten ihres Zwillingsbruders. Wieso sie nirgend reinzupassen scheint, weiß sie nicht – bis der geheimnisvolle Niklas auftaucht und ihr eröffnet, dass in ihr ein uraltes magisches Erbe schlummert. Denn Lea ist eine Feuerelementare.

Diese Tatsache eröffnet ihr nicht nur eine ganz neue Welt, sie trifft auch Gleichgesinnte und fühlt sich endlich nicht mehr als Außenseiterin. Doch ihre Gabe hat nicht nur gute Seiten. Während ihrer Ausbildung kommt sie einem düsteren Geheimnis auf die Spur, das sie schließlich vor eine schwere Entscheidung stellt: ihr neues Leben oder der Mensch, der ihr am meisten bedeutet?

Alexis Snow

wenn Träume nicht genug sind

Wie weit würdest du gehen, um deinem Schicksal zu entkommen?

Olivia hat als Thronerbin Livenias alles, was das Herz begehrt: einen Palast, Geld und Macht. Niemand würde ihr einen Wunsch verwehren und doch macht sie das Leben am Hof nicht glücklich.

Müde von der Etikette entscheidet sie sich, heimlich zu entwischen, um herauszufinden, ob ein normales Leben mehr für sie bereithält. Doch das gestaltet sich schwerer, als gedacht. Als ihr auch noch der Kung-Fu Star Ben mit seiner Arroganz das Leben schwer macht, kann es nicht schlimmer kommen. Dann deckt Olivia allerdings ein Geheimnis auf, das ihre Ansichten zutiefst erschüttert.

Das könnte Sie ebenfalls interessieren

Eine Liebe, so tief wie die Nacht

Vampire – Mythos oder Wahrheit? Diese Frage stellt sich auch die 23-jährige Melody, als sie gemeinsam mit ihrer Freundin die unterirdischen Gänge ihrer Heimatstadt erforscht.

Schon immer hat sie sich gefragt, ob es diese Wesen der Nacht tatsächlich gibt. Es wird gemunkelt, dass die Regierung ihre Existenz zu vertuschen versucht, und Melody würde nur zu gerne herausfinden, warum. Als sie plötzlich von einer unheimlichen Kreatur in die Tiefe gerissen und von einem unglaublich anziehenden Mann gerettet wird, ist ihr Wissensdurst nicht mehr zu stillen. Doch schon bald muss Melody herausfinden, dass es Wesen gibt, die man besser nicht auf sich aufmerksam macht…

STELL DIR VOR, DU BEGEHST EINEN GEWALTIGEN FEHLER. DOCH DANN ERHÄLTST DU DIE CHANCE, DIE ZEIT ZURÜCKZUDREHEN.

Alex' Leben ist perfekt. Er hat eine wunderschöne Freundin, coole Kumpels und gute Noten. Doch von einer Sekunde auf die andere ändert sich alles und er landet in der Psychiatrie. Dort trifft er auf Emma, die überzeugt ist, in der Zeit reisen zu können. Obwohl jeder sie für verrückt hält, findet Alex heraus, dass sie die Wahrheit sagt. Und so unterschiedlich die beiden auch sind – eine Sache verbindet sie: der dringliche Wunsch, ihr altes Leben zurückzubekommen. Eine abenteuerliche Reise durch die Zeit beginnt. Bei ihrem ersten Sprung ahnen Alex und Emma jedoch nicht, dass ihr letzter Gegner der Tod sein wird.

Im Traum reist Klarabell in das Unterbewusstsein anderer. Durch diese angesehene Gabe sieht sie eine fantastische Zukunft vor sich. Bis sie erfährt, dass sie noch vor ihrem achtzehnten Geburtstag sterben wird. Doch ein Kölner Schwarzmarkthändler für Übernatürliches bietet ihr einen letzten Ausweg. Sie soll dem Schicksal ein Schnippchen schlagen und unsterblich werden, wie er. Was sie dafür tun muss, verstößt allerdings gegen sämtliche Regel der Traumwandler. Klarabell bleibt nicht mehr viel Zeit, um mit ihrem Gewissen zu hadern …